熊逸书院
如何读懂古典文学

熊逸 著

北京联合出版公司

图书在版编目（CIP）数据

如何读懂古典文学 / 熊逸著. — 北京：北京联合出版公司，2020.3（2024.1重印）

（熊逸书院）

ISBN 978-7-5596-3650-8

Ⅰ. ①如⋯ Ⅱ. ①熊⋯ Ⅲ. ①中国文学－古典文学研究 Ⅳ. ①I206.2

中国版本图书馆CIP数据核字（2019）第210493号

如何读懂古典文学

作　　者：熊　逸　　　　产品经理：罗长礼
责任编辑：喻　静　　　　特约编辑：陈　红　郭　梅
封面设计：人马艺术设计·储平　　内文排版：任尚洁

北京联合出版公司出版
（北京市西城区德外大街83号楼9层　100088）
北京联合天畅文化传播公司发行
凯德印刷（天津）有限公司印刷　新华书店经销
字数 223千字　880毫米×1270毫米　1/32　9印张
2020年3月第1版　2024年1月第9次印刷
ISBN 978-7-5596-3650-8
定价：49.00元

未经书面许可，不得以任何方式转载、复制、翻印本书部分或全部内容。
版权所有，侵权必究
如发现图书质量问题，可联系调换。质量投诉电话：010-88843286/64258472-800

※ 目录

第一章 《楚辞》(上)

屈原：史料、民俗与附会 　　　　　　　　2
《招魂》：起死回生的全套仪式 　　　　　7
目极千里兮伤春心：《招魂》的放纵之美 　12
《塞瓦兰人的历史》与诗人的武力值 　　17
《九歌·湘君》，兼谈古文字的读音问题 　22

第二章 《楚辞》(下)

《湘夫人》：恋爱中的男神爱装修 　　　　28
《大司命》和《少司命》：
　　威严的死神和他温柔的助手 　　　　　32
文字学一例：相反的含义如何存在于同一个字里 　37
淫祀之诗 　　　　　　　　　　　　　　　42
《离骚》：神灵的语言，贵族的情怀 　　　47

I

第三章 《搜神记》

《搜神记》：作为信史的鬼神故事集　　　　54
《搜神记》：教你和鬼灵精怪的相处之道　　58
孔子破例解释怪力乱神　　　　　　　　　　63
在不可理喻的情节背后，是特定时局下的特定心态　68
从《搜神记》到《易经》：
　　让你一目了然的卦爻演算原理　　　　　73

第四章 《昭明文选》（上）

《昭明文选》：是古文，又不是古文　　　　80
从《文选》的政治意义看天子的三重身份：
　　大领导、大家长、大祭司　　　　　　　84
"文""文章"和"文学"的语义变迁　　　　　89
道德感的松弛带来文学意识的觉醒　　　　　94
萧统《文选序》：文学发展，后出转精　　　99

第五章 《昭明文选》（下）

班固《两都赋》：之所以觉得汉赋很无聊，
　　是因为你没有读出声　　　　　　　　　104
曹丕《典论·论文》：文人为什么相轻　　　109
曹冏《六代论》：封建与专制的制度对比　　114
陆机《五等诸侯论》：再谈封建制与郡县制的优劣　119

II

嵇康《养生论》：人为什么可以活到一千岁　　123

第六章　《陶渊明集》

《陶渊明集》：名字与人生　　130
《五柳先生传》：完美人格的标准模板　　135
"不为五斗米折腰"背后的制度与伦理问题　　139
田园牧歌：想象的美和真实的痛　　144
采菊东篱下：不会说人话才是真境界　　148

第七章　《李太白集》

《李太白集》：任性、非主流和低情商　　154
作为纵横家和侠客的李白　　158
为什么人人都要杀李白　　163
宽容精神与天下观念　　167
李白写古诗，杜甫写新诗　　171

第八章　《杜工部集》

《杜工部集》与格律初阶　　178
古人是怎么给生僻字注音的　　182
格律诗和绕口令　　187
近体诗的平仄关系　　192
杜甫诗歌的对仗　　197

第九章 《沧浪诗话》

《沧浪诗话》：三流诗人的一流理论　　204

《沧浪诗话》大战"永嘉四灵"　　209

学李白为什么不如学杜甫　　214

从《红楼梦》香菱学诗看《沧浪诗话》　　218

《沧浪诗话》的以禅喻诗　　222

第十章 《花间集》

"词坛鼻祖"《花间集》　　228

《洞仙歌》的迷雾与《花间集》的成型　　233

打着阳春白雪旗号的男欢女爱　　238

谈风月还是谈国事，应用场景决定内容调性　　243

谈谈技术要领：为什么写词比写诗更难　　248

第十一章 《淮海词》

文体之别：词的美感和诗的美感并不一样　　254

作为听觉艺术的宋词　　259

剽窃和点石成金的区别　　263

距离为什么产生美　　268

超越《花间集》：
　　宋词里的美女和车展上的美女有什么不同　　272

中国古典文艺的五个关键词　　277

※ 第一章

《楚辞》(上)

屈原：史料、民俗与附会

（1）屈原的名字

《楚辞》内容很丰富，是中国文学的根基之一，所以对《楚辞》的理解多一点，对后来的文学，比如唐诗宋词，接受起来就会事半功倍。所以我准备分两章来讲《楚辞》，会选讲《招魂》《九歌》《离骚》这些比较重要的作品。在进入《楚辞》的世界之前，先来谈谈《楚辞》最重要的作者——屈原。

那么，屈原姓什么？端午节真的是纪念屈原的吗？

其实，屈原不姓屈，正如孔子不姓孔一样。先秦时代的称谓习惯和秦汉以后很不一样，而且比较混乱。屈原不仅不姓屈，名字也不叫原。《史记》是这样介绍他的："屈原者，名平，楚之同姓也。"这就是说，屈原的名字叫"平"，和楚王同姓。前几年有一部电视剧叫《芈月传》，主人公芈月是楚国的公主。公主姓芈，楚王当然也姓芈，屈原作为"楚之同姓"，当然也姓芈。

姓是一个人的根目录，在根目录之下是第二级目录，就是氏。芈姓分成很多氏，屈氏就是其中之一。当时有三个显赫的王族大氏，分别是屈、景、昭。我们看《左传》，屈氏一族在楚国有很多名人。屈原爱国是有十足动机的,他家世代都是楚国的重要股东。

那为什么屈原不叫芈原,芈月不叫屈月呢?这是因为男女有别,男人以氏为重,女人以姓为重。我曾讲过一个故事:楚国曾经被吴国偷袭,楚昭王带着妹妹季芈畀我逃跑。这位楚国公主名叫"季芈畀我","季"是排行,表示她是最小的公主,"芈"是姓,"畀我"是名,是不是很复杂?

屈原,名平,字原。我们今天所谓的"名字",在古人那里分别指"名"和"字"。古代贵族小孩子先有名,在成年礼上被父亲请来的嘉宾取字。一个人有了字,就表示他已经成年了,所以,在成年人的社交礼仪中,需要称呼别人的字,而不能直接称名。

名和字一般会有含义上的关联。比如,赵云字子龙,"子"是对男人的美称,"云"和"龙"的搭配出自《周易》里边的"云从龙,风从虎"。我们看屈原的名和字:名平,字原,"平"和"原"也有含义上的关联。儒家十三经中的《尔雅》是一部分类字典,其中有一个类别叫"释地",专门解释和土地有关的词汇,有一句是"大野曰平,广平曰原"。这就是说,旷野称为平,很大的旷野称为原。

屈原在《离骚》的开篇用很宏大的笔墨描述自己的出身,有两句说"名余曰正则兮,字余曰灵均",这是说自己的名是正则,字是灵均。古代注释家有考证,认为"正则"和"灵均"就是对"平"和"原"的隐喻。

(2) 怀沙而死

根据《史记》的说法,屈原一度很受楚怀王的信任,所以同僚很忌妒他,散播谗言,成功挑拨了楚怀王和他的关系。屈原很郁闷,所以写下了《离骚》。"离骚"的意思就是"离别的哀伤"。

《史记》写屈原的那段经历，字里行间特别带感情，文采也因此出奇地好，大概是因为司马迁对屈原的遭遇特别能够感同身受吧。司马迁对《离骚》的评价极高，说它兼具了《国风》和《小雅》的优点，其中体现的诗人情怀足以与日月争光。

屈原被楚怀王冷落之后，秦国连番使用诡计，使楚国处于水深火热之中，最后连楚怀王本人都死在了秦国。继任的楚顷襄王照旧亲小人、远贤臣，把屈原流放了。屈原走到江边，心力交瘁，披发行吟。这就开创了中国历史上的一个经典造型：披散着头发，边走边吟诗。为什么要强调"披散着头发"？因为贵族的头发总是要规规矩矩扎起来的，所以贵族"披发"是一种高调的挣脱束缚的姿态。细心的画家画屈原在江边吟诗，都会注意到披发这个细节，粗心的画家就注意不到，画出来的屈原还是扎着头发、戴着帽子的。你在看古代绘画的时候，可以留意这个细节。

《史记·屈原贾生列传》记载，屈原在披发行吟的时候，江边有位渔夫认出了他，问他缘故。屈原说出了一句名言："举世混浊而我独清，众人皆醉而我独醒。"

渔夫也说了一句名言："何故怀瑾握瑜而自令见放为？"成语"怀瑾握瑜"和南怀瑾的名字都是出自这里。"瑾"和"瑜"都是美玉，比喻君子的内在美。这个词不是司马迁的原创，而是来自屈原自己写的《怀沙》。渔夫的意思是，是高人就该懂得随大流。

屈原又做了一番很漂亮的回答，总之是说自己爱干净，与其在肮脏的环境里苟活，不如干干净净地去死。说完，他写了一篇《怀沙》，然后真的投汨罗江怀沙而死了。

所谓怀沙，其实是怀石，也就是抱着石头。

在《楚辞·渔父》里边，那位渔夫在听完屈原的解释之后，笑一笑就划船走了，懒得再费口舌。他还边走边唱歌，歌词很有名："沧浪之水清兮，可以濯吾缨。沧浪之水浊兮，可以濯吾足。"这是说人要适应环境，水清就洗头，水脏就洗脚，心态很重要，不能一根筋。屈原这种既受不了挫折又有精神洁癖的人，在今天很难成为有志青年的好榜样。

不过，站在旁观者的角度来看，八面玲珑的人会很成功，但不会给人带来美感，有精神洁癖的人虽然很难相处，但离得越远，就觉得他越美。审美和生活是两码事，这就像我们读《红楼梦》，会特别喜欢林黛玉，但当真相处起来，我们会恨不得黛玉和妙玉一道去死，让宝钗天天陪着我们。

《史记》记载，屈原死后，楚国又出现了新一辈的词赋名家，有宋玉、唐勒、景差，等等，虽然他们学到了屈原的文采，却不像屈原那样敢于直言进谏。后来楚国的实力越来越弱，几十年后终于被秦国消灭。

所谓的"楚辞"，就是在创作上以屈原为首、以宋玉等人为辅的楚国辞赋，其中最重要的作品就是屈原的《离骚》。"楚辞"这个概念，是和屈原牢牢绑在一起的。话说屈原投江之后，老百姓生怕他的遗体被鱼虾吃掉，于是包粽子扔进江里。扔粽子需要划船，于是发展出了龙舟竞渡的民俗。这些事情是大家所熟悉的，因此，每年端午节放假我们还要感谢屈原一下。但是，这些故事都不靠谱，都是民间的附会，屈原和端午节原本没有任何关系。

江绍原有一篇《端午竞渡本意考》，说端午竞渡的来历在文献里有很多不同的记载，吴人认为源于伍子胥，楚人认为源于屈原，越人还认为源于勾践，都拿自己地方上的名人说事。认真考证一下，竞渡风俗和以上三位名人都没什么关系，而是为了禳灾。江先生的重要依据是《武陵竞渡略》，书中说道：划船直奔下游，烧祭品，把酒倒进江里搞仪式，诅咒一切灾害、瘟疫、妖孽，煞是热闹。竞渡完后，人和船还是要回来的，可回程的景象却和竞渡恰成对照：也不张旗，也不打鼓，偷偷把船划回来，拖上高岸，还要拿东西盖住。这一年的事情就算完了，再搞就要等来年了。如果有人生病，还会用纸做成龙舟的样子，拿到水边烧了。

屈原和端午的关系虽然出于民间附会，但是，《楚辞》和巫术真的有亲缘关系，《招魂》最有典型意义。

《招魂》：起死回生的全套仪式

（1）死亡确认

学医的人都知道，怎样判断一个人是不是死了，远没有普通人想象的那么容易。那么，古人会用什么标准来做死亡确认呢，是呼吸停止，心脏停搏，还是别的什么标准？

除了呼吸停止、心脏停搏，当然有其他标准。首先我们要明白人为什么会死。

先秦时代的主流看法是，死亡意味着灵魂永远离开了身体。那么，一个刚刚断气的人，灵魂应当刚刚离开身体，如果把灵魂找回来，让它重新附体，这个人就应该可以复活。如果实在找不回来，那就可以确认死亡了。

把灵魂找回来的过程，就是招魂。儒家对它有一个专门的称呼，叫作"复"，"死而复生"的"复"。

假设某位士君子刚刚在家里断气，这时候就需要一个手脚利落的人为他招魂。招魂者需要从东边的飞檐登上屋顶，手里拿着死者生前所穿的衣服，面向北方，拉长声音连呼三声死者的名字。

招魂者连呼三声之后，将手里那件衣服从屋顶投入事先准备好的放在前庭的竹筐里，自己从西边的飞檐上退下来。前庭有人拿起那件衣服——千万小心，因为亡魂如果真的被召唤回来了，此刻就附在那件衣服上。然后，这个拿起衣服的人登上台阶，将衣服盖在死者身上。如果招魂成功，死者就会复苏。

当人们完成招魂的流程，看到死者依然复苏无望的时候，就会宣告死者正式死亡，要着手办理丧事了。

只有对天子的招魂有点例外，没人敢直呼天子之名，于是只有这样喊："啊——天子啊——回来吧——！"也许正是由于这个缘故，从来没有哪一任天子的魂魄真的被召唤回来过。

确认死亡的标准，即便在近现代医学里也是一个屡屡兴起争议的话题。人们一度以"停止呼吸"或"心脏停止跳动"作为死亡确认标准，后来发现一个人即便停止呼吸或心脏停搏，其实都有复苏的可能。直到1968年才确立了以"不可逆性的脑功能丧失"为死亡标准，这就是我们今天俗称的"脑死亡"。而在古代的标准流程里，招魂才是死亡确认中的最后一道程序。

据孔子说，原始人就已经会这样招魂了，当然在形式上会简单一些。

楚国，也就是屈原的祖国，招魂的方法就比儒家仪式来得原始，因为楚国是个文化落后的国家。

在中原人士看来，楚国属于蛮夷。按照东夷、西戎、南蛮、北狄的划分方式，楚国就是南蛮，没资格和华夏人平起平坐。楚国人当然很不服气，国君索性称王，要和周天子分庭抗礼。

我们不管谁高谁低、谁强谁弱，至少可以知道楚国是独立于华夏文明之外的一个文明体系。也正是因为这个缘故，《楚辞》和《诗经》才迥然不同，它们分别代表南方文学和北方文学的最高成就。当然，华夏文明是中国传统的主流文化，所以直到今天，我们读《楚辞》比读《诗经》吃力很多。《楚辞》里有太多的南部方言，方言的背后又有很特殊的南方风俗。

楚文化有一个最鲜明的特点：巫风盛行，用今天的话说就是，迷信活动特别猖獗。儒家推崇的周礼系统虽然也讲迷信，敬鬼神，但那属于"神道设教"，揣着明白装糊涂，是统治阶层维系向心力的手段，是一种对老百姓的管理技巧。但楚国人讲迷信，敬鬼神，那是他们实实在在的生活方式。家家户户不管大事小事，有事没事，总喜欢求神问卜。怎么和鬼神交流，怎么在和鬼神交流的过程中调动集体情绪，这很考验巫师的语言技巧。正是从这样的鬼神文化里，诞生了瑰丽的《楚辞》。

(2)《招魂》讲解

《招魂》就是一部和鬼神交流的作品。《招魂》的作者，传统上有两种说法，一种说是屈原，另一种说是宋玉，最后前者成了主流意见。至于这首诗在招谁的魂，这就很难回答了。有人说是屈原为楚怀王招魂，有人说是屈原为自己招魂。这个问题可以存疑，我们只要知道它的主题是招魂就可以了。

《招魂》篇幅很长，里边不但有剧情，还有人物对话。开篇是这样的：

> 朕幼清以廉洁兮，身服义而未沫。
> 主此盛德兮，牵于俗而芜秽。
> 上无所考此盛德兮，长离殃而愁苦。
> 帝告巫阳曰："有人在下，我欲辅之。魂魄离散，汝筮予之。"

首先以第一人称"朕"做了一番自我介绍。"朕"在当时还是通用的第一人称代词，从秦始皇开始才被皇帝垄断。这里的"朕"说自己从小就品德高尚，长大以后也一直洁身自好，但领导看不到自己的好，于是自己很受挫折，很沮丧。接下来，上帝出场，和巫阳有一段对话。巫阳，"巫"是他的身份，"阳"是他的名字。上帝说："你看地球上的那个人，多可怜啊，我想帮帮他。他的魂魄已经离开身体了，你算一卦，帮他把魂魄招回来吧。"

然后是巫阳的台词大意是说："上帝太难为人了，等我一套程序操作完，那个人的魂魄早就飞远了。算了，谁让我干的就是这行呢？我就死马当作活马医吧。"

然后巫阳念念有词地开始招魂，说的全是套话。一开始是这样的：

魂兮归来！去君之恒干，何为四方些？
舍君之乐处，而离彼不祥些！
魂兮归来！东方不可以讬些。
长人千仞，惟魂是索些。

《楚辞》的经典语助词出现了。"兮"，古音读"啊"，但今天已经约定俗成，大家读成"xī"完全没问题。语尾助词"些"，"一些"的"些"，读音是"suò"，今天南方一些地方的口语里还保留着这个发音，只是大家一般不知道这个发音到底对应哪个字。

巫阳的这些台词是对着要招回的魂魄说的，大意是说：魂魄啊，快回来吧，何必四处漂泊呢？你在人的身体上住得好好的，何必出去受罪呢？快回来吧，东边去不得啊，那边有巨人，专门吃鬼魂，可吓人了！

接下来巫阳又说了很多话，也是按照套路讲的：说完东边为什么不能去，然后说南边、西边、北边，各有各的恐怖。就连天上也去不得，那里有虎豹把守的九重关门，还有九头巨人和眼睛竖着长的豺狼，最喜欢折磨人的魂魄。

我们读到这里，一般会这么想："看来只有阴间可去了吧？"但是，阴间也去不得，那里有吃人的魔王，所以还是回来最好。怎么回来呢？巫阳说：

> 魂兮归来！入修门些。工祝招君，背行先些。
> 秦篝齐缕，郑绵络些。招具该备，永啸呼些。
> 魂兮归来！反故居些。

这几句讲了招魂的具体步骤，特别有民俗学意义。首先，巫师的恐吓手段生效了，魂魄回到了城门附近，然后，巫师要脸朝魂魄，倒退着领路，这是怕一不留神，鬼魂又跑走了，所以必须盯牢。巫师手里要提一个竹笼，里边装着死者的衣服，让魂魄可以依附在衣服上。竹笼很高级，框架部分是秦国造的，缝线是齐国造的，罩子是郑国造的，不知道是在哪国组装的。显然要有很发达的国际贸易才能制造出这样的商品，所以这几句诗对经济史的研究很有意义。招魂的器具一应俱全，接下来，巫师不断拖长声音喊着"魂兮归来"那些套话，一步步把魂魄带回来。

将魂魄带回来之后还要不断劝说，那些话很像在激发一个濒死之人的求生意志。你觉得巫师会从哪个角度来劝呢，是亲情、社会责任感还是生活享乐？这是一个很能反映《楚辞》特点的问题。

目极千里兮伤春心：《招魂》的放纵之美

（1）从威逼到利诱

上一节我们讲到，巫师先用恐吓的手段把魂魄吓住，再一步步把它领回家。这一路上，巫师又费了很多口舌来激发魂魄的求生意志。你觉得巫师会从哪个角度来劝呢，是亲情、社会责任感还是生活享乐？

用亲情来激发求生意志显然是我们最能理解的方式，但巫师比较庸俗，全程都在利诱。我们接着看《招魂》的内容：

> 天地四方，多贼奸些。
> 像设君室，静闲安些。
> 高堂邃宇，槛层轩些。
> 层台累榭，临高山些。

句式不再像之前那么自由，而是变成了规规矩矩的四言诗。大意是说天地四方都很凶险，只有你自己家里最舒服。到底有多舒服呢？房子又高又大，房间特别多，环境特别美，冬天有避寒的房间，夏天有乘凉的房间。

接下来连篇累牍,用尽了最华丽的辞藻来描绘各种生活享受,内容过于丰富,我只截取一小段:

室中之观,多珍怪些。兰膏明烛,华(huā)容备些。
二八侍宿,射(yì)递代些。九侯淑女,多迅众些。
盛鬋(jiǎn)不同制,实满宫些。容态好比,顺(xún)弥代些。

巫师这样劝告亡魂:"你看看,活着多好,你家里有亭台楼阁、金银珠宝,还有来自各国的美女,每天都有十几个美女轮流伺候你过夜,一个个都那么漂亮……"

夸完美女,又夸美食。如果你听过传统相声《报菜名》,你就可以把《招魂》里边夸美食的部分理解成《楚辞》版的《报菜名》。《招魂》里的美食比《报菜名》里的满汉全席还要高端很多,除了吃,还有乐队和歌舞。就这样边吃边喝,边听边看,渐渐地:

士女杂坐,乱而不分些。放陈组缨,班其相纷些。
郑卫妖玩,来杂陈些。《激楚》之结,独秀先些。
菎(kūn)蔽象棋,有六簙(bó)些。分曹并进,遒相迫些。
成枭而牟,呼五白些……

酒酣耳热,大家就在筵席上放浪形骸了。男男女女混坐在一起,一个个衣冠不整。音乐也不规矩了,时不时就有郑国和卫国来的靡靡之音。一首歌以炫高音收尾,特别出彩。有人在玩象棋——不是今天的象棋,而是象牙做成的棋子。还有人在掷骰子赌博,大呼小叫,很兴奋的样子。就这样一直玩乐着,天黑了也无妨,点起蜡烛接着玩。这样的生活多美好啊,所以魂魄啊,赶紧回来吧!

我们看这段内容，真是赤裸裸地宣扬享乐主义，犯了儒家的各种大忌，也难怪他们嫌弃楚国是蛮夷。儒家推崇典雅的音乐，痛恨所谓郑卫之音，也就是郑国和卫国的音乐，但《招魂》偏偏就拿郑卫之音来吸引人。儒家强调男女之大防，《国语》里的敬姜夫人才是典范，但《招魂》就是拿女色来诱惑人，在筵席上，男女混坐，衣冠不整，平日还要一个晚上安排十几个美女轮番伺候，简直就是"甜蜜的谋杀"。儒家强调节制和分寸，但这里不但早就没了节制，还要放纵到底，夜以继日。

事实上，从文学角度来说，《招魂》这首诗写得就特别没有节制，和北方的《诗经》传统截然相反。所以，《诗经》和《楚辞》后来分别开创了两个文学传统：唐诗宋词主要继承了《诗经》，汉赋继承了《楚辞》。今天没有几个人熟悉汉赋，因为真的很难读。汉赋里边尤其有一些"大赋"，篇幅能抵得上一篇短篇小说，把无数华丽的辞藻和奇幻的想象用排山倒海的方式向你扔过来，一般人很难招架得住。从这个意义上来说，《楚辞》一系列的作品更有纯文学的色彩，炫技成分特别重。

(2) 文学手法的传承

话说回来，巫师铺陈了人间享乐的各种奢华，好几百字之后终于讲完了，忽然另起一段，跳出两个字："乱曰。"

这是《楚辞》的一个经典结构，"乱曰"的意思就是"尾声"，语言风格变换一下，最后做一个总结。《招魂》的尾声非常精彩，首先句式变了，从短促、规则的四言体变成了长句子。因为句子很长，一句有八九个字，所以句子中间用"兮"来停顿一下，吟诵起来有一种特殊的音韵美：

> 献岁发春兮，汨吾南征，菉蘋齐叶兮，白芷生。
> 路贯庐江兮，左长薄，倚沼畦瀛兮，遥望博……

从筵席上的享乐忽然转到外景，写在春光宜人的新年里，"我"随着浩浩荡荡的车队到南方打猎，沿途看到各种美景。夜间，车队里燃起火光，火光染红了天空，君王亲自射箭，射中了一只犀牛。

这很可能是作者的回忆，回忆自己当年跟随楚王打猎的场面。但是，往日风光不再，不知道楚王还能不能复生。于是，诗的最后几句忽然情绪跌落：

> 朱明承夜兮，时不可以淹。皋兰被径兮，斯路渐（jiān）。
> 湛湛江水兮，上有枫。目极千里兮，伤春心。魂兮归来，哀江南！

这是全诗的最后几句，也是最美的几句。如果你想从《楚辞》中挑一些美丽的句子来背，这几句就再合适不过。简单翻译一下：日夜轮回，时光一去不返，曾被车轮碾平的兰草又已经蓬勃生长，掩盖了当年的道路。清澈的江边生长着枫树。在这春光中极目远眺，却只有触景伤情。魂魄归来吧，今天的江南令人哀怜。

这时候我们会觉得，前面那么多的铺陈，那么多华丽的辞藻，原来都是为了衬托这最后几句的逆转。正因为前面捧得格外高，所以最后这一摔才显得格外疼。这种手法是《诗经》里没有的，而又因为《招魂》这个特殊的题材，所以这个逆转不会给人半点不自然的感觉。你会觉得作者绝没有刻意用技巧来写，而是在写到这里的时候，因为题材的需要和情绪的需要自然产生了这样一个逆转。这个技巧后来被唐诗继承了。唐诗有一种体裁叫排律，篇幅也特别长，《长恨歌》和《琵琶行》就属于这类。早在初唐,"四杰"之一的卢照邻就写过一首排律《长安古意》,前面连篇累牍来描写大都会的奢华众生相,在你读得铿锵顿挫、心醉神迷的时候,最后四句突然逆转,完全是《招魂》结构的翻版。所谓"天下文章一大抄",这种抄袭才是真正高明的抄袭,让原创者都要佩服。

传统上对《招魂》的评价并不是很高,因为它太放纵了,太渲染统治阶级的穷奢极欲了,以至崇拜屈原的人不愿意相信它是屈原的作品,非要说是人品不佳的宋玉写的。

在《楚辞》里,和巫术有最直接关系的,除了《招魂》,还有更著名的《九歌》。《九歌》是一组诗,不是九篇,而是十一篇。"九"在先秦古文里常常表示"很多",并不特指"九个"。

《九歌》很可能是屈原为了国家祭祀大典专门写的歌词,也和《招魂》一样有各种华丽的辞藻,完全不像《诗经》里的典礼祭祀长诗那么干巴巴的。

《塞瓦兰人的历史》与诗人的武力值

(1) 17世纪的架空小说

从社会学意义上看，宗教的形式远比内容重要，诗的语言就是一种威力强大的形式主义工具。

那么，祭祀鬼神的诗写得这么华丽，到底有什么实际用途呢？

我想借用一部外国小说来回答这个问题。17世纪至18世纪，法国特别流行架空小说，其中有一部很出色的作品，是德尼·维拉斯的《塞瓦兰人的历史》。这部小说的中译本被商务印书馆收进"汉译学术名著"，很让人望而生畏，但它真的只是一部架空小说，很有趣，一点都不学术，只不过在学术上很有影响力——借用该书附录里的一句评价，它是"法国第一部具有鲜明的共产主义倾向的空想主义小说"。

作者德尼·维拉斯是一名新教徒，后来人们把他和托马斯·莫尔、康帕内拉等人一起称为空想社会主义的先驱。

那个年代的架空小说和今天的很不一样，现在的人们喜欢幻想穿越到古代，男人斩将夺旗，改写历史，女人和王爷谈恋爱；而在维拉斯生活的那个时代，作家们更喜欢幻想一个新社会，在新社会中建立新秩序。当然，冒险和恋爱也要有，不然小说该多么乏味。

维拉斯的故事就是从冒险开始的，立即把读者带入悬念：一艘载有几百名欧洲旅客的海船在南太平洋上失事，乘客和水手们逃到了一座无名的小岛上。然后，几百名幸存者选举首领，建设官僚体系，安排打猎、采集和探索的工作，很快就形成了一个井然有序的社会组织。这个设定是不是感觉很熟悉呢？没错，活脱儿就是美国电视剧《迷失》。

在这段日子里，除了一个不幸的人在海滩上被鲨鱼吃掉，最大的凶险就是他们的人口构成：女人有74名，男人却有300多名。很快，男人们就因为争风吃醋而动了刀子。

幸存者们意识到问题的严重性，但怎样才能维持和平呢？他们实行了论资排辈的配给制，使性权利和身份挂钩。当然，这是一种很不稳定的政治结构，随时有可能"礼崩乐坏"。而这些欧洲人和岛上的塞瓦兰人发生接触后，惊奇地发现原来还可以有更高明的安排！

当时欧洲人派出了15名使者，塞瓦兰人相应地提供15名年轻女奴热情作陪。负责接待工作的塞瓦兰人很清楚这让客人们感到很惊讶，便讲了一番道理，说这是伟大的国父即塞瓦兰人的立法者塞瓦利斯早先定下的规矩，不允许男人没有女人。

塞瓦兰人的世界是作者虚构出来的，所以写起来不受任何限制。

塞瓦兰人的这位立法者，这位国父，名叫塞瓦利斯，是一名来自波斯的贵族，他带着先进的火炮征服了这片当时还在使用弓箭和长矛的地方。他聪明绝顶，恩威并施，自称是太阳神的使者，奉命来这里惩罚那些不服管教的部族。他把火炮叫作天雷，说那是太阳神的武器。结果他得到了所有部族的拥戴，"一统天下"。出于友好的政治目的，他很得体地把各部落首领的女儿、侄女娶了作为自己的妻子。

最值得一说的就是塞瓦利斯的登基大典。他故意拒绝大家的拥戴，说自己不过是太阳神派来的使者罢了，这么大的事情一定要听从太阳神的指示。于是他安排了一场盛大的祭祀典礼,那个典礼仪式的精美与复杂大大震慑了当地土著。接着,他诵读了一篇长长的祈祷词,文字充满了诗歌的感染力,深深打动了在场者的心,激发出他们心底的敬意。

他刚刚念完祈祷词,忽然从神殿的穹顶处传来悦耳的音乐。乐声越来越近,又响起了柔美的歌声。当歌声结束,那个声音便以太阳神使者的身份向大家宣布神谕,委任塞瓦利斯做神的代理人。之后,音乐再次响起,然后渐渐淡去。

当然,这都是塞瓦利斯用"高科技"加魔术精心制造的效果。他格外重视宗教的形式感,这和儒家的"神道设教"的观念不谋而合。更重要的是,他有很好的诗歌修养,这就是他那篇当众宣读的献给太阳神的祈祷词会产生那样大的感染力的原因。他巧妙地运用了诗歌的节奏、语法和修辞,让祈祷词从日常语言中超脱。祈祷词虽然是长篇大论,但是,用小说作者的话说,那是"串珠般的词语"。让我们回想一下这两天讲过的《楚辞·招魂》,那些诗句恰恰就是"串珠般的语言"。

在那样一个原始文明里,诗人比战士的武力值还高。就算你十八般兵器样样精通,借用项羽的话说,只不过是"一人敌",但如果你懂得诗歌,你就有了"万人敌"的本领,可以用诗歌语言让整个部族癫狂、沉迷,服从你的号令。

之所以儒家格外重视祭祀,这背后就有着周礼的原始文明传统:要不断强化神权,借神权来稳定政权。全世界的神权政治都有这种特点,谁拥有了意识形态的终极解释权,谁就是正统,相应地就有了政权合法性依据。

(2)《九歌》

《九歌》作为祭祀组歌，体现了当时楚国的文艺主旋律，应该说比《离骚》更有代表性。

《九歌》，顾名思义，是要唱出来的，所以严格说来它不是诗，而是歌词。《九歌》一共十一篇，有严格的次序，第一篇的题目是《东皇太一》，东皇太一是楚国宗教系统里地位最高的神，是典礼上要祭祀的第一个对象。大祭司是这样开场的：

吉日兮辰良，穆将愉兮上皇。
抚长剑兮玉珥，璆（qiú）锵鸣兮琳琅。

这是说，在这个良辰吉日，我们要恭恭敬敬地讨东皇太一的欢心。祭司手持精美的长剑，身上的佩玉撞击出悦耳的声音。接下来描写的是典礼上的陈设和巫师的歌舞，总之是各种华丽的辞藻。全篇不到一百字，匆匆结束。东皇太一虽然是最受尊崇的主神，但也许正是因为地位太高，诗人反而放不开手脚来描写。

这是一条很有普世意义的规律。许多宗教里，人们最亲昵、最熟悉，传说也最多的，往往不是主神，而是地位略低的神，再有就是女神。在《九歌》的祭祀顺序里，主神被一带而过，没有任何特点，和人也不亲，但接下来的神灵就越来越鲜活，也和人越来越亲昵。是的，是"亲昵"，而不仅仅是"亲近"，因为巫师和神会产生一种类似恋爱的关系，把性冲动转移到宗教崇拜里去。

《九歌》第二篇是《云中君》，祭祀云神。这一篇，诗句里边不仅描绘出云神的特点，还暗含着对云神的一往情深。这一篇文字不多，所以，如果你想背诵一篇最短的又很有《楚辞》代表性韵味的诗歌，这篇就是最好的选择。以下全文照录：

浴兰汤兮沐芳，华采衣兮若英。
灵连蜷兮既留，烂昭昭兮未央。
蹇将憺兮寿宫，与日月兮齐光。
龙驾兮帝服，聊翱游兮周章。
灵皇皇兮既降（hóng），猋远举兮云中。
览冀州兮有余，横四海兮焉穷。
思夫（fú）君兮太息，极劳心兮忡忡。

　　诗意是说，巫师沐浴更衣，穿着花衣服，香喷喷地迎接云神。云神在天空盘桓，发出耀眼的光芒。云神住在天上的豪宅里，和太阳肩并肩，开着豪车，穿着华服，逍遥自在。云神终于降落了，但为什么马上又飞走了？飞到天外看不见了，让人无限伤感。

　　怎么样，是不是很有单恋的味道呢？

《九歌·湘君》，兼谈古文字的读音问题

(1) 国家大典里的情歌

恋爱语言是《楚辞》的核心表达方式，适用于多种人神关系和人际关系的描写。

《九歌》中的《云中君》里，这位云神应该是单身，所以诗写得很有单恋的味道。那么，如果神灵已经有了配偶，诗又该怎么写呢？

这是真实发生的状况。《九歌》里接下来的两篇是《湘君》和《湘夫人》，湘君是湘水男神，湘夫人是湘水女神，前一篇写湘夫人思念湘君，后一篇写湘君思念湘夫人，在思念中又夹杂着热恋情侣之间特有的耍小性子和白日梦，还有各种无事生非带来的幽怨，很像现代音乐剧里的男女对唱。

古代注释家一般会把这两篇和大舜的传说联系在一起：当初大舜南巡，死在半路上，他的两个妻子娥皇、女英在湘水岸边痛哭，哭完就投水而死。于是大舜变成湘水男神，娥皇、女英变成湘水女神。但这种联系比较生硬，反而会干扰我们的理解。我们只要知道湘君和湘夫人是情侣关系就够了。

在祭祀典礼上，女巫扮演湘夫人，唱起《湘君》的歌词，接下来男

巫扮演湘君，唱起《湘夫人》的歌词，在男女爱情对唱中完成庄严的国家大典。

《湘君》和《湘夫人》中有一些很优美的句子，即便在今天也很适合谈情说爱时拿来使用。这两篇里的美丽意象后来在唐诗宋词里成为经典的文学语码，所以熟读《楚辞》，当然也包括《诗经》，对我们理解汉唐以后的文学很有帮助。很多文学语码，都是在《诗经》和《楚辞》里定型的。

我们先看《湘君》的开篇：

君不行兮夷犹，蹇谁留兮中洲？
美要（yǎo）眇兮宜修，沛吾乘兮桂舟。
令沅湘兮无波，使江水兮安流。
望夫（fú）君兮未来，吹参差兮谁思。

这是女巫以湘夫人的口吻呼唤湘君：你怎么慢吞吞地不出来和我约会啊？你不会是和别人在一起吧？我打扮得这么漂亮，在一只漂亮的小船里等你。我明明已经止住了湘水和长江的波澜，但你怎么还是没到呢？我吹着排箫打发时间，你知道我在思念你吗？

(2) 浅谈古文字的读音

这里有个问题需要单独说一下，就是《楚辞》原文里一些字的读音。如果你去翻各种《楚辞》的注本，你会发现很多注音都有出入。这一点都不奇怪，《诗经》注本也有这个问题。一个字到底该怎么读，古往今来的专家学者们各有各的看法。没有一本字典可以当作权威标准，很多字的读音你在字典里也查不到。

那该怎么判断正确读音呢？这和数学运算不一样，正确值往往是求不出来的，只能去求最大限度上的近似值。方法有很多种，比如刚刚有一句"美要眇兮宜修"，"要"的读音，各个注本里有不注音，默认为 yào 的，也有注音为 yāo 的，我之所以认为是 yǎo，因为在 yào 和 yāo 的读音里都没有相应的义项，我判断这个字应该是"窈窕淑女"的"窈"的同音假借。

王国维在《人间词话》中谈到词和诗的区别，讲过一个很著名的观点——"词之为体，要眇宜修"，就是从《湘君》里边借用来的。要眇宜修，就是娴静的、精致的美。王国维的意思是说，词应该写得比诗精致。

我们继续来说字音问题。以前就有人问我：我们怎么知道古文里那些字的读音呢，注本里的注音都有依据吗？这个问题很大，我当时就偷懒了一下，没有回答。本节正好借这个机会简单讲讲。再举一个例子，比如前面我们讲到的《云中君》有两句"灵皇皇兮既降，猋远举兮云中"。"降落"的"降"为什么要读 hóng，你会在一些注本里看到说这是古音。但人们怎么知道古音要这样读呢？这一方面要从上下文推断，另一方面要找旁证。在上下文里，这篇诗节都押 ong 的韵脚，所以"降"在这里的读音应该也是以 ong 为韵母的。这种情况在《楚辞》的其他篇章里也能见到。即便在北方语言系统的《诗经》里边，《召南·草虫》中也有这样两句："未见君子，忧心忡忡。亦既见止，亦既觏止，我心则降。"最后一个"降"字，有的注本读 jiàng，有的注本读 xiáng，这都不对，因为它要和"忡"来押韵，韵脚一定是 ong。在其他先秦文献里，"降"和"隆重"的"隆"这两个字形相似的字常常通用，这就表示它们应该存在同音通假的关系。《国语》中有一段话，因为前后文的意思很明确，所以能够推断文中出现的"降"应该是"哄

（hòng）"的同音通假，这也说明"降"的韵母是ong。再看声母，"隆"和"哄"的声母分别是l和h，这两个声母直到今天在南方一些地方也是不分的，比如让四川人用普通话说"河南"和"荷兰"，听起来完全一样。四川人是从哪里来的呢？我们都知道有"湖广填四川"这回事，湖广这片地方原先就是楚地。所以，《楚辞》里的"降"读作"隆"也没错。但这是不是正确读音呢？肯定不是，这只是我们用考据方法求得的近似值。毕竟时隔两千多年，还有方言因素，古代的音调也和今天普通话的四声系统不同，谁都不晓得屈原时代的原音到底是什么。

字音就说到这里吧，让我们继续看看《湘君》的下文：

> 驾飞龙兮北征，邅吾道兮洞庭。
> 薜荔柏兮蕙绸，荪桡（ráo）兮兰旌。
> 望涔阳兮极浦，横大江兮扬灵。

这段还是以湘夫人的口吻，说飞龙拉着自己的小船一路向北，转道洞庭。船上有薜荔织成的帷帐，船桨装饰着荪草，旌旗上飘扬着兰草。遥望涔水北岸，心里思念着湘君。

从上一段久等湘君不来，到这一段湘夫人赌气远走，显得格外生动。接下来：

> 扬灵兮未极，女婵媛兮为余太息。
> 横流涕兮潺湲，隐思君兮陫侧。

侍女在为湘夫人叹息，而湘夫人自己已经哭得不成样子，在缠绵悱恻中思念着情人。她自怨自艾地说：

桂櫂兮兰枻（yì），斫冰兮积雪。

采薜荔兮水中，搴芙蓉兮木末。

心不同兮媒劳，恩不甚兮轻绝。

石濑兮浅浅（jiānjiān），飞龙兮翩翩。

交不忠兮怨长（cháng），期不信兮告余以不闲。

　　湘夫人说自己驾着小船，为了与情人相会，努力冲破冰层和积雪，但是，这就像在水中采薜荔，在树梢上摘荷花一样。两人的心意不同，就算有人牵线也只是徒劳。你对我用情不深，所以才会轻易和我分手。江水在乱石滩上奔流，我乘着飞龙小船翩翩远走。不真诚的交往必然带来怨恨，你不守约，只会用"太忙"来做借口。

　　这里有全诗最美的句子。将来如果你想表达"缘木求鱼"的意思，就可以说"采薜荔兮水中，搴芙蓉兮木末"；你想埋怨你爱的人和你分手，就可以说"心不同兮媒劳，恩不甚兮轻绝"；你想埋怨伴侣的爽约，就可以说"交不忠兮怨长，期不信兮告余以不闲"。

※ 第二章

《楚辞》(下)

《湘夫人》：恋爱中的男神爱装修

(1) 从《湘君》到《湘夫人》

《九歌》是国家祭祀大典上的一整套歌曲，《湘君》和《湘夫人》是相连的两首。题目里的湘君是湘水男神，湘夫人是湘水女神，前一篇写湘夫人思念湘君，后一篇写湘君思念湘夫人，在思念中又夹杂着热恋情侣之间特有的耍小性子和白日梦，还有各种无事生非带来的幽怨，很像现代音乐剧里的男女对唱。

话说在《湘君》的结尾，那位爱恨纠缠的女神在江上乱转了一天，傍晚才停泊在"北渚"这个地方，但情绪还是不能平复。她恨恨地把玉佩扔到江里，还想采摘美丽的杜若送给安慰她的侍女，存心要摆出一副对情人不屑一顾的样子。她就这样在恼恨中胡思乱想，勉强宽慰自己。

《湘君》的戏码在这里结束，接下来《湘夫人》开场。男巫扮演湘君，以湘君的视角和口吻做出回应。这一篇一开始就有特别优美的句子：

> 帝子降兮北渚，目眇眇兮愁予。
> 袅袅兮秋风，洞庭波兮木叶下。

"帝子"是对湘夫人的称呼，大概是"公主"的意思。"子"在古汉语里可以男女通称，所以，"帝子"既可以指帝的儿子，也可以指帝的女儿。"帝子降兮北渚"，意思是湘君看到湘夫人在北渚徘徊。这一句明显是在承接《湘君》的结尾。

"目眇眇兮愁予"，是说极目眺望，使我心中忧愁。接下来写的是当时的景色：秋风袅袅，水波荡漾，秋叶纷纷飘坠。

这四句诗值得你背诵下来，因为这些意象和语码后来在各种诗词里不断被人用到。举几个例子：辛弃疾有一句词"江晚正愁予"，苏轼也有诗"烟波渺渺正愁予"，都是从这里化用的，诗人郑愁予，就是写过"我哒哒的马蹄是个美丽的错误，我不是归人，是个过客"的那位诗人，名字就是从这里来的。再比如杜甫的名句"无边落木萧萧下"。《楚辞》对中国古典文学有着基因之于人类一样的意义。《诗经》也有同样重要的意义，很遗憾，当初我没能多讲解《诗经》里的一些名篇，所以对《楚辞》就多做一点选讲吧。

接下来，湘君"登白薠兮骋望，与佳期兮夕张"，在这个黄昏里，登上白薠繁茂的岸边，如约架起帷帐，等候湘夫人的到来。但是，"鸟何萃兮蘋中，罾何为兮木上"，鸟儿为什么栖息在水草上，渔网为什么挂在树梢上？——这不是写实，而是湘君心情的写照。他感觉气氛不大对劲，不明白自己哪里做错了，以致情人迟迟不肯赴约。

"沅有茝兮醴有兰"，他看着水滨生长的香草，也许想要采一束送给情人吧，但"思公子兮未敢言"，有多少浓情蜜意，却张不开口来对她讲。这里的"公子"和第一句的"帝子"一样，都是"公主"的意思。既然不敢表白，只有"荒忽兮远望，观流水兮潺湲"，远远望着情人所在的方向，但暮色深了，看不清楚，只看见流水潺湲。

(2) 湘君的白日梦

恋爱中的男神痛恨自己的羞怯，于是鼓起勇气——不是去表白，而是鼓起勇气做白日梦。他激励自己"麋何食兮庭中，蛟何为兮水裔"，山中的麋鹿为什么要来庭院里吃草？深潭里的蛟龙为什么要把自己困在浅滩上？男人就该拿出男人的样子，"朝驰余马兮江皋，夕济兮西澨"，清早跨马奔驰，傍晚来到江水的西岸。"闻佳人兮召予，将腾驾兮偕逝"，情人在那里召唤自己，我们将会结伴远行。我们会"筑室兮水中，葺之兮荷盖"，在水里盖房子，用荷叶来搭屋顶，还要"荪壁兮紫坛，播芳椒兮成堂"，用菖蒲做墙壁，贝壳铺满庭院，让房间散发着花椒的清香，还要"桂栋兮兰橑，辛夷楣兮药房"，用桂木做房梁，用木兰做橼子，用辛夷木做门楣，白芷草拿来装饰卧房。"罔薜荔兮为帷，擗蕙櫋兮既张"，薜荔编成帷帐，蕙草挂上屋檐；"白玉兮为镇，疏石兰兮为芳"，用白玉压住座席，再布置一些石兰增添香气；"芷葺兮荷屋，缭之兮杜衡"，白芷草点缀着荷叶屋顶，再用杜衡缠绕；"合百草兮实庭，建芳馨兮庑门"，在庭院里种满百花，在门槛下陈放香薰。当一切准备完毕，"九嶷缤兮并迎，灵之来兮如云"，九嶷山的神灵们成群结队地来我们的新家做客。

以上种种，全是湘君白日梦的内容。我们会发现，热恋中的男人特别喜欢搞装修，这种现象古已有之。湘君的装修设计既古朴雅致又很有文艺范儿，各种名目的鲜花和香草取代了今天各种品牌、各种型号的瓷砖和地板。这就是《楚辞》独具特色的"美人香草"的手法。写恋爱可以用美人香草来写，比如这首《湘夫人》；写忠君也可以用美人香草来写，比如《离骚》。读完《楚辞》，你甚至会感觉所有人际关系都可以用美人香草来写，或者说，一切人际关系都可以化为恋爱关系。仔细一想，这还真的很有道理，因为所有人际关系的问题归根结底都是一个：情感的付出没得到对等的情感回报，谁都做不到"你爱，或者不爱我，爱就在那里，不增不减"，即便是父母对子女，总不可能对卖身葬父的孩子和打爹骂娘的孩子一视同仁吧。如果有谁真做到了一视同仁，那些卖身葬父的子女就该心里不平衡了，可以借美人香草的手法来表达幽怨了。

话说湘君做完了白日梦，情绪急转直下——"捐余袂兮江中，遗余褋兮醴浦"，把衣服扯下来扔掉，还觉得不解气，于是"搴汀洲兮杜若，将以遗兮远者"，采下杜若香草，打算送给陌生的女人。"时不可兮骤得，聊逍遥兮容与"，算了，别气坏了自己，不如不去想她了，一个人逍遥自在多好！

整首诗就这样收尾了，腔调和《湘君》完全一样。我们看到这一对男神和女神如何爱恨纠缠，如何相爱相杀，如何因为小小的误会就在心里上演波澜壮阔的苦情戏。但也正是这些一点都不高贵的人情味儿，使我们看到了在"绝地天通"之前那种"民神杂糅"的社会生态。

《大司命》和《少司命》：
威严的死神和他温柔的助手

(1)《大司命》

本节要串讲《九歌》中的《大司命》和《少司命》，这两位司命都是掌管凡人生死的神灵。

我们先看《大司命》，这首诗展现的情节需要两个人配合表演。是的，全套《九歌》都是祭祀典礼用的，男巫和女巫要扮演不同的神和不同的迎接神灵下凡的人，所以这样的诗并不是诗人写出来抒发情怀的。

诗歌的开头，先是由一名巫师扮演大司命，很隆重地出场："广开兮天门，纷吾乘兮玄云。令飘风兮先驱，使涷雨兮洒尘。"意思是说："大开天门，我乘着乌云来了，让狂风暴雨为我开道。"

在大司命耍帅的时候，另一名巫师，很可能是女巫，扮演迎神的人，这样唱道："君回翔兮以下，踰空桑兮从女（rǔ）。"（看到您盘旋而下，我翻过空桑山追随着您。）

大司命没理她，继续自顾自地发威："纷总总兮九州，何寿夭兮在予。"（别看世界这么大，每个人的寿命长短都由我说了算。）

接下来，女巫和大司命来回对唱，我只选几句重点来讲。大司命的歌词里有一句是"一阴兮一阳，众莫知兮余所为"，这是在说自己的手段变幻莫测，没有人能够看破。两千多年前的世界，死亡总是来得太突然，这倒不难理解，而耐人寻味的是，当"祸福莫测"的意思从死神的嘴里说出来，就意味着人们并不认为敬拜死神，也就是这位大司命，就能赢得他的好感，让自己多活几年。换言之，古人很清楚，无论自己怎么对待死神，或者无论自己是积德行善还是为非作歹，都和自己寿命的长短没有直接关系。这种价值观和周礼传统下的北方世界的价值观截然不同。

最后，大司命乘着龙车走了，女巫望着他远去的背影，在思念中越发伤感。她只有自我开解说："愁人兮奈何，愿若今兮无亏。固人命兮有当，孰离合兮可为？"伤感又有什么用呢，不要愁坏了身体吧。人啊，连自己的生死都不能做主，对注定的离别更加无可奈何。

很深情的句子，不是吗？

(2)《少司命》

接下来的一首是《少司命》。少司命，顾名思义，应该是大司命的副职。刚刚我们见识过的大司命是一副威风八面、不怒自威的样子，所以，女巫虽然死心塌地地追随他，思念他，但感情表达得小心翼翼，生怕冒犯了他。但是，少司命是一位很温柔的神灵，可以暖暖地接受人类爱慕者的疯狂示爱。也正是因为这个缘故，这首诗写得比《大司命》优美。同样因为这个缘故，少司命从头到尾都没出场，所有的戏份、所有的歌词，都是女巫一个人的爱情表白。

诗歌用香草起头："秋兰兮麋芜，罗生兮堂下。绿叶兮素华，芳菲菲兮袭予。夫人兮自有美子，荪何以兮愁苦。"女巫说这里盛开的兰花和蘼芜，芳香怡人，人们也都生下了健康的孩子，不知道少司命大人因何发愁。

忽然话锋一转："秋兰兮青青（jīngjīng），绿叶兮紫茎。满堂兮美人，忽独与余兮目成。"秋兰繁茂，这既是写实，也是起兴，重点是，满堂和秋兰一样多、一样美的美人，为什么你独独对我投来示爱的眼神呢？

"目成"从此成为一个很浪漫的词，诗人们很喜欢用。如果我们说"眉目传情"，总觉得有点浅薄，但用"目成"这个词就很古雅了。举个例子，宋朝词人贺铸有一首很优美的词，上阕是这么讲的："掌上香罗六寸弓。雍容胡旋一盘中。目成心许两匆匆。"这是说自己在朋友家里看到一名舞女在表演——那时候的美女还不是三寸金莲，而是六寸，这首词很有民俗学价值——话说回来，舞美人美，舞女也看中了自己，但在那个人多眼杂的公众场合，二人搭不上话，只有匆匆"目成"。

贺铸的"目成"转眼成空，女巫和少司命的"目成"也没有任何结果。

入不言兮出不辞，乘回风兮载云旗。
悲莫悲兮生别离，乐莫乐兮新相知。

这几句是千古传唱的名句，写少司命进门不言语，出门不告辞，乘着旋风飞走，车上插着云旗，留下女巫一个人伤感，带着醋意猜想少司命是不是有了新欢。诗句里的"生别离"就是"生离死别"中的"生离"。最大的悲伤就是生离，最大的欢乐就是结交了新人。而在恋人的世界里，这两件事总是同时发生的，所以悲伤才会更浓。

后人不断化用这两句诗，举个例子：晚唐诗人韦蟾有一次以中央特派员的身份视察武昌，要走的时候，当地官员为他设宴饯行。文人每到这种时候都要作诗，韦蟾应该是灵机一动，想到《楚辞》里两句现成的，凑起来正好应景。第一句就是"悲莫悲兮生别离"，第二句是宋玉《九辩》里的"登山临水兮送将归"。韦蟾删掉第二句里的"兮"字，正好凑成七言绝句的前两句。这种手法叫作"集句"，也就是把前人的诗句打散之后再组合，组合成新的诗和新的意思。韦蟾很得意，请在座官员玩诗歌接龙，结果官员们接不上来，却有一名歌女随口续出了后两句，补全一首七绝，全诗是这样的：

悲莫悲兮生别离，登山临水送将归。
武昌无限新栽柳，不见杨花扑面飞。

韦蟾的集句和歌女的续作都是妙语天成，应情应景，半点都不牵强。用柳树的意象来写，是因为"柳"谐音"留"，古人有折柳送别的传统。关于这首诗还有后话：歌女把诗续成之后，赢得众人赞叹，韦蟾更是爱上了这位才女，拿出大笔聘礼，把她收归己有了。明明是一桩官员包二奶的事，还涉及财色交易，但只因为有了诗歌为媒，竟然没有龌龊的味道。文化，真的很重要啊。

话说回来，在女巫对少司命大人萌发醋意之后，问话问得简直没有分寸了："荷衣兮蕙带，倏而来兮忽而逝。（你穿着荷叶做成的衣服，佩着蕙草编成的飘带，来去匆匆。）夕宿兮帝郊，君谁须兮云之际。（夜晚住在天堂的郊外，你在云际到底等着谁呢？）与女（rǔ）沐兮咸池，晞女（rǔ）发兮阳之阿（ē）。（我想和你一起在太阳沉没处的天池里洗头，再在太阳升起的地方把头发晒干。）望美人兮未来，临风怳兮浩歌。（但是盼着你啊，你总是不来，我在风中惆怅，大声唱歌来排遣忧伤。）"

真的很浪漫啊。

诗里的"美人"是指少司命，而少司命是一位男神，这在当时并不奇怪，因为"美人"这个词既可以形容男人，也可以形容女人，后来才逐渐变成专门形容女人的。还有一些相近的词，比如"玉人"，看起来是女人专用的，但完全可以用在男人身上。唐诗里有"二十四桥明月夜，玉人何处教吹箫"，很有阴柔美，但这位"玉人"就是一位很风雅的男人。

  我们看女巫沉浸在刻骨的相思里无法自拔，一定想不到《少司命》这首诗会在这时候突然做了一个高大上的收尾："孔盖兮翠旍，登九天兮抚彗星。竦长剑兮拥幼艾，荪独宜兮为民正（zhēng）。"仿佛女巫突然想起了自己的本分，又或者是女巫退场，其他巫师来合唱这个结尾，大意是说，少司命乘着豪车登上九天，一手握着彗星，一手握着长剑，一手拥抱着民众，少司命大人实在是实至名归的万民之主啊！

  等等，少司命大人为什么有三只手？

文字学一例：相反的含义如何存在于同一个字里

（1）少司命到底管什么

上一节讲解了《九歌》中的《大司命》和《少司命》两篇，最后留下的问题是：少司命大人为什么有三只手？

接下来我就要借这个问题来讲讲对先秦古汉语的理解要领。

首先，先让我们回顾一下《少司命》的结尾："孔盖兮翠旌，登九天兮抚彗星。竦长剑兮拥幼艾，荪独宜兮为民正。"

少司命登上九天之后有三个动作，分别是"抚彗星""竦长剑"和"拥幼艾"，三个动作，貌似各自需要一只手来做。这让古代注释家很伤脑筋，所以就把第三个动作"拥"理解为引申义，也就是"保护"的意思。这显然不是正确的解释，只不过为了把意思理顺，调整一下这里，再调整一下那里，找一个相对稳妥的解决方案。

"拥幼艾"其实更难理解。"幼"是指年纪小，但"艾"到底是什么意思呢？一般认为这是"美貌"的意思，那么"少艾"就是年轻貌美的人。但是，草字头的"艾"为什么会有"美貌"的意思呢？今天我们想知道一个字的意思，只要查字典就好，字典里怎么写，我们就怎么理解，很少追问为什么。但我们应该想到，字典毕竟是人编的，编字典的人说某个字是某个意思,他心里一定是有依据的,而这个依据到底靠不靠得住,这还真的未必。

说回"艾"这个字,它到底有没有"美貌"的意思呢?一定有,因为存在铁证,比如《孟子》讲的"知好色则慕少艾",意思很明确,是说男孩子发育到了青春期,自然就喜欢美少女。但"艾"和"美貌"的联系到底在哪里呢?古人有一种解释说:春秋时代有一位著名的美女郦姬,她是"艾"这个地方的一个小官的女儿,因为她太美了,名气太大了,所以"艾"这个字就有了"美貌"的意思。这很牵强吗?不,人家还给出了一个很有力的旁证:为什么姨太太有个称呼叫"姬",还有"姬妾"这种称呼呢?就是因为"姬"原本是周朝王族的姓,是周代最高贵的姓,王族公主嫁给诸侯,都叫某姬,所以"姬"这个字就有了相应的引申义。

这确实是合情合理的推测,但也仅仅是推测。很多古文字的意思,都是这么推测来的,其实谁都拿不准,所以太较真是不行的。我一再讲,我们不要以理解现代汉语的方式来理解古汉语。

话说回来,如果"艾"是"美貌"的意思,那么少司命"拥幼艾"也就是保护漂亮的小孩子了。有些注释家就是从这个意思出发,推论少司命专门掌管小孩子的生死。

但是,少司命只保护漂亮的小孩子吗?或者扩大一点范围,只保护年轻貌美的人吗?一位正直的神灵怎么会这样偏心呢?另一些注释家觉得这太不合情理。

提出反驳并不是很难。翻查文献,我们会在《礼记》中看到另一种解释——"五十曰艾",人活到五十岁就叫艾。为什么这样说呢?唐朝官学权威孔颖达解释说:"到了五十岁,人的头发就白了,就像艾草一样。"这话貌似很有道理,唐朝人确实会把老人灰白色的头发叫作艾发。但是,艾草明明是绿色的,"艾"这个字也有"绿色"的意思,这在文献上有明证。真相也许是这样的：野生的艾草确实是绿色的，但中医拿它入药，它在晒干之后就变成了灰白色。好吧，这样一解释，"幼艾"就变成了"小孩和老人"，可以引申为"男女老少"，少司命的职权也就从仅仅掌管小孩子的生死变成了掌管所有人的生死。

这种解释当然也可以自圆其说，虽然少司命的职权因此和大司命完全重合了，但湘君和湘夫人到底谁该管什么，不是也没有分得很清楚吗？

让我们总结一下"艾"这个字的各种义项：它既指年轻人的美貌，又是对老年人的尊称；它既指绿色，又指灰白色，真是充满了矛盾。更加给人添乱的是，"绿"也可以形容头发，如果古人说谁的头发很绿，其实是说他的头发乌黑。可是，"春来江水绿如蓝"又是什么颜色……真是让人凌乱啊。

"艾"还有一个经常被人用错的义项，读音是yì。为什么要读成yì，又有一番复杂的来历，我在这里就不展开叙述了。你只需要知道，成语"自怨自艾（yì）"不能读成"自怨自艾（ài）"。这里的"艾（yì）"是"治理、安定"的意思，"自怨自艾"出自《孟子》，是说商朝一位犯了错误的国王自我批评，悔过自新。但渐渐地，这个词纯粹变成了"懊悔"的意思。

我借这个"艾"字来展示注释家的工作方法。以后你看到字典里或者先秦文献的注本里那些很简明的字义解释，就会知道在它们简明的背后隐藏着怎样烦琐的考证。更重要的是，这些解释未必就是标准答案，所以我们常常要用到诸葛亮的读书方法——观其大略，或者是陶渊明的读书方法——不求甚解。

这两种读书方法都很出名，还被认为是最高明的方法，但我们要注意的是，诸葛亮和陶渊明的生活年代都相当早，一个在汉朝末年，另一个在晋朝末年，所以，以他们那时候的文字学成果和他们那时候能读到的书来说，就算想求甚解也求不出来。

东汉集大成式的儒家学者郑玄大概是诸葛亮同时代的人，他就是读书求甚解的典范，但今天我们知道，他的很多"甚解"其实都不靠谱。我们因此就能说诸葛亮比郑玄高明吗？当然不能，因为文化的传承靠的正是郑玄这样的人，而不是诸葛亮那样的人。

话说回来，只要我们本着观其大略和不求甚解的精神来回顾《少司命》的结尾，不再纠结具体的字义和句义，那么我们的理解就应该是这样的：少司命大人很厉害，而且对人类很好。

(2)《东君》

《少司命》后面的一篇是《东君》。东君，顾名思义，东方之君，也就是太阳神。巫师扮演东君，说自己如何驾着龙车飞升在天，看到下界的人们载歌载舞。又有另外的巫师以迎神者的身份出场，说人们演奏盛大的音乐，赞美太阳神的贤明。太阳神很吃这一套，真的率领众神浩浩荡荡地来了。太阳神有一段独白，句句押韵，其中有四句最著名：

青云衣兮白霓裳（cháng），举长矢兮射天狼。
操余弧兮反沦降（xiáng），援北斗兮酌桂浆。

第一句描写了东君的扮相，上衣是青云做的，下身没穿裤子，穿的是白霓做成的裳。东君为什么没穿裤子，这不奇怪，因为那时候的人不穿裤子，而是穿一种裙子一样的"裳"。裳并不是很长，所以小腿上还要套上套袖一样的裤管，用带子系在腰上。那时候的人之所以举止有很多讲究，除了考虑仪式和等级，还有一个很实际的顾虑：这种打扮容易走光。

东君和众神从天而降，走光的概率显然更大。东君也许会像梦露那样把"裳"按住，然后很威严地唱着"举长矢兮射天狼"——搭上一支长箭射杀天狼，然后带着弓回家，拿北斗舀酒喝，庆祝胜利。

这几句诗全都和天象有关。这里做一道选择题：太阳神战胜了天狼星，这意味着：A.正义战胜了邪恶；B.光明驱散了灾祸和疫情；C.楚国战胜了其他某个国家。

淫祀之诗

(1) 天狼星与弧矢九星

上一节末留下一道选择题：太阳神战胜了天狼星，这意味着：A.正义战胜了邪恶；B.光明驱散了灾祸和疫情；C.楚国战胜了其他某个国家。

正确答案是C，楚国战胜了其他某个国家，具体来说就是秦国。

以前我讲过，古代天文学和平民百姓无关，而是一种帝王之学，天上的星区对应着人间的格局。

古代星象家将天穹分成若干个区域，每个天区都有其对应的地理分区。天狼星属于东井分野，在屈原时代恰恰对应秦国这个"虎狼之邦"，楚国的劲敌。东君射天狼所用的"弧"并不是真实的弓，而是天上的弧矢九星。弧矢九星又名天弓，一副张弓搭箭的样子。占星家有"天弓张，天下尽兵"的说法，也就是说，当弧矢九星出现芒角、光线闪烁不定的时候，人间就要发生大规模的战争了。弧矢九星"射箭"的方向，正是西北方的天狼星，而天狼星的明暗象征着秦国势力的强弱。古人仰观天象，看的就是这些。

到了宋朝，苏轼有一首著名的《江城子·密州出猎》，最后几句是"会挽雕弓如满月，西北望，射天狼"，就是从《东君》的这几句诗里化用来的。

在苏轼生活的年代，世界的格局已经和屈原所生活的时代很不一样了，星象学也在与时俱进。而不变的是，天狼星还象征着夷狄，也就是骚扰华夏文明的野蛮部落，比如让宋朝很头疼的西夏。于是屈原的"操余弧""举长矢"变成了苏轼的"挽雕弓如满月"，弧矢九星就这样箭指西北，遥射天狼。

今天，在清朗的夜空下，我们还能很容易地看到"会挽雕弓如满月，西北望，射天狼"的星象，因为天狼星是全天空最明亮的一颗恒星。如果你有兴趣，并且条件允许的话，可以对照星图仰观天象。你看到的星空和屈原当年看到的星空并没有很大的不同。只要想到这一点，心里自然就会萌生一点诗意。

(2)《河伯》

讲完《东君》，我们来看下一篇——《河伯》。

河伯是黄河之神，"望洋兴叹"这个成语说的就是他，那是《庄子》中的故事。

楚国人祭祀河伯，这是一件很奇怪的事情。楚国是南方诸侯国，距离长江很近，距离黄河却远得很。

早在春秋时代，楚昭王和黄河发生过一次众所周知的关联。当时他生了病，占卜师说："这是黄河之神在作怪。"谁作怪就祭祀谁，这是当时的通例，但楚昭王说了一段名言，原文是"三代命祀，祭不越望"，意思是，自古以来的规矩，只能祭祀本国境内的山川。

望，"盼望"的"望"，是对山川神灵的一种祭祀。顾名思义，当你放眼远望，必须看得见这些山川才行。但是，在楚国境内的任何地方,都望不到黄河。所以,在楚国祭祀黄河之神,就属于"越望",也就是超出了祭祀范围。

楚昭王接着说:"长江、汉水这些才是我们应该祭祀的对象,我们的祸福全都是这些大河里的神灵带来的。就算我再不像话,也得罪不着黄河之神。"

孔子后来知道了这件事,狠狠表扬了楚昭王,夸他知道"大道"。

楚昭王知道的这个"大道"到底是什么呢?是"祭不越望"这样的老规矩,还是鬼神和疾病之间的真实关系呢?如果你按顺序看过熊逸书院的书,现在就应该回答得出:孔子讲的"大道",就是中庸之道。楚昭王的做法,非常符合中庸之道。

《论语》中有一段对话,说孔子和学生们在陈国断了粮,全都饿得有气无力。子路很不满地问老师,原话是:"君子亦有穷乎?"古文里的"穷"和今天的意思不同,今天说一个人穷,是说他没钱,古文里说一个人穷,常常是说他陷入困境,走投无路。古文说人没钱,一般会用"贫"这个字。今天这两个字已经合二为一,变成"贫穷"了。

子路的不满是:像咱们这样的君子,难道也会走投无路吗?

孔子的回答很有名,原文是:"君子固穷,小人穷斯滥矣。"意思是说,君子即便遇到困境,仍然不失君子的姿态,但小人遇到困境,就会穷形尽相,什么事都做得出来。

楚昭王生了病,这就是一种困境,如果他病急乱投医,不管山神、河神,有一个就拜一个,这就是"小人穷斯滥矣"。但他没有,就算无药可医,依然固守君子的常道。所谓常道,就是平常该怎么做,在困境中依然会那么做,这就是中庸之道所要求的君子修养。看到楚昭王的例子,我们就很容易明白,孔子为什么会感叹坚守中庸之道比上刀山、下火海还难。

我越往后讲,就越会出现一些知识和前面讲过的内容发生关联。也就是说，在讲新内容的同时，我还会不断地从不同角度来温习以前的内容，你的知识点就会不断关联起来，逐渐连成一张大网。你的网越大，今后捕捉新知识也就越容易。如果你已经感觉这张网逐渐在你心里成形了，那么恭喜你，同时，我也会很欣慰的。

话说回来，楚昭王没有祭祀河伯，病终于好了。但他的继承人没有这样的修养，所以到了屈原的时代，祭祀河伯竟然成为常规典礼中的一种。众所周知，楚国人喜欢"淫祀"，也就是过度祭祀，见神就拜。也许是因为黄河毕竟太遥远，一般威胁不到自己，所以，《九歌》里的《河伯》描写的场景是很欢乐的。男巫扮演河伯，女巫迎神，上演了一场不是很深情的、开心的恋爱。

(3)《山鬼》《国殇》和《礼魂》

楚国人的"淫祀"能"淫"到什么地步呢？他们不但祭神，连鬼都祭。《河伯》的下一篇是《山鬼》。女巫扮演山中女鬼，说自己骑着红色的豹子，跑在崎岖的山路上去赴约会，但路太难走，自己迟到了，情人竟然没有多等一会儿。然后是忧伤、思念，接着是猜疑他是否猜疑自己了。最后，在风雨交加的夜晚，"风飒飒兮木萧萧，思公子兮徒离忧"，思念带来的忧伤让她感到特别无助。

下一首《国殇》忽然变了调性，祭祀在战争中死难的勇士。巫师扮演死者的亡魂，讲述一场惨烈的战争：勇士虽然身首异处，却无怨无悔，做鬼也要做鬼中的豪杰。李清照的名句"生当作人杰，死亦为鬼雄"，就是从《国殇》变化来的。

在《国殇》的悲壮腔调之后，是一首只有五句的《礼魂》，说祭祀已毕，大家击鼓传花，轮流起舞，希望这样的祭祀典礼年年都有。是的，击鼓传花的活动从那时候就有。全套《九歌》，到此结束。

下一节要讲《离骚》。为什么要把最重要的《离骚》放到最后来讲，是因为这会让你看到，《楚辞》是怎么从祭神的典礼诗歌演变为抒情的私人诗歌，而在变为私人诗歌的同时，又怎样沿袭典礼诗歌的一切修辞技巧和表达手法。当你熟悉了《九歌》，再读《离骚》和《楚辞》的其他篇章就完全不会觉得陌生了。

《楚辞》最早的注本是东汉王逸的《楚辞章句》，这是后人研究楚辞的起点。《楚辞章句》把《离骚》选为第一篇，但不叫《离骚》，而是叫《离骚经》。王逸解释说，"离"就是离别，"骚"就是忧愁，"经"就是路径，所以"离骚经"的意思就是，屈原虽然被放逐了，离开朝廷了，心里苦闷了，但还是循着正途来劝谏楚王。

你能判断出王逸的解释错在哪里吗？

《离骚》：神灵的语言，贵族的情怀

(1) 风骚

你应该已经看出王逸的错误了。即便他对"离""骚""经"三个字的解释都对，但他还必须补上一些字才能把话说顺，这就是注释家常说的"增字解经"，太主观了。不过我们可以从王逸的误解里知道一件有意思的事，那就是王逸当时看到的《离骚》，题目是《离骚经》，这应该是喜欢《离骚》的人赋予它"经"的崇高地位，使它可以和《诗经》《尚书》这些公认的经典平起平坐。

"离骚"两个字到底是什么意思，其实注释家们各有各的说法，并没有标准答案。司马迁认为"离骚"就是离愁，这个解释无论是和诗的背景还是内容都很贴切，但"骚"为什么会有"忧愁"的意思，谁都说不清楚，也许这就是当时楚国的方言，早已无从考证了。

无论如何，《离骚》因为写得太出色了，以至"骚"这个字不仅可以代指全部楚辞，甚至可以作为诗的代称。我们知道《诗经》分为风、雅、颂三大部分，以"风"的文学性最强，所以，有很多人用"风"代称《诗经》，用"骚"代称《楚辞》，合称"风骚"。为什么"风骚"后来变成了贬义词，专门形容那些不正经的女人？"骚"还可以单独来用,这还真不是无缘无故的,因为《离骚》本身确实有点"骚气":主人公不但特别爱打扮,还会特别标榜自己的打扮,还埋怨那些看不惯自己的人不懂时尚前沿,而且,更重要的是,主人公还特别大胆地追求爱情。

当然,如果我们透过表象,看到《离骚》的深意,就不可能觉得屈原有半点轻浮,但如果只看字面,只看那些关于美人香草的优美辞藻,真会觉得这首长诗太"风骚"了。

(2) 名句

《离骚》虽然是一首长诗,但更像一部架空小说。主人公是一个半神半人的形象,用第一人称的口吻讲述自己的经历。首先从显赫的家世讲起,"帝高阳之苗裔兮,朕皇考曰伯庸","我"是高阳大帝的后人,伯庸的儿子,"我"是寅年寅月出生的。"我"爸爸觉得"我"出生的时辰很不凡,所以给"我"取了很好听的名字。"我"的名叫正则,"我"的字叫灵均。

我在前边讲过,"正则"和"灵均"分别影射屈原自己的名和字。

贵族总是重视家谱的,这位灵均先生很为自己的身世自豪。但值得他自豪的远不止这些。他继续说:

> 纷吾既有此内美兮,又重(chóng)之以修能(tài)。
> 扈江离与辟芷兮,纫秋兰以为佩。

我出身这么好,还很重视打扮,用江离、辟芷和秋兰这些美丽的香草来装饰自己。

引申义是，重视修养，用美德来装饰自己。

一个爱打扮、注重仪表的人最怕岁月，所以：

> 汨余若将不及兮，恐年岁之不吾与。
> 朝搴阰之木兰兮，夕揽洲之宿莽。
> 日月忽其不淹兮，春与秋其代序。
> 惟草木之零落兮，恐美人之迟暮。

这是诗中很经典的一段，感叹时光快如流水，看到草木凋零，不禁担心美人也会衰老。

当你以为这只是一个自恋的人在伤春悲秋的时候，诗句的调性忽然一转：

> 抚壮而弃秽兮，何不改乎此度也？
> 乘骐骥以驰骋兮，来吾道（dǎo）夫（fú）先路。

"抚壮"就是"保持美好的东西"，"弃秽"就是"丢弃不好的东西"。正因为时不我待，所以才要赶紧"抚壮而弃秽"。怎样"抚壮而弃秽"呢？需要"改乎此度"，改变现有的坏制度。谁来改变呢？"我"骑着骏马飞奔，在前方给大家开道。

接下来的内容就是赤裸裸地针对时政了，说朝廷里都是些鼠目寸光的守旧派，"我"在楚王面前费尽了苦心，也费尽了口舌，楚王非但听不进去，反而信了谗言，对"我"大发脾气。"我"该怎么办呢？没错，"我"知道直言进谏会招灾惹祸，但就是忍不住。原本明明和楚王约好了搞改革，谁知道他突然变卦了。"我"并不怕被楚王疏远，只是为他的屡屡变心感到悲伤。

接下来的一段也是千古名句:

> 余既滋兰之九畹兮,又树蕙之百亩。
> 畦留夷与揭车兮,杂杜衡与芳芷。
> 冀枝叶之峻茂兮,愿俟时乎吾将刈。
> 虽萎绝其亦何伤兮,哀众芳之芜秽。

这段是说:我种了很多兰花和蕙草,还有留夷、揭车、杜衡与芳芷。我希望这些香草茁壮成长,等成熟的时候我来收割。香草就算枯萎了又有什么关系,最令人伤心的是香草被杂草淹没。

从前面的"惟草木之零落兮,恐美人之迟暮"到这里的"虽萎绝其亦何伤兮,哀众芳之芜秽",这就是《离骚》最著名的"美人香草"的写法。

香草和杂草代表两种道德取向。奸臣们既贪婪又忌妒,至于"我","忽驰骛以追逐兮,非余心之所急。老冉冉其将至兮,恐修名之不立",不屑像别人一样在名利场上争抢,只担心年华渐老,还没能建立美好的名誉。

接下来的一段有很多名句:

> 朝饮木兰之坠露兮,夕餐秋菊之落英。

我喝的是朝露,吃的是落花,为了保持纯洁,就算面黄肌瘦也无所谓。接下来说,我甘愿效法前贤,尽管不被世人理解,也要走一条光荣的荆棘路。"长太息以掩涕兮,哀民生之多艰",常常叹息、哭泣,哀叹人生不易。但无论遭受怎样的挫折,只要坚守信念,"虽九死其犹未悔"。

(3) 主线

简单来说，诗的主线是这样的：我很美，很有理想，很高贵，很洁身自好，我很想改变这个糟糕的社会，但别人都坏，都鼠目寸光，都忌妒我，挑拨我和领导的关系，结果领导不待见我，把我赶走了。领导对不起我，我们不是说好一起改变世界的吗？我很落寞，即便是死，我也要保持高洁的姿态，不会改变我的初心。别人劝我不要这么耿直，我不听，我对我对我就是对。算了，世界这么大，我要去看看。一位中年英雄的奇幻漂流就这样开始了。"路曼曼其修远兮，吾将上下而求索。"我到天上转了转，却发现天界和人间一样黑暗。不如找美女谈谈恋爱好了。但那些有名的美女，要么太轻佻，要么我找不到合适的媒人来说合。有人劝我到外国发展，嗯，有道理。树挪死，人挪活，我就走吧。但是，我就是舍不得家乡啊。我能怎么办呢？同胞们都不懂我，我还留恋什么？既然无法施展抱负，那我就去死吧。

全诗结束，屈原真的去寻死了。

屈原的这种性格，注定他会被排挤。但这种性格最适合文学，而且越偏激就越适合，即便只是个人的小悲哀，也会当成宇宙的大悲剧来写，怎样一个波澜壮阔，何况屈原身上真的有很多国仇家恨。优秀的文艺作品，往往是性格上有严重缺陷的人创作出来的。

《离骚》的精神，可以归结为《红楼梦》中林黛玉《葬花词》里的句子——"质本洁来还洁去"，用今天的话说就是，人生可以输，但姿态不能输。这样的精神，向上一途是屈原，中间一途是林黛玉，向下一途是孔乙己。只要你足够认真，就可以看到这三个人物形象的共性。很多学屈原不成的人，不是做了林黛玉，就是做了孔乙己。

对《楚辞》就写到这里。这类经典更需要你的直接感受，不是看我介绍一下就够了。我小时候就很喜欢《离骚》,硬把它"啃"了下来,没事的时候就爱大声通读一遍。它的意象很有魔幻色彩,总能一下子把我从现实生活中带走。文学经典的魅力,是需要这样来体验的。

※ 第三章

《搜神记》

《搜神记》：作为信史的鬼神故事集

(1) 干宝的奇幻见闻

《搜神记》的内容很像《聊斋志异》，但在正史里，它曾被当作和《史记》一样的著作看待，这到底是为什么呢？

要回答这个问题，我们就有必要先来了解一下书的作者。《搜神记》的作者是晋朝人，名叫干宝，字令升。梳理一下时间线：汉朝以后是三国，三国以后是晋朝，所以晋朝还延续了汉朝的很多风俗习惯。简单来说，就是晋朝人和汉朝人很像。晋朝分为前后两段，前段称为西晋，基本算是个大一统的政权；后段称为东晋，是被北方少数民族赶到南方之后建立的政权。东晋是一个动荡的朝代，干宝的一生基本就是在东晋度过的。

当我们这样来想朝代次序，会感觉跨过了很长一段时间，其实并没有。因为不太严格地说，西晋初期和三国末期是有重叠的，而且西晋的"寿命"也不太长。我们如果从人的辈分来看，干宝虽然是东晋人，但他的祖父在三国中的吴国做官，父亲在西晋做官，祖孙三代人，跨越了三个历史朝代。

干宝从小就是学霸，以博览群书闻名，所以顺理成章地担任了东晋第一任史官，负责编修国史。干宝在职期间的创作就是一部总括西晋历史的《晋纪》，水平很高，大家都说好。

这里你要留意了：干宝的社会角色是一位很受尊重的皇家首席史官，既是严谨的化身，又是既得利益者。换言之，他可不是蒲松龄那种落魄文人，更不是今天这些靠编故事来赚钱的小说家。

工作之余，干宝还有很高雅的业余爱好：他很喜欢阴阳术数，爱看京房和夏侯胜等人的著作。对京房和夏侯胜的名字也许你还有印象，我在讲《周易》和《尚书》的时候分别讲过他们的学术特色。喜欢阴阳术数的人，在生活中难免会遇到很多神神怪怪的事情。当然，也许是因为生活中神神怪怪的事情太多，所以他们才会对阴阳术数着迷。干宝很小的时候就死了父亲，母亲在操办丧事的时候，把父亲生前宠爱的一名侍女活活推进了墓穴，然后封了墓门。十多年后，母亲也死了，需要打开父亲的墓穴，把母亲葬进去。结果墓穴一开，大家惊奇地发现，当年那名侍女就伏在他父亲的棺材上，好似活人一般。干宝把她带回家，她竟然苏醒过来，说在墓穴里的时候，他父亲常常拿食物给她吃，对她像生前一样好，所以她在里边的日子并不难过。后来干家人把她嫁了出去，她还像正常人一样生了儿子。

奇幻的事情不止这一件。干宝的哥哥曾经病得断了气，呼吸虽然停止了，身体却一连好几天都还是热的。后来他竟然醒了过来，说自己见到了鬼神，好像做梦一样，不知道自己死了一回。

这都是干宝亲身经历的事情，还都是发生在自己家里，发生在自己的亲人身上的，这真的足以扭转一个人的价值观了。看到这里，我知道你会问：这些显然都是野史小说里的怪谈，怎么可以信以为真呢？

(2) 鬼之董狐

没错，谨慎起见，我们应该优先采信官方发言人的正式说法。但是，以上这些怪谈，都是《晋书》这部官方正史里记载的。《晋书》是"二十四史"之一，地位崇高。

《晋书》中还说，正是因为有了这些亲历的见闻，干宝这才收集古往今来的各种灵异事件，写成一部《搜神记》，写成之后拿给一位名人求教，得到一句很有卖点的评语："卿可谓鬼之董狐。"董狐是春秋时代的史官典范，这里把干宝比作"鬼之董狐"，意味着《搜神记》里的那些事都是有可靠依据的。

今天我们会觉得这很荒唐，但只要你上了年纪，经历过20世纪80年代的全国气功热，你就会更容易宽容古人。

古人比我们更容易相信鬼神传说，也更容易相信书本知识。早在百家争鸣的时代，墨家批评儒家的鬼神观，儒家就搬出了一个掷地有声的说法：那么多古圣先贤留下的鬼神记载，难道都是编出来骗我们的？

干宝也有这种心态。作为国史权威编纂者，他更容易接受前人文献里的鬼神素材。另外，从史学的角度来看，对人间万事的记载难道就比对鬼神的记载更可靠吗？

干宝在《搜神记》的序言里，首先谈的不是鬼神，而是人间的史学。他是这样说的：即便是认真收集史料，也无法保证完全不会失真。古籍里边，对同一件事有不同的说法，这种现象是很常见的。要追溯更久远的历史，失真的可能性就更高。但国家并没有因此废除史官，读书人也没有因此就不读书了，这是因为那些记载就算有各种错误，毕竟还在可容忍的范围里。

干宝的这种见识比很多现代人都高。接受一种明知道有很多错误的知识，还能估算出这些错误的限度，这其实是有点反人性的，必须有强大的理性做支撑。而理性不够强大的人,往往要么倒向不可知论,怀疑一切;要么倒向宗教,过一种没有怀疑的踏实日子。干宝在这一点上还真有知识分子的样子,但局限性毕竟还是有的。他解释自己写《搜神记》的目的说,他收集的这些奇幻事迹,有些来自古代文献,有些是当代的见闻,他把它们汇集整理出来,就是要——用原话来说——"明神道之不诬",也就是证明"神道"是真的。所谓"神道",就是儒家"神道设教"的那个"神道"。

你也许会想,作为一名皇家首席史官,干宝写《搜神记》算不算不务正业呢?这还真的不算。你应该记得司马迁的一句名言,说他写《史记》是要"究天人之际,通古今之变,成一家之言"。到底什么才是"究天人之际"呢?就是深入探索天道和人类社会之间的关系。这里的"天道"是指自然法则吗?一部分是,另一部分不是。不是的那部分,指的就是鬼神。司马迁是在董仲舒门下听过课的,没能逃开当时"天人感应"这种主流学术的影响。对职业历史学家来说,研究鬼神就是在"究天人之际"。所以,今天我们虽然把《搜神记》当作中国志怪小说的鼻祖,但在当时,干宝以史家的态度认真来写,读者以读史书的态度认真来看,谁也不觉得这只是打发时间的鬼怪小说。从这里我们就可以看出《搜神记》和《聊斋志异》的不同,前者是历史创作,后者是文学创作。所以,《搜神记》的故事和人物形象往往不如《聊斋志异》那么鲜活,甚至还有不少很乏味的历史记载,显然是被当作纯粹的史料收录进去的。

《搜神记》：教你和鬼灵精怪的相处之道

（1）李叔坚的故事

　　《搜神记》的内容有很多让人惊奇的地方，比如，这样一部书竟然并没有迷信的观点。请你想象一下，如果你家的狗有一天开始像人一样直立行走，还戴着你的帽子到处跑，又在你家的灶台旁边积聚火种，你会有什么想法呢？

　　我想，就算你是一个彻底的无神论者，看到这种景象也难免会有点害怕。

　　在《搜神记》的各种记载里，动物成精，尤其是家养的动物成精，是一个很大的类别。最常见的家养动物，毫无疑问，就是狗。

　　来看《搜神记》里桂阳太守李叔坚的故事。李叔坚当年做小职员的时候，家里的狗忽然像人一样直立行走，家里人都怕了，都说要把狗杀掉，但李叔坚很从容地说："人们常用狗和马来比喻君子，狗看到人类直立行走，就有样学样而已，这有什么关系呢？"不久之后，那只狗又出了新花样，戴着李叔坚的帽子到处跑。李叔坚宽慰大家说："狗只是不小心碰到了帽子，帽带子碰巧挂在了它的头上而已。"这倒也讲得通，但是，狗又有了新动作，在灶台旁边积聚火种。家里人越发恐惧了，但李叔坚依然无所谓地说:"下人们都在田里干活,狗在厨房里帮帮忙也好,免得麻烦邻居,这有什么可恐惧的?"

看这里,你能想到李叔坚一家和那只狗的结局吗?

结局是:几天之后,狗突然自己死掉了,李叔坚的家里一直平平安安。

那么,这个结局到底说明了什么呢?那只狗到底有没有成精?如果成了精,是不是要害人呢?李叔坚的反应和狗的死亡之间到底有什么关系呢?

从这些问题里,我们就可以看到《搜神记》背后的时代观念。读古书需要一种心态,或者说一种方法:事情本身到底有几分是真、几分是假,很多时候是分辨不清的,但是,即便是百分百的虚构,也能让我们看到古人真实的观念和风俗。所以,读古书时更需要你留意的是,古人到底是怎么来理解一件事的。

那么,单从李叔坚的故事里,我们可以回答上面那几个问题吗?

当然不能,因为线索太单一。我们至少要通读《搜神记》,看过里面所有的四百多条记载,掌握它们的整体风格,才能在我们的头脑里形成一个判断基准,再用这个判断基准来理解每一条单个的记载。同样,我们要读很多书来形成判断基准以便理解某部书。这对年轻人来说是一条很重要的读书要领,如果不能以海量的泛读做基础,那么精读的效果就不会好。我见过很多一门心思做精读的人,他们往往功夫下得越深,看法就越偏激。

(2) 来季德和田琰的故事

如果从《搜神记》的整体风格来判断,当动物成了精,只要人对它的各种作怪无动于衷，它就会暴死。那么，李叔坚家里的狗之所以暴死，就是因为它确实成了精，而李叔坚要么是心确实太大，要么是熟知对付精怪的技巧。

至于动物成精之后到底会不会害人，这就不一定了。有些动物只是作怪，有点烦人而已。比如，在另一则记载里，高官来季德死了，盛殓在家还没有下葬，忽然他活生生地坐在摆放祭品的桌案上，从长相、声音到穿着打扮，完全是在世时候的样子。然后他开始教导晚辈，责打奴婢，每件事做得都很得体，吃完饭就自己出门了。然后一连几年，天天如此，家人不胜其烦。后来有一天他喝多了酒，露出了原形，竟然是一只老狗。家人一起动手打死了它，然后查访它的来历，原来它是街上酒馆里的狗。

狗成精害人的例子也是有的。北平郡人田琰为母亲服丧，平时都住在墓庐里。在儒家的服丧礼仪里，所谓墓庐，就是在墓地旁边盖一间简陋的茅草屋，服丧期间需要离开家住在这里，吃糠咽菜，不近女色。服丧快满一年的时候，有一天晚上，田琰忽然回到家里，要和妻子同房。妻子不干，说这是非礼。是的，夫妻之间也存在非礼问题。田琰不听，两人还是同房了。后来田琰临时有事回家，很守礼地不和妻子说话。妻子不高兴了，说，你前些天还耐不住性子溜回来过，现在装什么道貌岸然！田琰知道有鬼，当晚回到墓庐之后，没有睡觉，而是把丧服挂起来，小心窥伺着。不一会儿，只见一只白狗跑进墓庐，叼起丧服，然后变身成人，穿上丧服直奔田琰的家。田琰一路跟着，一直跟到妻子的床边，在千钧一发之际下了杀手。

狗死了，但田琰的妻子会是什么结局呢？

和丈夫和好如初吗？不可能。在男权社会里，女人有了不贞的污点，即便不是自己的过错造成的，也无法得到男人的原谅。或者说，即便男人能原谅她，但也不会再接受她了。这确实很残酷，但没办法，人性就是这样。

可不可以离婚呢？也不可以，因为一来有男权思想作祟，不贞的女人就该死，她活着总会使男人的心里不舒服，也是对田琰这位道德楷模的不公平；二来这属于罚不抵罪，不足以让天下女人吸取教训。

让田琰杀掉或休掉妻子吗？在真实世界里，这种结局的概率很大，但这不够好，因为这会使田琰的形象受损。

我们必须记住，我在前面讲过，干宝写《搜神记》的目的是"明神道之不诬"，所以一定会有道德立场在里面。当你了解了这些背景知识，你就会很容易想到，田琰妻子最合适的结局就是"羞愧而死"。事实上，故事正是这个走向。

面对鬼灵精怪，田琰和李叔坚的态度堪称楷模：第一，不怕它；第二，弄死它。

（3）敬畏

很多人都说当代的中国人缺乏敬畏心，但我们看了《搜神记》就会知道，很多古人更没敬畏心，当真是天不怕地不怕。为什么会这样呢？我们首先要弄明白敬畏心是如何产生的。如果我们缺乏相关的知识，看到雷鸣电闪肯定会心生敬畏，但今天还有谁会敬畏雷电呢？对鬼灵精怪也是一样，只要你清楚它们的底细，也很清楚它们的实力未必比你强，你自然不会敬畏了。《搜神记》中讲了一则孔子见鬼的故事，借孔子之口来告诉我们鬼灵精怪是如何诞生的。

话说孔子带着弟子们周游列国，在陈国陷入困境，连饭都吃不上。这天晚上，忽然有一名身高九尺的黑衣人闯了进来，大呼小叫，还一手把子贡提了起来。在孔子的弟子里，武力值最高的是子路，但子路出手也占不到上风。孔子在旁边仔细观察，终于看出黑衣人的武功破绽，提点子路要抓住对方的下颌往上猛提。子路照做，果然一招制敌。黑衣人倒在地上，现出原形，是一条九尺多长的大鱼。孔子看出的命门，其实就是鱼鳃的位置。

这真是一条神鱼啊，一定有着非凡的来历。

如果孔子读过《圣经》，他就会想起《创世记》中雅各和天使摔跤的事情，那位天使临走时说："你的名不要再叫雅各，要叫以色列，因为你与神与人较力都得了胜。"这就是以色列得名的由来。孔子是不是遇到同样的事情了呢？子路打赢了神鱼，这意味着什么呢？

你可以自己设想一下接下来的剧情走向，尤其是神鱼会有什么样的结局。

孔子破例解释怪力乱神

（1）神鱼的来历

本节我们来讲《搜神记》里的三个故事，先把上一节孔子斗神鱼的故事讲完，然后再讲李寄斩蛇和度朔君的故事。我们要从中分析出鬼灵精怪的生成原理和行为模式，你只需要记住两个关键词：第一，五酉；第二，盛衰。

孔子遭遇神鱼的故事，上一节我只讲了前半段，然后请你自己设想一下接下来的剧情走向，尤其是神鱼会有什么样的结局。我还举了西方《圣经》中雅各和天使摔跤的例子，可以对比出两种文化传统的差异。

话说黑衣人被子路打翻在地，现出原形，原来是一条九尺多长的大鱼。如果它仅仅是一条"大鱼"，倒还真有可能激起人们的敬畏心，把它当成龙宫使者之类的供奉起来，但是，大家看得很清楚，这是一条鳀鱼。既然认得出品种，也就知道了底细。上一节我们讲过，知道了底细，敬畏心就很难生出来了。

但是，鳀鱼为什么会变成黑衣人呢，这总有点让人摸不清底细吧？

照样摸得清。谁让这条鳀鱼这么倒霉，偏偏遇到了当世最博学的孔子呢。

孔子给大家解释说:"我听说过,任何东西只要年头久了,就容易有各种精怪依附上来,趁人衰微的时候露面。我们断粮很多天了,正是最衰微的时候,所以它就来找我们了。各种家畜,还有龟、蛇、鱼、鳖、草木之类的东西,年头久了都会被神灵依附,然后就会兴妖作怪,所以人们称之为'五酉'。所谓'五酉',就是说东、西、南、北、中五个方位都有这种怪物,它们无所不在。'酉'的意思是'老','物老则为怪'。"

怪物的来历就这样被孔子解释清楚了,似乎不足为奇。那么,人类该怎样对付它们呢?

孔子说:"杀了就好,没什么可担心的。"

说完这话,孔子马上把事情联系到自己身上:"也许天意不想让传统文化断绝,所以在我快要饿死的时候特地送这条大鱼给我吃吧?"孔子一边说着,一边弹琴唱歌,不失半点风度。失风度的事情自然有弟子去做。子路把这条鲲鱼煮了,香气扑鼻,大家饱餐之后迅速恢复了体力,第二天就继续上路了。

我之所以选这个故事来讲,是因为这里不仅有案例,还有完满的理论说明,而且这段理论说明是借孔子之口讲的,很有权威性。虽然"子不语怪力乱神"是孔子的真实态度,但这个话题太重要,人们总是希望他讲,所以就在《搜神记》里编排出了孔子的话。

孔子所谓"物老则为怪,杀之则已"的态度构成《搜神记》的一大基本调性。它主要有两层含义:第一,鬼灵精怪的生成其实都是再正常不过的自然现象,人类不必大惊小怪;第二,无论这些鬼灵精怪有没有害人,人类对待它们的正确态度只有一种,那就是,弄死它们。

(2) 李寄斩蛇和度朔君的故事

有些妖怪确实会害人,所以斩妖除怪的人会被当成英雄。这类记载很多,最著名的就是李寄斩蛇的故事:蛇妖经常吃人,还很挑嘴,让人们每年献祭十二三岁的女孩子给它。终于有一年,适龄小女生李寄自告奋勇去做祭品,她带着一把剑和一条狗,用剑砍,放狗咬,真的把这个长七八丈、粗十余围的蛇妖杀了。

我粗略换算了一下,蛇妖的直径将近六米,不知道狗是怎么下嘴的。

无论如何,李寄杀了蛇妖,为民除了害,她还在蛇妖的家里看到很多女孩子的尸骨,然后对着那些尸骨发出了一句很有说教意义的感叹:"你们太怯懦,太软弱,所以才被蛇妖吃了,真可悲啊。"

越王听说了这件事,娶李寄做了王后。从此当地不再闹妖怪了,歌颂李寄斩蛇的歌谣一直流传下来。

这个故事有很明确的道德训诫色彩,它告诉我们,在可怕的神秘力量面前,与其怀着敬畏之心去膜拜、献祭或者逆来顺受,畏畏缩缩地去送死,不如拿出螳臂当车的勇气去拼命,万一赢了呢?

但《搜神记》中也有另一种类型的故事:妖怪非但没有害人,还很有助人为乐的精神,即便这样,人还是要斩妖除怪。

度朔君的故事就是典型。东汉末年,在大军阀袁绍的占领区里出现了一位神灵,号称度朔君。老百姓为他修建了庙宇,还在庙里安排了主簿,香火一直很盛。老百姓的眼睛至少在这种时候是雪亮的,这位神君确实本领很大,能为人排忧解难,学问还特别高深,精通儒家五经,对《礼记》的造诣最深,他朋友圈里的也都不是寻常的神灵。

此时的人间动荡不安,曹操打败了袁绍,追击袁绍的儿子袁谭。打仗是很费钱的,曹操派人到度朔君的庙里,要换一千匹绢。这也许有些强买强卖的意思,所以度朔君不给,但曹操是何等样人,马上派大将张部带兵拆庙。曹操的勇气显然不输李寄,但度朔君的本领也不是蛇精能比的。度朔君调遣数万天兵保卫家园,还用云雾笼罩着张部的拆迁队,使他们找不到神庙的位置。

这一次交锋,强弱与胜负似乎很明显,但是,度朔君很丧气地对神庙的主簿说:"曹操气势太盛,我还是躲远一点好了。"

就这样,度朔君到胡人的地界躲了三年,后来终于找机会派人和曹操商量,说原先的庙宇已经颓败了,没法儿住了,看他能不能帮忙给自己安排一个暂住的地方。

这话听起来好凄凉。曹操很爽快地答应了,收拾出城北的一座小楼给他。几天之后,曹操外出打猎,捉到了一只怪物,像小鹿那么大,雪白雪白的,皮毛又软又滑,很惹人喜爱,但谁都不知道这到底是什么怪物。当天晚上,忽然从城北那座小楼里传来哭声,还有一个声音在说:"我的孩子外出了,怎么还没回来?!"曹操恍然大悟,拍着手说:"这妖怪的气数要尽了!"

第二天一早,曹操安排几百只狗围攻小楼,咬死了一个像驴那么大的怪物,庙神自此绝迹。

我们仔细回味一下这个故事:度朔君到底做错了什么呢?他学问很高,本领很大,也很愿意帮人们排忧解难。就算他帮人们排忧解难只是为了换来人们的供养,这也完全合情合理、无可厚非。如果一定要说他做错了什么,那么只有两点:第一是政治上站错了队,在袁绍的地盘给袁绍统治的老百姓排忧解难;第二是他不如曹操气运旺。

第一点容易理解,所以我在这里只说第二点。

在《搜神记》原文里,当度朔君要躲避曹操锋芒的时候,说的话是"曹公气盛,宜避之",当曹操听到小楼里的哭声和语声的时候,说的话是"此子言真衰也"。关键字是"盛"和"衰"。在孔子师徒大战鲲鱼的故事里，孔子也说鬼灵精怪会"因衰而至"。《搜神记》有自己的一套鬼神逻辑，认为任何事物都受气运的影响，气运盛就会无往而不利，气运衰就会事事不顺。唐朝诗人李山甫有两句诗——"世乱僮欺主，年衰鬼弄人"，这是说世道乱了，主人就会被奴仆欺负，年老体衰了，人就会被鬼欺负。

这种观念一直延续到今天，人衰就会被鬼欺负，鬼衰就反过来被人欺负。这就是一种自然规律，和人是好是坏、鬼是好是坏都没有任何关系。

在不可理喻的情节背后，
是特定时局下的特定心态

（1）双雄会

如果哪个鬼灵精怪在品质上非常完美，道德上没有任何瑕疵，也没有像度朔君那样在政治上站错队，而且对人类充满善意，而和他打交道的人类也很完美，绝不像曹操那样霸道，彼此还都有极高的文艺修养，这样的话，他们是会斗得你死我活，还是会惺惺相惜，跨越门派偏见，合奏一曲《笑傲江湖》呢？

这是一种极限化的场景设定，哲学思辨常会用到这种方法，因为只有极限化的设定才更容易把一些含混不清的问题理清楚。当然，现实生活往往不会这么极限化。所以哲学家和那些没有受过哲学训练的人讨论问题的时候，双方经常都很难受，普通人会觉得"你讲这么多不可能发生的情况有什么意义"，哲学家会觉得"为什么我每做一个设定，你都要去联系现实呢"。

幸好在当下这个问题上，《搜神记》本身就给出了一个极端化设定下的故事。

这是干宝本朝发生的事情。当时，燕昭王的古墓旁边有只狐狸成了精，它变成少年书生的模样，想去拜访张华。这么大的事情一定要找人商量一下才好，于是它去问古墓前边的华表："凭我的才华和仪表，应该够资格去拜见张大人吧？"

信息量有一点大，需要稍稍介绍一下其中人物。

先说燕昭王，他是战国年间的人，就是他高筑黄金台，礼聘天下贤人，后来重用外国名将乐毅，打败宿敌齐国，完成了燕国的伟大复兴。所以燕昭王在中国传统上成了一个经典的文化符号，文人们感到怀才不遇的时候，就会写诗缅怀他。《搜神记》里的这只狐狸既然是燕昭王墓前的狐狸，就给狐狸的形象加了分。如果是吴王夫差墓前的狐狸，或者是商纣王墓前的狐狸，形象肯定会是负面的。

再说华表，传说上古圣王广开言路，设置过一种"诽谤之木"，大概是在一人来高的木棍上插上一块木牌子，是原始的意见本，让大家提意见用。"诽谤"的本义就是"提意见"，并没有负面意思。后来，也许是统治者越来越重视大家的意见，把诽谤之木越做越大、越做越高，最后就做成了一根两三丈高的石柱子，上边横着云朵一样的精美石雕，这就是大家都很熟悉的华表，现在的天安门前面就有。随着华表变成了仪式性的道具，不中听的"意见"也就变成了恶意的"诽谤"。器物的功能变迁和名词的含义变迁背后往往是有深意的。

燕昭王墓前的这块华表，原本应该是燕昭王征求群众意见的设备，所以是货真价实的实木制品。木头年头长了也会成精，所以这块华表才能给狐狸精提建议。

再说狐狸精想要拜访的这位张华，他是晋朝顶尖的学者型官僚，简单来讲，你可以把他想象成诸葛亮和郑玄的合体。所以这个故事的设定是，鬼怪界的一只极品狐狸本着惺惺相惜之心，想去结交人类当中的顶尖人物。这种心情可以理解，绝对没有任何恶意。

但华表很不赞成，劝狐狸最好别去，免得自取其辱。

狐狸不听劝，拿着名片求见张华去了。

张华接见了这位"少年书生"，只见他一表人才，举止优雅，而且才华和学识都很高。书生讲起话来，从天到地，从古到今，各种精妙的见解让张华听得目瞪口呆。最后张华长叹一声："天下怎么可能有如此了不起的少年！如果不是鬼魅，一定就是狐狸！"

狐狸不干了，责怪张华说："这是赤裸裸的污蔑！您这样的人物，应该有海纳百川的胸怀，怎么可以嫉贤妒能，污蔑别人是狐狸呢！我要告辞了。"

但张华已经派武士守住大门，狐狸出不去了。

此情此景之下，狐狸倒没有半点慌张，只是义正词严地责怪张华说："您这样做的话，我担心天下人都不敢再发表议论，才智之士也不敢再投奔到您的麾下了。我很为您惋惜。"

张华一言不发，只是派人加强防范，狐狸就这样被软禁起来了。

这个时候，丰城县令雷焕前来拜访。雷焕也是一位见多识广的人，张华把情况跟他一讲，他马上就有了主意："狐狸都怕狗，咱们把猎犬带到他身边试探一下。"

猎犬被带来了，但狐狸书生神色如常，又把张华好一顿奚落。

实践是检验真理的唯一标准，也许是的，所以张华很愤怒地说："你一定是真妖怪！"

反正张华就是很有自信，一定要验证自己的判断。他和雷焕商量："这应该是级别很高的妖怪，因为我听说过，狗只能识别出几百年资历的小妖怪，如果妖怪有了上千年的修为，狗也识别不出。但办法还是有的，用千年枯木燃烧的火光来照它，它就能现出原形。"

雷焕说："可我们上哪儿去找千年枯木呢？"

张华说："我知道。燕昭王古墓前的华表，已经上千年了。"

其实，从燕昭王的时代到张华的时代，大约只过了六百年。也许张华从哪里知道那块华表原先就是用四百年以上树龄的树做成的。反正无论如何，他知道这件事，立刻派人去砍华表带回来烧。

被派去的这个人疾走到古墓的时候，忽然有一个身穿青衣的小孩子从天而降，问他来做什么。这人就如实回答了。小孩子哭起来，责怪狐狸牵累了自己，然后就消失不见了。

砍断华表的时候，木头里边流出血来。等那个人把华表木带回来，点燃去照，书生终于现出了原形，真的是只狐狸。张华说："这两个东西要不是撞到我手里，再有一千年都捉不到。"然后就把狐狸精扔到大锅里煮了。故事就这样结束了。

(2) 合情合理的荒诞

这个故事好像不是写给人类看的，而是写给鬼灵精怪们的，提醒它们人类多聪明、多可怕。狐狸没做错任何事，只是仰慕张华的才学，想去结交，也想炫耀一下自己的才学，至于华表，在原地动都没动过，还很认真地劝阻过狐狸，死得实在最冤。而张华，这个让晋朝人引以为傲的名人，为什么在这个故事里表现得既蛮横又凶残呢，而在蛮横和凶残的同时，还偏偏那么正义凛然，仿佛站在道德制高点上？

这个故事反映出来的就是《搜神记》的另一个基调：非我族类，其心必异。

历史由西晋转入东晋，正是所谓"五胡乱华"的时候，各个少数民族政权不断在中原故土和汉人厮杀，把中原汉人驱赶到长江以南，史称"衣冠南渡"。那是民族矛盾极其尖锐的时候，由此而来的心态异常会很自然地反映在文字作品里。你理解了这个道理，就很容易理解《搜神记》里许多看似不可理喻的情节安排。

《庄子》里讲了一种万物演化论，大意是说，有一种极小的生物叫作几，到了水里就会变成继草，在潮湿的土壤里就会长成青苔，若是生在高地上，就会长成车前草。车前草在粪土里会变成乌足草，乌足草的根会变成蝎子，叶子则变成蝴蝶。……羊奚和久不生笋的竹子结合会生出青宁，青宁生程，程生马，马生人，人又变回到几。万物都是从几演化而来的，最后都会回到几的状态。

从《搜神记》到《易经》：
让你一目了然的卦爻演算原理

(1) 马生人的故事

上一节讲到,《搜神记》中真的讲了一件《庄子》所谓的"马生人"的事情。我倒不是想带你复习《庄子》，而是让你检验一下自己的易学知识：如果说马生人这件事有预言的意义，预示天子失去权柄，诸侯之间彼此攻伐，你觉得这种解释会是易学正宗吗？如果不是的话，你能想到它属于易学的哪个分支吗？

这个问题并不是很难回答。只要你对《周易》和《尚书》的内容还有印象，就可以判断出来，这种解释风格绝不属于易学正宗，而属于风靡汉朝的天人感应论，和《尚书》旗下的《洪范五行传》是一家。

同样是针对"马生人"这种怪事，不同学派有不同解释。《庄子》一系的道家根本不觉得这有什么奇怪的，反正万物就是这样互相转化的。《搜神记》中首先以历史学家的态度列举事实，说某年和某年都发生过这种事，然后引用京房的《易传》来做解释说："天子失去权柄，诸侯彼此攻伐，这种情况所对应的妖异现象就是马生人。"

《搜神记》中凡是记载这种怪事的，最后都要援引京房《易传》的相关解释。比如，某年一个女人变成了男人，竟然还娶妻生子了。《易传》说过："女人变成男人，这叫'阴昌'，也就是阴气太盛，预示下贱的人将会称王。如果是男人变成女人，这叫'阴胜阳'，是灭亡的预兆。"

再举两个例子。汉昭帝的时候，昌邑王刘贺看见一只没有尾巴的大白狗戴着方山冠。汉灵帝的时候，宫里的人给狗戴上帽子，系上印绶，打扮成官员的模样来取乐。有一只狗突然跑了出去，跑到衙门里，看到它的人都感到惊奇。

第二个例子之所以格外值得重视，是因为它对怪事给出了合理解释：狗之所以戴帽子，不是因为狗成了精，而是有人捉弄。按说答案揭晓了，也就没必要再去挖掘其中的深刻含义了，但是，《搜神记》中仍然引述了京房《易传》的话说："如果君主行为不端，臣下想要夺权，那么就会有狗戴着帽子跑出宫门的事情发生。"

这就意味着，灾异就是灾异，并不能因为有了唯物主义的解释就不称其为灾异了。

汉灵帝确实行为不端，东汉就此亡了；昌邑王更是一个纨绔子弟，很快就被大臣们废黜了。在昌邑王被废黜的事件里，奇书《洪范五行传》展现出了惊人的预测能力。

接下来请你预测一下：如果有一只母鸡变成了公鸡，这预示着什么呢？

线索很好找：雌与雄的转化意味着阴与阳的转化，然后可以引申为君臣关系的转化，或者是皇权与外戚关系的转化。所谓外戚，就是皇后的娘家人。

《搜神记》中讲，汉宣帝年间，皇宫里有一只母鸡变成了公鸡，羽毛全都变了，只是不会打鸣，不会统领鸡群。汉元帝年间，有一只母鸡变成公鸡，不但会打鸣，还成了鸡群的首领。后来还有人献来一只头上长角的公鸡。《汉书·五行志》认为这是外戚王氏专权的预兆。如果你对王氏家族不太熟悉，只要记住，王莽就是其中一员。《搜神记》最后照例援引京房的《易传》，说，在贤人不得志、平庸之辈身居高位的时代，就会有鸡头上长角的怪事发生。《易传》还说，女人掌权，国家不宁，母鸡打鸣，主人衰败。

我讲《周易》的时候说过，今天流行的以算法做预测的所谓易学，和正宗的《周易》关系不大，而是从京房的易学里传承过来的。而京房发明的那些很复杂的算法，比如纳甲，理论基础就是阴阳五行，而阴阳五行为什么会有预测能力？理论基础就是天人感应。天人到底怎么感应，其实就是《搜神记》里讲的这样。你只要把这个脉络梳理清楚了，就不会再对这一系的《周易》预测学有什么敬畏心了。

（2）新闻与妖异

《搜神记》里还有一些怪事带来了伦理和法律上的疑难，今天看来却很有意思。

例如，在晋武帝的时候，河间郡有一对自由恋爱的小情侣，约定了婚姻，但男人忽然从军出征去了，很多年都没有音信。女方父母用尽手段，终于逼迫女儿改嫁他人。女儿很伤心，出嫁不久就病死了。男人终于回来了，问明前因后果之后，就到情人的墓地上大哭了一场，结果越哭越动情，一个没忍住就把坟刨了，把棺材打开了。

没想到棺材一开，死人竟然复苏了，男人赶紧把她背回家里。女人休养了几天之后，竟然恢复得和平常人一样。

女人的丈夫听说了这件事，就找到情敌家里要人。那男人当然不肯，还理直气壮地说："你的妻子已经死了，死人不能复生。这个女人是上天赐给我的，不是你的妻子。"

相持不下，两人只好去打官司。这桩官司真把官府难住了，谁也不知道该怎么判，结果逐级上报，请示上级领导。终于有明白人建议说："这种不平常的事不要依据平常的礼法来判，就让两个相爱的人在一起吧。"

这件事有了美满的结局，令人欣慰。

但还有一些事情，看起来似乎没有任何灵异，但干宝会说，我们之所以看不出灵异，纯粹是因为眼拙。

例如，汉宣帝的时候，北方某地有三个男人共同娶了一个女人，生下四个子女。到了要分家的时候，这笔账实在算不清楚，只好去打官司。讼师惊呆了，向皇帝建议说："这些人简直就是禽兽，咱们不如就按照禽兽的生活习惯，把孩子都判给母亲好了。至于那三位父亲，全都该杀。"皇帝不忍心，说，真要这么判的话，虽然合乎道义，却不合乎人情。干宝最后评论说，这位法官只看到法律层面的问题，其实这种事情属于妖异，预示会有更大的坏事发生。

在干宝看来，生活当中的很多事情，大到婚丧嫁娶，小到穿衣打扮，只要不合常规，就都存在妖异的嫌疑，这就和狗戴帽子背后的道理一样。

汉灵帝年间，河内郡发生了妻子吃掉丈夫的新闻，河南出现了丈夫吃掉妻子的新闻。这其实不难理解，人吃人是乱世的常态，史不绝书。世道太坏了，人太饿了，本能压垮了理智，难免做出穷形尽相的事来。但夫妻关系属于儒家高度重视的人伦关系，所以干宝评论说："夫妻的匹配就像阴阳两仪相辅相成，感情应该是很深厚的，如今竟然有夫妻相食的事情，这就意味着阴阳互犯。所以汉灵帝驾崩之后，天下大乱，君臣刀兵相见，骨肉至亲变为仇敌，而夫妻相食正是这种局面的先兆。"

虽然《搜神记》里都是些荒诞不经的故事,但反映了一个时代最真实的风俗、信仰和最深刻的焦虑,不能简单当作故事来看。

※ 第四章

《昭明文选》(上)

《昭明文选》：是古文，又不是古文

(1)《昭明文选》和《古文观止》

《昭明文选》既是中国历史上第一部也是地位最高的文学总集，由南北朝时期梁朝的昭明太子萧统领衔编选。

《昭明文选》简称《文选》，其实它的原名就叫《文选》，但《昭明文选》的叫法已经约定俗成了。《文选》，顾名思义，是好文章的精选集。这部精选集是个大部头，号称"文章之渊薮"，历史地位很高，"文学"的观念正是由这套书确立起来的。历史上还有一句著名的俗语"《文选》烂，秀才半"，意思是说，必须把《文选》读熟读烂，考取秀才才有希望。研究《文选》甚至成为一种专门的学问，称为"选学"。

但是，今天提到古文选本，大家都会想到《古文观止》，很少有人想到《文选》，甚至很多人根本不知道有《文选》这部书。这到底是为什么呢？

最简单的答案是，时代变了，古文开始流行了。

这个答案马上会带来新的问题：难道《昭明文选》不是古文的选集吗？

严格来说，它还真的不是。

我们先看一下《古文观止》这个书名。所谓古文，并不是泛指古代的文章，而是特指散文。古人写的文章有两大类型，一种是骈文，另一种是散文。所谓骈文，就是一种对仗体的文章，你可以把它简单理解成由很多副对联组成的文章。"骈"，这个字的本义是两匹马拉着一辆车，引申为"并列"，进一步引申为"对仗"。骈文的句式里，四字句和六字句最多，所以有一个词叫"骈四俪六"，"俪"是"成对"的意思。显而易见，骈文非常雕琢，重视形式美和朗读的节奏感，所以一读骈文，自然就容易摇头晃脑。

唐朝很流行骈文，韩愈和柳宗元看不惯这种华而不实的风气，提倡写散文。散文没有那么多形式上的讲究，只要文通字顺就好。换句话说，骈文属于书面语，而散文贴近口语。先秦诸子百家的文章都是散文。所以韩愈他们的主张，在当时来说属于"复古"，要用先秦的散文写法来取代时下流行的骈文写法。既然散文属于"古代的文章"，所以被人们称为"古文"，而韩愈、柳宗元发起的这场文化革命，也就顺理成章地被称为"古文运动"。

写古文最有名的，就是大家都很熟悉的"唐宋八大家"。在这"八大家"里边，唐朝占了两家，恰恰就是韩愈和柳宗元。"八大家"真能代表古代文章的最高写作水平吗？当然不能，他们最多只能代表"古文"的最高写作水平，因为他们并不是"文章"八大家，而是"古文"八大家。换言之，他们仅仅代表古文阵营，而在古文阵营之外，还有一个很大的骈文阵营。清朝大才子袁枚有这样一句话："一奇一偶，天之道也。有散有骈，文之道也。"

骈文兴盛的时代是南北朝，这个时段是在魏晋之后、隋唐之前，所以，唐朝的骈文传统就是承接南北朝而来的。《昭明文选》就是南北朝时期的产物，所以入选的文章中有很多都是骈文。

今天，有一个在初学者中很常见的问题，那就是不知道读《昭明文选》好，还是读《古文观止》好。现在你应该知道了，这个问题本身就不成立，因为这两个选本，一个属于骈文阵营，另一个属于古文阵营，没有可比性。

不过，无论文学风气怎么变，地位最高的文章选本永远都是《昭明文选》。

鲁迅说过这样的话："以《古文观止》和《文选》并称，初看好像是可笑的，但在文学上的影响，两者都一样的不可轻视。"这句话意味着，《古文观止》的影响力确实不亚于《昭明文选》，但将这两部书相提并论，在内行看来也确实可笑。《古文观止》只是清朝的两位私塾先生选编的古文入门读物，《昭明文选》却是一位文化素养极高的皇太子带领全国一流的知识分子精心编选出来的文学典范。人们即便手里翻看的都是《古文观止》，但心里和嘴上推崇的仍然会是《昭明文选》。

《昭明文选》，顾名思义，是由昭明太子主持编选的。这位昭明太子是梁武帝萧衍的长子，名叫萧统，字德施。萧统没等到继位，三十岁就死了，死后谥号"昭明"，所以人们习惯称他为昭明太子。

(2) 南北朝时期

萧统的生活时代，很多人并不熟悉，所以我先简单介绍一下。前面讲的《搜神记》是东晋时期的作品，东晋政权只有长江以南的半壁江山，而长江以北分布着各个少数民族政权，史称"五胡十六国"。东晋末年，名将刘裕篡位，改国号为宋，史称刘宋，晋朝历史正式结束。刘宋末年，风水轮流转，大将萧道成篡位，改国号为齐。又过了不久，皇帝的远亲萧衍篡位了，改国号为梁。后来大将陈霸先篡位了，改国号为陈。江南政权，先后就是这宋、齐、梁、陈四朝，因为都在江南，所以统称南朝。长江以北，主要是若干个少数民族政权，最著名的就是鲜卑族建立的北魏。北方各个政权，统称北朝。在这个时期，南朝和北朝隔江对峙，统称南北朝。

北朝中有一个北周，后来被杨坚篡了位，建立隋朝，统一了南北。然后就有了著名的昏君隋炀帝杨广，再然后就是唐朝取代隋朝。

从晋朝到唐朝的政权更迭，大体上就是这样一个过程，《昭明文选》的编纂就发生在这个过程的中间点上，也就是南朝中的梁朝。

从世界史的时间坐标上看，在这个时段，东罗马的查士丁尼一世出于打击异端的目的，封闭了雅典哲学院，这是一件影响很广泛的事情。

在东罗马帝国毁灭文化的同时，中国正在弘扬文化。梁朝的开国皇帝梁武帝萧衍是一个文化修养很高的人，他年轻的时候是个著名的文艺青年，即便在篡位之后也保留着文人雅趣。萧统遗传了父亲的文艺趣味，最喜欢和文人雅士们谈诗论文，也很喜欢搞创作。

萧统做了太子后，文学雄心越发高涨。他一方面搜集天下图书，另一方面延揽知识精英。这些精英里，在今天最有名的，就是《文心雕龙》的作者刘勰。

有了这么多书，又有了这么多人，是时候搞一点大事情了。于是萧统领衔，从历代诗赋文章中优中选优，编成了这部《文选》。这部书是中国历史上第一部文学总集，收录了从周代到梁朝七八百年间一百三十多名作者的七百多篇作品。这么多作品，当然各有各的观点，各有各的风格，我实在没办法浓缩。

其实在我看来，如果以现在这样的进度，单独写一本书来讲《文选》是最合适的，但我必须凝练一下，讲完全书的来龙去脉和主要纲领之后，再从这优中选优的七百多篇中选几篇我觉得最有意思的文章来讲。

从《文选》的政治意义看天子的三重身份：
大领导、大家长、大祭司

（1）政教分离

　　本节我们要讲的是统治者操办文化事业的政治意义，还要从这个问题上区分东西方政治传统的不同之处。

　　我们通观历史就会发现，皇帝或者太子领衔搞文化事业，这种事情其实相当普遍。那些雄才大略的君主，比如唐太宗、武则天、明成祖、乾隆皇帝，都很热衷文化事业，这到底是为什么呢？

　　在回答这个问题之前，我们有必要先把目光投向西方。在西方历史上，王权和教权一直此消彼长，在此之下，还有各股分立的势力总想捍卫自己的独立性，如果感觉自己势单力薄，还会和别处的同伴联合起来，组成联合体，既对抗王权，又对抗教权，有时为了对抗王权而亲附教权，有时又为了对抗教权而亲附王权。总而言之，西方的政权变化远比中国的情况复杂。在中国历史上，皇权几乎就是一切，核心意识形态只有两条：第一，普天之下，莫非王土，率土之滨，莫非王臣，简言之，天下所有的土地和人民都是最高统治者的；第二，天无二日，民无二君，简言之，主权不可分割。这样一来，就没有教权存在的空间。难道中国人不需要宗教权威吗？中国人的天性和外国人有本质上的差异吗？显然不是，中国一样存在教权，只不过在形式上和西方不同。

西方的王权，或者说世俗统治者，本质上都是武士。他们能征善战，喜爱冒险，但文化程度低得吓人。在我们的想象中，在电影银幕上，看到那些国王和骑士仪表堂堂，有迷人的贵族范儿，其实他们中很多人都是文盲，言谈举止粗俗到了一个无以复加的境界。举一个并不算太久远的例子：法国的凡尔赛宫虽然富丽堂皇，但偌大一个宫殿建筑里竟然没有厕所。以前，从国王到贵族，找个角落就可以随便解决排泄问题。这不是什么标新立异的行为艺术，而是欧洲的蛮族传统。封建领主经常轮流到各个庄园里去住，一方面是为了收税；另一方面是因为住上一段时间就把一个庄园弄臭了，必须离开，让仆人们慢慢打扫。

欧洲的君主里，我举一个中国人熟悉的例子："狮心王"理查。所谓"狮心王"，形容他有一颗狮子般的心，格外勇敢。"狮心王"理查最喜欢冒险和打仗，所以常年在国外征战，懒得回国。他去打仗，绝不是运筹帷幄，而是身先士卒，亲自提着长剑，骑马砍杀。大家都很钦佩他的勇气和武力，但不会有人佩服他的文化修养，更不可能把他奉为意识形态权威。

教士阶层才是那时候的文化人，虽然他们也很不讲卫生，但这是出于苦修的缘故，存心不让身体舒服，身体够脏才说明灵魂够圣洁。所以，教权和王权一文一武，缺了谁都不行。王权想要摆脱教权的牵制，建立王权之下的新教会，把文化力量掌握在自己手里，英国国教就是这么来的；教会也想有自己的直属武装力量，用起来更顺手，比如圣殿骑士团——没错，就是《达·芬奇密码》中讲过的那个神秘组织，它在历史上是真实存在的。

(2) 政教合一

中国的情况则完全不同。比如，孔子教学，不仅教文化课，同样要教武术课。孔子一生的理想就是恢复周礼，而在周礼的格局里，不但文和武是不分家的，而且政权、教权，还有族权，也是不分家的，天子既是最高的政治领袖，也是贵族们的大家长，而大家长有义务带领大家祭天、祭祖，所以天子同时还是大祭司。也就是说，天子身兼三个角色，分别是大领导、大家长、大祭司。这就是中国政治传统最重要的基因代码。

后来，秦朝虽然用郡县制取代了周朝的封建制，"大家长"的身份事实上已经不成立了，但名义上还是成立的，所以，皇帝既是我们的领导，又是我们的父亲，还是我们的导师。

皇帝是领导，这不用解释；是父亲，因为他爱民如子；是导师，因为他是意识形态领域的最高权威。我们看西方国家，政治领袖并不非得是道德楷模，他们可以肆无忌惮地展现自己身上的道德污点，无所谓，这并不影响他们的权威。但教士阶层的领袖就必须是道德楷模，也就是说，意识形态领袖和道德楷模必须是合二为一的。

中国皇帝喜欢炫耀自己的文化修养，而欧洲国王总会向臣民炫耀自己的饭量，这背后都有权力合法性的根源。炫饭量貌似很滑稽，但是，过人的饭量意味着过人的体格，过人的体格意味着过人的战斗力，而过人的战斗力正是他们权威合法性的核心来源之一。至于教士阶层，即便暗地里也吃得很好，但拿出来炫耀的反而是清贫，因为清贫意味着廉洁自律，廉洁自律意味着他们遵循神的教导，而这才是他们权威合法性的核心来源。

所以，我们看西方历史，大家可以随便拿国王开玩笑，发展到今天就是拿总统开玩笑，编出各种龌龊段子，但在同样的时局里，很少有人拿这种段子去编排教皇或者其他高级神职人员。而在中国历史上，如果有人拿龌龊段子来编排皇帝，老百姓是不高兴的，哪怕这些老百姓饱受皇帝的盘剥。如果有人对你的皇帝不敬，那就等于既骂了你的父亲，又骂了你的导师，还侮辱了你的道德楷模。

进一步来看，皇帝既然已经是皇帝，太子既然已经是太子，政治权威和武力值都是毋庸置疑的，那么怎样才能把自己打扮成意识形态最高权威的样子呢？是的，领衔建设文化工程就是最好的办法。

其实，传统上还有一个办法，那就是亲自给意识形态的经典撰写注释。但这么做存在很大的风险，那就是万一有的地方注释错了，那些读书人就算嘴上不说，心里也会偷偷笑上一阵。你只要看一下贾谊《新书》里对"阶级"的论述，就会知道领导对注释这种事情的亲力亲为一定要有合适的分寸。领衔主持就好很多，如果哪里出了错，很简单，找个具体操办人当替罪羊也就是了，领导的权威性永远不会受损。从这个角度上看，萧统对《文选》的参与度其实有点过了。

(3) 正统性

操办文化事业还有一个很实际的政治意义，那就是高调表达自家政权的正统性。

在昭明太子萧统生活的年代，这个问题格外重要。上一节讲过，那是南北朝时期，是中国历史上大分裂的时期。"天下"有这么多政权，到底谁才是正统，每家都要争着表现。为什么要争正统？因为正统意味着向心力，向心力会带来巨大的政治优势。曹操挟天子以令诸侯就是一个最著名的例子。而在没有天子可挟的时候，文化就是正统的胎记。

我们不要以为汉人政权天然就有正统性，不是的，中国历史上的正统理论有好几种，其中很主流的一种不是民族决定论，而是文化决定论。名义上说，华夏是正统，夷狄不是正统，但只要华夏的文化落后了，夷狄占据了文化优势，那么华夏就变成了夷狄，夷狄就变成了华夏。这就是春秋学的理论之一。最显著的例子就是，南宋和金朝南北对峙的时候，金朝大力发展儒家文化，拼命要夺南宋的正统地位，让南宋感到了很大的压力。我们不要以为金朝一开始是蛮族，后来就一直都是蛮族。

所以，南北朝时期，萧统编选《文选》，既有自己的文学趣味因素，更有重要的政治意义，这个意义是，只要文化大旗不倒，"沦陷区"人民的希望就不会破灭。

"文""文章"和"文学"的语义变迁

(1)"断发文身"

本节我从语源的角度来讲"文""文章"和"文学"三个概念,你只需要记住一个观点:所谓文学性,就是文字作品的形式美,纯文学就是文字的形式主义。

我们来看两个奇怪的问题:第一,时尚青年喜欢文身,文身的"文"到底该怎么写,有没有绞丝旁?第二,"文章"这个词在古代的意思和今天一样吗?

正确答案是,"文身"的"文"其实是"文化"的"文",绝大多数人都写错了。

"文化"的"文"是一个象形字,描绘的是一个胸前画着图案的人。所以,"文"这个字,最原始的含义就是文身。当时长江流域的蛮族"断发文身",而华夏文明的人留着长头发,当然,要梳起来,身上干干净净的。后来,"文"不断出现引申义,可以表示纹理,所以,"指纹"的"纹"原本也应该写成"文化"的"文"。纹理一般都呈现出一些模式,从这个意象出发,就有了"天文"和"人文"这些词语。

绞丝旁的"纹"出现得比较晚,如果把它当成一个会意字来看,那么左边的绞丝旁表示丝织品，右边的"文"表示纹理，结合起来看，意思就是丝织品上的纹理。人的身体显然不是丝织品，所以，"文身"的"文"不应该有绞丝旁。

再看"文章"这个词。古文提到"文章"，原本是指"文"和"章"两件事，但它们都有"纹理"的意思。唐诗里边有一句诗描写古剑，说的是"文章片片绿龟鳞"，这是形容剑身上面锻打出来的花纹像"片片绿龟鳞"。今天你去买厨房用的刀具，有一种菜刀是用大马士革钢打造的，很贵，刀身上还能看到这样锻打出来的"文章"。

(2) 文学

那么，"文学"又是什么意思呢？

前边讲过，《昭明文选》这套书在中国历史上正式确立了"文学"的观念。但是，"文学"这个词早就有了。《论语》中讲过，孔子门下有十大弟子，分别属于德行、言语、政事、文学四大门类的楷模，后人统称为"四科十哲"，其中最佳"文学"弟子是子游和子夏。

这里所谓的"文学"，意思是"人文学科"。如果说一个人通晓文学，就是说他熟悉典章制度。孔子还说过一句话——"言之无文，行而不远"，在通常意义的理解上，这话是说，语言如果缺乏文采，就难以流传。这里的"文"，已经有了一些现代汉语里的"文学"的意思。要想"言之有文"，从字面上看，就是要把话说出花儿来。

但是，以上这种理解很可能是错的。让我们回到原始语境里去，看看孔子是在怎样一种情形下说出这句话的。这样一来，我们又需要回到《左传》中，正像我说过的那样，一切源于《左传》，很多问题的源头都要追溯到《左传》。

《左传》记载，郑国没听"武林盟主"晋国的号令，自作主张打了陈国，郑国总理子产亲自穿着军装，到晋国那里汇报战况。晋国当然很不高兴，负责接待的士庄伯气急败坏地向子产问罪，首先责问的就是："我们没同意你们动手，你们为什么擅自行动？不把盟主放在眼里了吗？"子产不慌不忙，从上古时代开始慢慢讲解郑国和陈国的国际关系史，总之，郑国是各种厚道，陈国是各种鸡贼，尤其是前不久陈国抱上了楚国的大腿来欺负郑国，坏事都做绝了。郑国早想报复，当时也请示过盟主，但盟主没给答复。结果呢，连上天都看不下去了，在郑国人心里播下了报仇雪恨的种子，郑国这才出兵教训了陈国。这有什么不对吗？当然没有，一点错都没有。

　　士庄伯一听，确实没法儿挑理，那就换个角度找碴儿吧："你们打陈国，这叫以大欺小！"

　　子产解释说："您这话有两点不对。第一，谁有错就该打谁，和谁大谁小没关系，陈国确实属于弱势群体，但它挑事在先，得负全责；第二，你们晋国这么大，还不是以大欺小吞并各国来的，有什么资格说别人！"

　　士庄伯无话可说了，好不容易又找出一个碴儿："你为什么穿军装？"

　　子产耐心解释："穿军装是有原因的，当年如何如何……"

　　士庄伯词穷了，回去向领导赵文子汇报。赵文子的原话是："其辞顺。犯顺，不祥。"这话到底怎么解释，稍后再说，总之，赵文子认为子产的话很在理，而对在理的事情，硬要对着干是没好处的。所以，晋国就不再追究郑国了。

　　孔子评论这件事时，原话是这样的："志有之：'言以足志，文以足言。'不言，谁知其志？言之无文，行而不远。"大意是说，语言是用来表达心意的，"文"是用来完成语言表达的，如果不说话，心意就没人知道，说的话如果没有"文"，就没有传播力。

到底什么是"文"呢？从上下文来看，应该不是文采，而是有理有据，或者说是有条理，这也就是赵文子所谓的"顺"，条理总要顺的才好。

而真要讲文采，真要形成现代意义上的"文学"观念，大张旗鼓地标榜文字的艺术性，还要再等几百年，等到萧统出现。

萧统编选《文选》，选材标准就是今天所谓的文学性，也就是说，文采要好，要把话说出花儿来，至于思想够不够深刻、情感够不够高尚，都不重要。萧统要编的，基本可以说是一部真正意义上的纯文学选本。而这个选本里的文章，才真正具有"文章片片绿龟鳞"那样的花儿一般的"文章"之美。是的，只有足够漂亮的文章，才是实至名归的"文章"。

(3) 形式主义

漂亮的文章一定要有文学性，即便在今天，很多人对"文学"这个概念也不清楚。

最常见的误解就是，好的文学作品应该是深刻的、高尚的。为什么说这是误解？因为深刻与否是衡量思想的标准，高尚与否是衡量道德的标准，而无论是思想还是道德，都不是文学。

所以，后来才有了"纯文学"这个概念，强调文学的纯粹性。纯粹的文学到底是什么样的呢？很简单，就是语言的形式美。极端一点来说的话，形式是最重要的，内容无足轻重。一切淫秽的、暴力的、宣扬各种邪恶主张的文字，只要形式够美，就是好的文学。

这不就是人们常常批判的形式主义吗？

没错，文学就是形式主义。人们之所以批判形式主义，一来是因为认不清文学的本质；二来是因为文字负载的信息实在太多了，人们很难有足够的理性来把文字负载的信息和文字的形式美区别来看。

哪怕是请诺贝尔文学奖的专业级评委来评价一部小说，他们也不会说："这部小说文学性很强，思想很邪恶，话题很恶心，建议入选。"如果有人能这样冷静地、一分为二地，乃至一分为三、一分为四地看问题，他就会陷入心理学所谓的认知失调的境地，非常不舒服。人类天然以整体眼光来看世界，所以纯文学总也纯不起来，各大文学奖的评选标准也都偏离文学。这就是人性使然，并不奇怪。

所以，当你被一首诗、一部小说深深打动的时候，你往往分不清到底是什么打动了你。你会觉得它是很好的文学作品，但也许只是它的主题让你产生了共鸣，文学性其实很糟。很多武侠和言情小说都是这样，题材让人着迷，最能给人意淫的快感，但这往往不是文学手段带来的。如果一部作品文学性很强，但内容让你讨厌，表达的三观跟你不合拍，你就会觉得它是坏的文学作品。所以，搞文学创作，选题远远比技法重要，真正的纯文学作品也注定不会有很多读者。

道德感的松弛带来文学意识的觉醒

(1) 寂寞的红杏想出墙

如果有三观不正,表达腐朽堕落的思想,但文学性很强的作品,《文选》会不会收录呢?

我想,大家的答案应该是"不会",因为古代中国素来有"文以载道"的传统,不载道的文,无论多漂亮,都不是好文。如果你对唐诗的形成有一定了解的话,就该记得唐诗是在反对"齐梁"风格的作战中形成的,而这个"齐梁"风格,尤其是所谓宫体诗,既华丽又糜烂,内容空洞无物。"齐梁"正是指南北朝时期南方的齐朝和梁朝,这是中国文化史上的一个特殊时期,儒家意识形态的约束力比较弱,贵族阶层热心标榜纯文学趣味,为艺术而艺术。

儒家力量弱,一来是五胡乱华的缘故,这一点我在前边已经讲过;二来是佛教兴起的缘故。梁朝的开国君主梁武帝萧衍,也就是昭明太子萧统的父亲,是中国历史上最热衷佛教的皇帝,之所以有"南朝四百八十寺",一多半都是他的功劳。最后财政耗尽了,人心耗散了,也就"多少楼台烟雨中"了。

《昭明文选》正是在这样的环境下诞生的。虽然从总体风格来看,它并不糜烂和颓废，但因为在纯文学上的追求，它也并不排斥一些三观不正的作品。这一点让后世那些正统文人非常纠结。最突出的例子就是《古诗十九首》中的两首。

《文选》不仅选文，也选诗，《古诗十九首》是从很多古诗中精选出来的十九首，因为既搞不清作者，也搞不清时代，只能大致推测它们是东汉末年的作品，所以统称《古诗十九首》。这一组诗，是公认的五言诗的典范。其中一首是写怨妇的：

> 青青河畔草，郁郁园中柳。
> 盈盈楼上女，皎皎当窗牖。
> 娥娥红粉妆，纤纤出素手。
> 昔为倡家女，今为荡子妇。
> 荡子行不归，空床难独守。

这是写一名已经嫁人的倡家女子在春光中的幽怨：丈夫辞家远行，迟迟不归，自己一个人又怎耐得住春闺的寂寞呢？回想昔年倡家热闹喧哗的生活，如今的寂寞便显得更难消受。诗中的"荡子"一词与今天的含义不同，没有道德色彩，只是"游子"的意思。

"倡家女"也不是卖身的妓女，而是演艺圈的职业女性。汉代的倡家女往往出身于演艺世家，生活境况还算不错，不像唐宋时期的同行大多是从贫苦人家买来或被歹人诱骗来的良家女子。汉代的倡家女可以有很好的归宿，比今天的女明星嫁给富商还好。比如汉武帝的李夫人、曹操的妾室卞夫人，都是倡家女出身。所以嫁为荡子妇的倡家女很有资格抱怨"荡子行不归，空床难独守"，也很有资格在抚今追昔中生出繁华不再的失落感。

如果我们像中小学生上语文课那样，给这首诗总结一下中心思想，应该怎么说呢？确实很为难，找不到可以"升华"的地方。一个过气的娱乐明星耐不住婚后生活的寂寞，蠢蠢欲动，似乎萌生了出轨的念头。这样的中心思想让人有点尴尬。

（2）争权夺利要赶早

我们再看另一首：

> 今日良宴会，欢乐难具陈。
> 弹筝奋逸响，新声妙入神。
> 令德唱高言，识曲听其真。
> 齐心同所愿，含意俱未申。
> 人生寄一世，奄忽若飙尘。
> 何不策高足，先据要路津。
> 无为守穷贱，轗轲长苦辛。

这首诗的大意是，在一场很欢乐的宴会上，某位高人发表了一番高论，但这样的高论，只有妙解音乐的人才听得出其中的真意，那真意是所有人都不愿明说的心声，如果明说出来就是这样的：人生很短促，转眼就结束了，既然如此，做人就该勇往直前地争权夺利，抓紧时间多捞好处，不给别人留机会，千万不能穷困潦倒一辈子。

这样的价值观，已经很有丛林法则的味道了，让人类显得不太高贵。儒家君子会说："我们并不反对升官发财，但这只能是追求大道的副产品。君子应当忧道不忧贫，谋道不谋食，而这首诗全然描写一副小人嘴脸，本末倒置。"

我们看前面这两首诗,一个要出轨,另一个要标榜功利主义,即便在今天的主流道德观里也显得有点龌龊。王国维在《人间词话》里提到过这两首诗,说它们"可谓淫鄙之尤",也就是说,前者是淫荡的极致,后者是卑鄙的巅峰,照理说,这两首诗应该被正人君子深恶痛绝才是。但王国维又说"然无视为淫词、鄙词者,以其真也",因为诗歌写得真诚,写得发自肺腑,所以读者并不以淫词、鄙词视之。

王国维特别强调文学作品的真情实感,这是很容易被我们接受的,但问题是,把龌龊的想法很真挚地表达出来,未必就是好的文学。比如,我们请西门庆讲讲心里话,你也许会产生共鸣,但不会觉得美。美的感觉,主要是由文字的形式感带来的。同样程度的"真",由古人说出来,经过岁月的镏金而变得古雅可爱,而正是那份古雅的味道,在相当程度上消解了诗意中的道德瑕疵。

现代心理学有所谓认知一致性理论,举例言之,当你发现你和你最好的朋友在某个观点上存在分歧,这就打破了你认知结构中的平衡,你会做出怎样的反应呢?一般人的反应都是倾向于恢复认知平衡,具体做法有好几种:要么你说服自己,那个让你们产生分歧的观点其实无关紧要,接受好友的看法又有何不可呢?要么你说服好友,使他的思想步调和你的一致;要么你以另一种方式说服自己,让自己相信这位好友其实和你的关系并不算太好,他有那样的愚蠢念头又何足为怪呢?要么你还可以自欺欺人,说服自己相信那位好友"真实的想法"其实和你的一样。

最后你究竟会做出怎样的选择是可以被心理学家预测出来的:在很大的概率上,你会采取"最小努力原则",也就是说,哪种选择给你造成的情感压力最小,你就会做出哪种选择。譬如,你感觉自欺欺人是最省力的,你就会相信好友和你并不真正存在分歧。

认知一致性理论可以成功地解释传统上对一些经典作品的解读方

式。人们在情感上不愿意接受经典作品的瑕疵，所以总要找各种办法来粉饰。对《古诗十九首》也有同样的态度：有人将"今日良宴会"这首诗解释为反讽之作，也有人将"青青河畔草"这首诗解释为怨而不怒的温柔敦厚。

事实上，人类文明的进程就是不断将"真"驯化的过程。我们心底有太多的"真"，一旦暴露出来，都会为文明社会所禁止。以上两首诗，如果是现代人用现代汉语表达出来，发表在任何公开媒介上，哪怕文笔再美，读者也不会以王国维所谓的"但觉其亲切动人"与"但觉其精力弥满"为理由，由嫌恶变为喜爱。

《古诗十九首》里的这两个例子，特别有助于说明《昭明文选》的编选纲领：什么思想性啊，政治正确啊，文以载道啊，通通不重要，文学性才是第一位的。在这样一场选美比赛中，心灵美不作为评选标准。文学意识的觉醒就是这么来的，借用一句歌词："当爱和欲交集，对与错都被放弃，有什么比真爱更需要道德勇气。"

萧统《文选序》：文学发展，后出转精

(1)《文选序》

  这里请你做一道多选题，你觉得以下哪些类型的文章会被《文选》收录：A.儒家经典节选；B.诸子百家节选；C.历史名人的著名讲话；D.历史记载。

  如果以文学标准来看，以上四项都应该被收录才对。儒家经典，比如《诗经》，"昔我往矣，杨柳依依；今我来思，雨雪霏霏"，多漂亮的句子。诸子百家的著作中，比如《庄子》，随便一翻都是好文采。历史名人的著名讲话，《左传》《国语》《战国策》三部书里满满都是修辞典范。至于历史记载，就说《史记》吧，"史家之绝唱，无韵之《离骚》"，这种评价绝不是平白给的。

  但是，萧统在《文选》序言里特地强调说："以上四项，一概不选。"

  理由倒也充分。不选儒家经典，是因为这些经典与日月同辉，是人伦典范，节选就等于亵渎，万万使不得。不选诸子百家，是因为那些著作重在立意，不重文采。不选名人讲话和历史记载，是因为它们不属于文学创作。但有一个例外，就是史书里的评论部分，这些都是史官深思熟虑后的个人创作，很重视修辞。

萧统的《文选序》是中国历史上最有影响力的文章之一，篇幅不长，下面我就来简单讲解一下。

开篇第一句，"式观元始，眇觌玄风"，翻译过来就是"看看远古的情况，看看远古的情况"。为什么译文里同一句话要说两次呢？因为在原文里，"式观元始"和"眇觌玄风"其实是同样的意思，只是变换表达方式，说了两遍，看起来好像是两句话。为什么要这样讲话呢？因为前一句和后一句要构成形式上的对仗，或者说，组成一副完整的对联。这就是骈文的特点，必须这么写。

如果你是诗词对联的爱好者，你一下子就会想到，这种写法叫作"合掌"，是所谓"诗病"的一种，犯了写诗和写对联的大忌。没错，写诗和写对联时都要注意，前后两句话虽然形式上要对仗，但意思绝对不能重复。

不过，因为诗和对联太简短，所以必须这么要求，但如果也这样来要求骈文，就太强人所难了。当然，也有高标准的骈文，比如王勃的《滕王阁序》，以至连《古文观止》这种散文取向的选本也收了它。

萧统的文采没那么好，但我们也不必苛责什么，因为绝大多数骈文都免不了"合掌"的情况。散文家批评骈文，这就是他们最爱讲的一桩罪状。

再看下一句——"冬穴夏巢之时，茹毛饮血之世"，直译过来就是"冬天住在洞里，夏天住在树上的时代，吃生肉、喝生血的时代"，意译过来就是"原始时代，原始时代"。是的，意思又重复了。如果让散文家来写，应该会写成"冬穴夏巢、茹毛饮血之世"。

接着看："世质民淳，斯文未作。"这是说世道质朴，民风淳厚，文化还没有出现。你有没有注意到，这一回意思好像丰富多了，为什么会这样呢？很简单，因为这两个四字句虽然读起来很像对仗，其实并不构成对仗，而是两个各说各话的散文短句。骈文里时不时地会夹杂这样的句子,给作者解除一点束缚,但底线还是有的,那就是一定要"像"对仗。我们可以试验一下,颠倒一下语序,改成"民淳世质,斯文未作",意思虽然没变,但不像对仗了。为什么仅仅把第一句里的"世质"和"民淳"颠倒一下次序,就不像对仗了呢?这是因为读音的平仄关系被破坏了,两句话读起来就像走路顺拐,原先那种抑扬顿挫的感觉没有了,而抑扬顿挫的读音是对仗规则里不可或缺的要素。

现在让我们完整地看一遍刚刚讲过的几句话:"式观元始,眇觌玄风。冬穴夏巢之时,茹毛饮血之世。世质民淳,斯文未作。"话说得很华丽,但意思很简单,一言以蔽之,就是"原始社会没文化"。如果用散文来表达这个意思,可以这样讲:"昔在上古,斯文未作。"意思完全一样,但篇幅节约了三分之二以上。

现在你应该对骈文和散文的区别有很直观的感受了。接下来让我们来看一个很容易被忽略的语码:斯文。

(2) 斯文

在现代汉语里,我们会形容某个有书生气质的人很斯文,如果我们发现他品行很坏,就会说他斯文败类、斯文扫地、有辱斯文。"斯"原本只是一个指示代词,相当于"这个",但因为孔子的一句话,使"斯文"成为一个经典语码。

《论语》记载,匡地的人曾经遭受鲁国阳货的迫害,偏巧孔子长得和阳货很像,结果孔子在路过匡地的时候被当地人误认为是阳货拘禁起来。孔子感觉自己凶多吉少,但也许是出于自信,也许是出于自我安慰,他说了这样一番话:"文王既没,文不在兹乎?天之将丧斯文也,后死者不得与于斯文也;天之未丧斯文也,匡人其如予何?"翻译成现代文就是:"周文王死后,传承传续文化的重任不都在我的肩上吗?上天如果要灭绝文化,我也没办法;但上天如果不想使文化断绝,匡人能拿我怎么样呢?"

就这样,"斯文"从一个很普通的词,变成了经典的文化语码。

萧统的《文选序》也给后人制造了两个文化语码,只是相对简单一些。萧统说,从原始社会到现代社会,"斯文"越发展越丰富,"若夫椎轮为大辂之始,大辂宁有椎轮之质;增冰为积水所成,积水曾微增冰之凛"。这话是说,天子乘坐的豪华马车是从很简陋的马车发展来的,却不会保留原始形态的简陋布局;冰块是由水凝结成的,水却没有冰块那么凉。为什么会这样呢?因为"踵其事而增华,变其本而加厉",事物总会越变越复杂,文章的演变也有这种规律。

我们今天还在用的两个成语——踵事增华、变本加厉,就是从这里来的。

萧统继续讲,《毛诗序》说诗有六义,分别是风、赋、比、兴、雅、颂,但发展到后来,赋演变成一种单独的文体。诗本来以四言为主,到了汉朝发展出了五言诗。又有一些新的文体陆续产生,比如,为改正缺点而写的箴,为帮助晚辈和下属纠正错误而写的戒,为剖析事理而写的论,等等。萧统利用业余时间看了很多好作品,深深感到书实在太多了,如果不精选一下的话,读者很难事半功倍,所以他就编了这套《文选》。

最后讲解编选标准,就是我在本节一开始讲到的"四不选"。从周朝到梁朝,依文学性选录诗文三十卷,取名《文选》。全书按文学类型分门别类,在同一个门类里,诗文依照时代先后排序。《文选序》到此结束。

※ 第五章

《昭明文选》(下)

班固《两都赋》：
之所以觉得汉赋很无聊，是因为你没有读出声

（1）赋和大赋

首先，我请你思考一个俗文学领域的问题：相声里有所谓贯口，传统相声《报菜名》就是典型的例子，演员要用很流利、很有节奏感的方式飞快地报完满汉全席的全套菜名——"蒸羊羔、蒸熊掌、蒸鹿尾儿、烧花鸭、烧雏鸡、烧子鹅……"，评书里还有所谓赞，具体分为盔甲赞、刀枪赞等，比如《隋唐演义》中形容程咬金"身高丈二，膀阔三停，头如麦斗，眼似纱灯……"，你觉得今天讲到的《文选》划分的文体类别里，哪一种能算贯口和赞的源头呢？

正确答案：赋。

赋是汉朝最流行的文体，《文选》把赋排在全书的第一位，在赋这个大门类下，细分成京都、郊祀、耕藉、畋猎、纪行、游览、宫殿、江海、物色、鸟兽、志、哀伤、论文、音乐、情，这是在文体分类之下再按题材分类。贾谊写过一篇《鹏鸟赋》，如果你想在《文选》中找到这篇文章，就先找到"赋"的分类，再到"鸟兽"这个二级目录下去找，第一篇就是《鹏鸟赋》。

《鵩鸟赋》虽然著名，但篇幅不长，不是汉赋的典型代表。汉赋的代表是所谓大赋，特别强调铺陈，一写起来连篇累牍、没完没了，生僻的字词还特别多，所以今天很少有人读。即便这样，但因为《文选》开创的传统，古代文人整理自己的文集或者帮朋友编选文集时，往往会把赋放在最前边。

举一个大家熟悉的人：清朝词人纳兰性德，他这一辈子最专注的文学创作是填词，成名也是因为填词，但他的文集《通志堂集》的第一卷是赋，第二卷到第五卷是诗，第六卷开始才是词。这个次序表示不同文体具有不同地位。虽然从汉魏六朝以后，人们对赋的兴趣越来越淡，但赋还是被排在诗的前边，诗也一定排在词的前边，这是规矩，也是传统。

汉赋有所谓四大家，分别是扬雄、司马相如、班固、张衡，四人都很擅长描写大都会和皇家宫殿园林的繁华，这正是大赋的主要题材。《文选》的开篇《两都赋》就是班固的大赋名作。这位班固，没错，就是《汉书》的作者。

班固生活在东汉初年。当年刘邦建立汉朝，首都定在长安，后来王莽篡位，建立了短暂的新朝，等到王莽倒台，刘邦家族的远亲刘秀复兴了汉朝，但把首都迁到了洛阳。洛阳在长安的东边，所以历史上称刘邦一系的汉朝为西汉，刘秀一系的汉朝为东汉。东汉建都洛阳的时候，自然少不了大兴土木，但有不少老一辈人物看不惯新首都，总在怀念旧都长安的富丽堂皇。班固的《两都赋》就是在这个背景下创作出来的。全文分为两部分，前半部分是《西都赋》，假托一位西都来客向东都主人夸耀当年长安的各种高大上；后半部分是《东都赋》，安排东都主人反驳西都来客，夸耀当今洛阳的礼乐制度和繁荣兴旺，说这比长安纯粹的奢华要强。西都来客被说得理屈词穷，心悦诚服，又虚心从东都主人那里学会了五首主旋律的颂歌，歌唱天子的圣明和时代的美好。

《两都赋》虽然洋洋洒洒几千字,其实只讲了这些内容,大量篇幅都是用来铺陈和渲染的。比如,西都来客这样夸耀长安的富贵和繁华:

> 内则街衢洞达,闾阎且千,九市开场,货别隧分。人不得顾,车不得旋,阗城溢郭,旁流百廛。红尘四合,烟云相连。于是既庶且富,娱乐无疆。都人士女,殊异乎五方。游士拟于公侯,列肆侈于姬姜。乡曲豪举,游侠之雄。节慕原尝,名亚春陵。

大意是,城里街道很多,四通八达,市场里人头攒动,车子都没法儿掉头,家家户户寻欢作乐。城里人特别会玩,和别处的人都不一样,看着就特别富贵和气派。

这些一旦用白话讲出来,就很无聊。你可以想象一下,还有很多长篇大论都是这种模式,从其他各种角度来渲染长安的繁华,没有毅力的人很难看下去。但汉朝人偏偏喜欢这样的大赋,这到底是为什么呢?

(2) 王延寿《鲁灵光殿赋》

说到这个问题,有必要介绍一下我小时候看过的一本书:《杨七郎打擂》。这本书有点厚,但故事情节很简单,无非是说杨七郎看不惯潘豹的蛮横,上擂台挑战,把他打死了,杨家和潘家就这样结了仇。这点情节之所以能撑起一本大书,是因为情节中穿插了很多"赞",比如,夸杨七郎的盔甲,就会有一段盔甲赞,都是成套的话,分行排版,看起来很像一首长诗。每次看到这种内容,我就直接跳过去,继续看情节,所以很快就把书看完了。我想,其他小孩子也会像我一样,不会有耐心看这些赞的。那么问题来了:这种没人看的内容凭什么能存在呢?

答案很简单：整部《杨七郎打擂》原本不是写成书给人看的，而是评书先生在台上给人讲的，这就意味着，文字不是它的正确载体，声音才是。赞是传统评书里很讲究的一项内容，当评书先生用很有节奏感、很流畅、很有炫技色彩的声音滔滔不绝地讲出赞来，会让现场的听众们心潮澎湃。

今天我们看《西游记》之类的书，某个角色出场亮相，往往有一段"有诗为证"，"当当当"一大段，这都是从评书传统而来的。

汉赋也是这样，《两都赋》的那些描写在本质上就是评书的赞，写街道的相当于街道赞，写宫殿的相当于宫殿赞，所以一定要很大声、很流畅地读出来，才能体会出它们的魅力。

三国年间，刘备阵营里有一位高官叫刘琰，生活排场很大，家里能歌善舞的婢女有几十个。刘琰教会她们朗诵汉赋名篇《鲁灵光殿赋》，他很享受这种听评书一般的快乐。

《鲁灵光殿赋》收录在《文选》"宫殿"分类下，作者是东汉人王延寿，字文考。我在前面介绍过《楚辞》最重要的注本——王逸的《楚辞章句》，王延寿就是王逸的儿子。王延寿游学期间，在山东曲阜看到汉景帝之子鲁恭王刘余当年兴建的灵光殿，很受触动，于是写下这篇长文，从各个侧面渲染宫殿的华美。如果要总结文章的中心思想，用这样简单的一句话就够：灵光殿很宏伟，很漂亮，象征着汉朝的伟大。但是，文章的魅力不在内容，而在修辞技巧。

这样的描写，一定很重视细节，不厌其烦。如果我们今天要想了解古代建筑史，这篇文章就是一份很详细的材料。但如果将其当成文章来看，确实很乏味。

所以，今天我们读汉赋，乃至读《昭明文选》里的绝大部分文章，都应该大声读出来，而且要很连贯、抑扬顿挫地来读。我自己就很喜欢读《文选》里的文章，读的时候经常不走脑子，稀里糊涂地沉迷在音乐一般的声音幻境里，感觉很美，很放松。只不过要想体会这种美感，门槛儿比较高，要啃下很多怪字怪词和生僻掌故。所以我推荐一本小书——清朝人编选的《六朝文絜》，这本书可以说是《文选》的迷你版，读起来会轻松很多。当然，所谓轻松要看和什么比，这本小书比《古文观止》难。

曹丕《典论·论文》：文人为什么相轻

(1) 曹氏父子

我们来看这两个问题：第一，成语"敝帚自珍"是什么意思，它还可能有什么意思？第二，文人为什么相轻？

这两个问题，或者说这两个成语，都是出自我本节要讲的这篇《典论·论文》。

我在前边讲过，《文选》以文学性作为最重要的编选标杆，只要一篇文章的文采够好，就不管它是否言之有物。显然，文采好的文章，既有那些纯粹卖弄辞藻的汉赋，也有一些内外兼修的作品。这类作品，大多是议论文，是为了论证某个观点而写的。在《文选》的分类系统里，议论文叫作"论"。

本节要讲的文章，题目是《论文》，可以翻译成"论写作"。

文章的作者曹丕，大家都不陌生，他是曹操的儿子、曹植的哥哥，正是他逼迫汉献帝退位，自己做了魏国的开国皇帝。今天说起三国，一般都说三国分别是魏、蜀、吴，但在《三国演义》前大半部的时段，曹操扛的是汉朝的旗帜，曹操死后，曹丕才正式夺权，变汉为魏。后来刘备建国，也不叫蜀，而叫汉，表明自己才是汉朝的正统继承人。

曹操、曹丕、曹植父子三人都很有文学才华，在文学史上合称"三曹"，是建安文学的领军人物。曹操横槊赋诗"对酒当歌，人生几何"，曹植才高八斗、七步成诗，这都是大家所熟知的，但曹丕写过什么好作品，知道的人就不多了。这并不奇怪，因为曹丕曾经把自己的创作整理成一部文集，叫作《典论》，但这部书失传了，只有其中很少的诗文借《文选》流传下来，而在硕果仅存的文章中，《论文》是纯理论的一篇，当然，爱看的人不多。但是，在文学批评史上，这篇不长的文章有着泰山北斗一般的地位。要理解传统文学，无论如何，它都是必读的一篇。

文章不长，下面我们就先看第一段：

文人相轻，自古而然。傅毅之于班固，伯仲之间耳，而固小之，与弟超书曰："武仲以能属（zhǔ）文为兰台令史，下笔不能自休。"夫（fú）人善于自见，而文非一体，鲜能备善，是以各以所长，相轻所短。里语曰："家有弊帚，享之千金。"斯不自见之患也。

这段话虽然很短，但给后人创造了三个成语：文人相轻、伯仲之间、敝帚自珍。

曹丕先抛出论点：自古以来文人相轻，然后用傅毅和班固的故事举例。你应该还记得班固，上一节讲了他的《两都赋》。傅毅和班固是同僚，都是文化界响当当的笔杆子，水平差不多，只在伯仲之间。兄弟排行的称谓规则，从老大到老幺分别是伯、仲、叔、季，伯是老大，仲是老二，"伯仲之间"的字面意思就是老大和老二之间，引申义就是"差不多"。但班固看不上傅毅，在给弟弟班超写的信里讽刺傅毅的文章拖沓。曹丕评论说："人们很容易看到自己身上的长处，而文章的类型太多，很少有人能把所有文体都写好，所以就会拿自己的长处和别人的短处相比。民间有谚语说：'自家的破扫帚值千金。'客观地评价自己就是这么难啊！"

这在当时是很难得的见识，不过在今天看来，曹丕还是说错了一点。假如文体只有一种，文人一定还会相轻。而且，不仅文人会相轻，所有人都会相轻，文人相轻之所以最醒目，一来是因为文章的好坏缺乏硬性标准；二来是因为文人太善于表达自己。事实上，自我评价过高，容易轻视别人，这是我们与生俱来的心理定式，当然，也是我们的生存优势。人如果真能做到很客观，那么信心和勇气肯定会不足，就会很难适应种内竞争。而对我们的生存来说，尤其是对我们祖先的生存来说，信心和勇气绝对比客观重要得多。

(2) 文学批评

接下来，曹丕点名评价当时的文坛七大名家。这七个人是曹氏父子身边的重要文士，主要活跃在汉献帝建安年间，史称"建安七子"。曹丕提醒自己不能犯文人相轻的毛病，然后以审慎客观的态度一一评论"建安七子"在写作上的优缺点，最后又说了一句漂亮话："常人贵远贱近，向声背实，又患暗于自见，谓己为贤。"这话是说，普通人都有远香近臭的偏见，只会追着别人的名声附和，毫无判断力，还缺乏自知之明，觉得自己了不起。

今天我们知道，曹丕批判的这些人性的弱点，是因为大脑总会优先选择节能模式。"向声背实"很节能，这不难理解，"贵远贱近"其实也很节能，大脑不会浪费能量去忌妒古人。

接下来是文学批评的重点："盖奏议宜雅，书论宜理，铭诔尚实，诗赋欲丽。此四科不同，故能之者偏也，唯通才能备其体。"这是说，不同的文体应该有不同的写法。朝廷奏章要典雅，书信和议论文要有条理，铭诔要实在，诗赋要漂亮。一般人只能写好其中的某一种，只有通才才能写什么像什么。

那么，才华到底是什么呢？曹丕分析说："文以气为主，气之清浊有体，不可力强而致。譬诸音乐，曲度虽均，节奏同检，至于引气不齐，巧拙有素，虽在父兄，不能以移子弟。"决定文章好坏的是"气"，也就是作者的性格、气质，这不是努力就能学来的，再亲的关系也没法儿传授。

其实这段话已经暗示出了"文如其人"这个经典命题。以我自己的经验来看，这个命题只能部分成立。如果你真想学到某个作家的风格，也有办法。翻译名家傅雷讲过，他如果一直翻译某位作家的书，自己的写作风格就会被套进去，要花很长时间和很多刻意的努力才能挣脱出来。用一个时髦的词来说，这就叫沉浸式体验。我本来时不时地会看看莎士比亚的剧本，用舞台腔扮演各种角色自娱自乐一下，但为了做熊逸书院，就只能把莎士比亚戒了。

再看最后一段："盖文章，经国之大业，不朽之盛事。年寿有时而尽，荣乐止乎其身，二者必至之常期，未若文章之无穷……"这是曹丕的名言，把文章抬高到没法儿再高的高度。在他之前，如果说有什么写作类型是"经国之大业，不朽之盛事"，人们想到的都是孔子著《春秋》一类的事情，谁也不会想到一般类型的写作。汉代辞赋名家扬雄吃的就是创作饭，但他最有名的话是"雕虫篆刻，壮夫不为"，说写作不是男子汉该做的事情，这话给我们留下"雕虫小技"这个成语。就连曹丕的弟弟曹植，那样一位大才子，也说写作是"小道"，不是正经事。但是，很可能正是因为扬雄和曹植在政治上的失意，才有了他们对写作的自嘲，而曹丕作为一名成功人士，再怎么高调弘扬创作文章的意义也不会有一点心理障碍吧。

曹丕认为，人这一辈子应该永远保持写作的追求，因为人活不了几十年，吃喝玩乐也不过几十年，太短暂，好文章却可以永久流传，显然更有价值。所以"古人贱尺璧而重寸阴"，像李笑来老师一样，认为钱远不如时间值钱，但当代人缺乏这种觉悟，"贫贱则慑于饥寒，富贵则流于逸乐"，穷困的时候就被穷困吓倒，富贵的时候就一门心思享乐，反正就是不搞创作，结果一天天老了，最后死了，什么都没留下。有志之士的悲痛莫过于此。

曹冏《六代论》：封建与专制的制度对比

（1）作者问题

封建制是否比郡县制更有利于长治久安，这是中国政治思想史上的一大经典问题，一直争议不断，《六代论》是这场争议中的正方代表之一。

先看这三个问题：第一，秦始皇用郡县制取代封建制都这么久了，为什么总还有人要恢复封建制呢？第二，任人唯亲真的不应该吗？第三，封建制的好处可以用产权理论来解释吗？

这三个问题是古代中国政治结构的核心问题，不能小看。本节要讲的《六代论》就是理解这三个问题的一个门径。

《六代论》名气很大，但它的作者到底是谁，早在西晋初年就已经搞不清了。晋武帝司马炎看完《六代论》，很有兴趣，问曹志："这是不是你父亲写的？"曹志的父亲就是七步成诗的曹植，那时候已经去世了。曹志很谨慎，说等回家查过才能回答，家里有先父亲手抄写的作品目录。查了一遍之后，曹志汇报："目录里没有这篇。我听说这是我家同族长辈曹冏写的，因为我父亲名气大，想借我父亲的名义来传播。"晋武帝说："这种事自古以来一直都有啊。"

这件事上，耐人寻味的点有好几个。第一，晋武帝只比曹植小四十多岁，在这么短的时间里，著作权归属问题就已经模糊了。第二，别看晋武帝是公元3世纪的人，连他都知道自古以来一直都有假托名人流传著作的事情，怀疑精神确实出现得很早。第三，即便有曹志的实证考据，但我们还是不能轻信，因为在当时的环境下，曹志未必敢说真话，心里应该巴不得早早和《六代论》这种"反动文章"撇清关系。

确实，《六代论》的内容在当时看来有点敏感。题目所谓六代，是从传说中的夏朝开始，经过商、周、秦、汉，到作者所处的年代，也就是曹丕开创的魏国，一共六代。作者从六代历史的兴亡成败中总结经验教训，得出的核心结论是，封建制可以长治久安，郡县制里潜伏着巨大的制度隐患。有了这样的结论，国家应该怎样搞改革呢？很简单：基本改革方针就是用人不能只唯贤，还要唯亲，分封子弟。如果不改革会怎么样呢？结果显而易见：权臣轻轻松松就能篡位。

还真被作者说中了。曹魏的灭亡，晋朝的建立，正是权臣篡位的结果。司马懿早早给子孙打好了基础，然后是著名的"司马昭之心——路人皆知"，人人都知道他想篡位，到了司马炎，就是名正言顺的晋武帝了。曹志本是曹魏皇族，这时候只好寄人篱下，做了晋武帝的臣子。曹家人无论怎样谨小慎微都不为过，就怕被皇帝猜忌。而晋武帝看完《六代论》，最有可能的感触就是，幸好这篇文章在当年没受重视，不然我们司马氏哪能有今天的地位！

《六代论》剖析历史，是为了教当时的统治者如何做才能保住江山，而文章的逻辑是我们今天常常忽视的。为什么会这样呢？因为今天讲历史，总是把皇帝和老百姓的关系摆在第一位，强调"水能载舟，亦能覆舟"的政治哲学，说恶政必然会激起人民的反抗，农民起义导致改朝换代。然而在真实的历史上，改朝换代很少是由农民起义造成的，更多的情况要么是权贵搞政变，要么是军界搞兵变，只有这一类潜在的危险才是最值得统治者留意的。所谓中国历史治乱循环的怪圈，其实在世界史上并没有那么特殊。

再强调一遍：皇帝最要提防的，不是那些饱受剥削和压迫的底层民众，而是体制内掌握实权的既得利益者，是被自己喂得最肥的那些家伙。汉魏六朝，都是这么篡位篡过来的。

(2) 道德派和制度派

怎样防患于未然呢？传统上有两大经典策略：道德派认为要加强道德教育，父要慈，子要孝，兄要友，弟要恭，如此才能君君臣臣、父父子子各安其位，一旦人心坏了，那就君不君、臣不臣、父不父、子不子了；制度派认为制度设立才是第一位的，一切问题归根结底都是制度问题。

道德派不服气，说以人为本，把人教育好才是第一位的，因为再好的制度也会被坏人弄乱。制度派则反驳说：只要制度对了，人心自然就会变好，因为坏人如果不变好，自然会被好制度淘汰。

你可能觉得儒家是道德派，其实不尽然。君君臣臣、父父子子那套道理虽然是孔子讲的，但孔子致力于"复礼"，要复兴的这个"礼"就是周公创立的典章制度，封建制正是其中很重要的一环，所以，孔子讲的道德是有制度基础的。但到了秦汉以后，社会结构变了，孔子心目中的制度基础没有了，儒家这才开始脱离制度，纯谈道德，所以很容易给人迂腐的印象。你自己读儒家经典的时候，最好不要只就经典论经典，把里面那些道德格言拿来就背，你要在经典之外去体会时代和制度的变迁。刻舟求剑的故事虽然是每个人在小学低年级就学过的，但成年人中犯这种错误的真的不在少数。

《六代论》的作者，我们就暂时相信曹志的话，当他是曹冏好了，他就是一个典型的制度派。《六代论》剖析历代制度上的得失，写得很长，文体是很标准的骈文，因为"剧情"丰富，悬念扣人，所以阅读快感会远远超过《两都赋》和《鲁灵光殿赋》那种文章。道理很简单，好比同样用电影大片的手法，剧情片总会比风光片好看。《昭明文选》中最漂亮的文章，就集中在"论"的分类里。

《六代论》一开篇，抛出一个经典的政治问题：夏、商、周三代，每个朝代都传承了十几代、几十代，而到了秦朝，才传承了两代就灭亡了。这太离奇了，到底是为什么呢？

答案是，这就是封建制和郡县制各自必然的发展结果。

封建制的特点是"与天下共其民"，土地和人口不都是天子独享的，各级诸侯、大夫在自己的封建范围内都享有高度的自治权，权力可以世袭。郡县制的特点是"独制其民"，皇帝是大独裁者，土地和人口全是他一个人的，各级官员都是他雇的临时工。

封建制的好处是，小家的利益和大家的利益绑在一起，所以每个人都有保家卫国的积极性。而郡县制相反，大家并不觉得换个统治者、换个国名有什么关系，反正自己还是一样交粮当差，也许日子还能更好过一点呢。

所以分封也不能搞单一化，只分封自家人是不对的，而要"兼亲疏而两用，参同异而并建"，既有近亲，也有远亲，既有亲人，也有贤人，"是以轻重足以相镇，亲疏足以相卫"，这种组合式的结构最合理。刘邦虽然恢复了分封制度，但封地太大，酿成汉景帝时代的七国之乱。后来汉武帝用贾谊和主父偃的办法削弱了诸侯势力，又削得太过分了，最后让王莽轻轻松松篡位夺权了。

曹冏最关心的当然是当代问题。当时的曹魏政权，"子弟王空虚之地，君有不使之民"，皇族子弟虽然名义上封了王，但既没土地，也没实权，而那些皇帝雇来的临时工，"皆跨有千里之土，兼军武之任"，实力比古代的诸侯霸主还强,而且他们还相互勾结。朝廷只用贤人,不用亲人,于是"宗室有文者,必限以小县之宰;有武者,必置于百人之上",皇族里再有才干的人,也只能做个芝麻官。这种政治结构,一旦有风吹草动,很容易就改朝换代了。

陆机《五等诸侯论》：
再谈封建制与郡县制的优劣

(1) 骈文句法

　　无论是曹冏的《六代论》还是陆机的《五等诸侯论》，都是站在稳定性取向立场上来论证封建制的好处的。

　　上一节讲了曹冏的《六代论》，你也许会想，曹冏是站在统治阶级的立场上说话的，如果换作老百姓的立场，他的道理还能成立吗？对老百姓来说，直接统治者到底是独裁者的临时雇员还是封建诸侯，真有本质上的区别吗？从大概率上说，后者就一定更会善待百姓吗？

　　要理解这个问题，读陆机的名文《五等诸侯论》是最好的途径。

　　陆机出身名门，祖父是东吴名将陆逊。当初陆逊以夷陵之战一战成名，刘备败走白帝城，陆家从此成为东吴举足轻重的家族。陆逊的儿子陆抗在东吴做到大司马，陆抗生了两个很出名的儿子，就是陆机和陆云，合称"二陆"。在陆机二十岁那年，吴国被西晋灭掉了，他和弟弟回到老家闭门读书，十年之后走出家门，到首都洛阳拜访各路名人，在短短时间里就名声大噪。陆机能够在当时成名，文学才华是一个很大的加分项。《文选》给了陆机很多篇幅，这种偏爱是有道理的。

在陆机的文章中，《五等诸侯论》既不是最有名的，也不是写得最好的，但在探讨封建制和郡县制优劣的作品里，这一篇绝对能排进前三名。

题目所谓"五等诸侯"，是指周代公、侯、伯、子、男五个爵位等级，在这里作为封建制的代称。文章一开始先讲封建制的来历和必要性："夫先王者知帝业至重，天下至旷。旷不可以偏制，重不可以独任。任重必于借力，制旷终乎因人。故设官分职，所以轻其任也；并建五长（zhǎng），所以弘其制也……"这段写得很好。如果你有兴趣学骈文，就可以认真体会一下这种句法，它要比前边讲过的萧统的《文选序》高明。

你可以把骈文想象成由很多长长短短的对联组成的文章。第一组对联是"帝业至重，天下至旷"，上联和下联分别表达两个意思，没犯"合掌"的毛病。上联讲治理天下的工作太繁重，下联讲天下太大了。第二组对联是"旷不可以偏制，重不可以独任"，上联承接上一句的下联，说天下太大了，所以一个人管理不来，下联承接上一句的上联，说工作太重了，一个人胜任不了。第三组对联是"任重必于借力，制旷终乎因人"，上联承接上一句的下联，说一个人胜任不了，就必须借助别人的力量，下联承接上一句的上联，说一个人管理不来，就必须和别人共同管理。第四组对联是"故设官分职，所以轻其任也；并建伍长，所以弘其制也"，上联承接上一句的上联，说要设置官员，分派职责，来减轻自己的担子，下联承接上一句的下联，说要分封诸侯，形成完善的管理体制。

这就是骈文的一种典型句式，早在《老子》中就有雏形了，意思要两个两个来说，句子和句子要分头承接，不像散文那样完全顺着写。

陆机接下来讲了封建制的很多好处，但也不否认搞封建制一样会亡国。这是因为"愿法期于必凉，明道有时而暗"，再坚固的东西也会坏，这是自然规律，免不了。制度的好与坏，只是相对而言的。这是很高明的见识。即便到了今天，还是有很多人看不透这个道理，总会因为某种制度有很多弊端就否定它，不知道合理的方法不是去找完美的终极方案，而是在现有的可选方案中选出那个相对最好的。

（2）两种博弈

同样的道理，郡县制并不是一无是处，只是相对较坏。俗语有所谓"新官上任三把火"，这是郡县制下地方官的通病。为求升迁，行政必求速效，而速效的成果，并不是要老百姓看到，而是要让上级看到。这是陆机很有见地的地方，我另外举个例子来解释他的逻辑：唐宪宗元和十四年，陈许节度使郗士美去世，朝廷委派李渤去吊唁。李渤一路往来，目睹了这样一个骇人的现象：地方州县人口锐减十之六七，逃亡成风。为什么会这样呢？是因为某地一旦发生民户逃亡，地方官为了保障税收总额不受影响，就把逃户应当缴纳的赋税摊派给他的邻居们，以至逃户越多，留守户的赋税就越重，而赋税越重，逃户就越多，形成一个恶性循环。李渤痛心疾首地上奏朝廷，说地方官为了取悦上级，不惜对老百姓竭泽而渔，盘剥到底。他建议清算逃户的剩余财产来偿还赋税欠额，还不上的部分索性全部免除。这样的话，要不了几年时间，逃户们都会回乡重新开始农业生产的。

这份奏章犯了宰相的忌讳，李渤只好拿生病当借口，退出权力斗争的中心。但我们可以设想一下，如果唐宪宗采纳了李渤的建议，或许真会收到预期效果，但问题是，在郡县制这个大格局不变的前提下，注定会形成剥下媚上、竭泽而渔的行政模式，这也确实是历朝历代都不曾真正改变过的。李渤的方案，也只能说是某种头痛医头、脚痛医脚的办法。

在郡县制下，地方官的角色本质上说就是皇帝雇来的临时工，天然的动机就是赶紧做出政绩，以便赶紧升迁，肯定不会对本地民生有什么长远眼光。而要想在短期内做出成绩，就一定会大张旗鼓搞事情，至于会不会寅吃卯粮，会带来多大的隐患，就留给下一任官员伤脑筋好了。就算江山易主，自己无非是换个主子来打工。在封建制下就不一样了，诸侯也好，大夫也好，世世代代都做某个地方的领主，所以在他们眼里，这片土地和这些人民都是自家的祖产，是要留给儿孙的遗产，所以在管理上的心态自然和临时工不一样。如果亡国了，自己这份祖产很可能就没了，所以要保家就必须卫国。

还有一个区别是：临时工缺乏安全感，即便位极人臣，只要皇帝不高兴，自己整个家族都会垮台，而封建领主的安全感高得多，就算自己被天子杀了，但祖产不会动，儿子会自动继承。

即便我们没学过博弈论的知识，也能从常识知道，博弈次数越多，关系就越稳定，所以，旅游景区的饭馆经营者往往想方设法坑蒙顾客，居民小区里的饭馆就会诚信经营、童叟无欺。封建领主和辖区里的老百姓世世代代生活在一起，从大概率上看，彼此的关系和信任度一定比郡县制下的情况好得多。

但为什么封建制最终还是复兴不起来呢？这个问题陆机没讲，我来替他讲：主要原因就是封建制的行政效率太低，皇帝的政令很难被贯彻到地方，所以皇帝没办法集中力量办大事。我们看实行封建制的周代，国泰民安就是最好的整治效果，周天子既不想，也没义务，更没能力引导全国人民发展经济。再看明清两代"改土归流"的努力，皇帝总想把自治区的世袭土官改成郡县制的地方官，因为对皇帝来说，可以亲手控制的地盘才是自己的地盘。地方官的任期不能长，长了就容易形成近乎封建诸侯的地方势力，当地人对长官和地域的认同会高于对皇帝和国家的认同，皇帝就会不好控制地方。这就难怪郡县制最为皇帝所钟爱，虽然它对老百姓来说也许不是最好的制度，但绝对是控制力最强的制度。生活的可控性越强，人的满意度就越高，这是人性使然，对皇帝也一样。

嵇康《养生论》：人为什么可以活到一千岁

（1）嵇康

本节讲讲嵇康的《养生论》，这是中国养生学史上的第一篇系统性论述。我们来看它是如何论证"精通养生之道就可以活到几百上千岁"的，真的很有说服力。

嵇康，字叔夜，"夜晚"的"夜"。这个名字有点奇怪，我们正好可以借此复习一下古人取名的规则。"叔夜"的"叔"表示排行，"康"和"夜"存在含义上的关联。这个关联，应该是《诗经》里的一句"成王不敢'康'，夙'夜'基命宥密"，歌颂周天子不敢贪图安乐，从早到晚都在忙工作。

但嵇康有点辜负自己的名字，他不太喜欢工作，而是过着一种很洒脱的艺术人生。

从早到晚忙工作的生活，当然不是养生之道。养生源于《庄子》，庄子讲过很多呼吸吐纳和静坐修炼的内容，有点像现在的瑜伽和气功。今天的神经科学告诉我们，人只要进入打坐入定的状态，不管有没有宗教信仰，不管具体信仰是什么，脑电波都会形成一种特别整齐的节奏，人就会产生天人合一、物我两忘的神秘体验。如果这个人是佛教徒，他就觉得自己看到了极乐世界，如果是基督徒，他就体验到所谓的"神喜"，宗教解释总是随方就圆的。

嵇康生活的时代正是玄学流行的时代，很多名士都是庄子的信徒。他们喜欢清谈，让生活彻底脱离低级趣味。有一个七人小团体活得特别有清高派头，这就是著名的"竹林七贤"，嵇康就是其中之一。

以今天的眼光来看，嵇康年纪轻轻就关心养生，很奇怪，但在当时并不奇怪，养生是一种日常生活方式，不像我们现代人，要等退了休再吃保健品、跳广场舞。

（2）骈散结合

《养生论》的写法，是先抛出两种对立的流行观点，各打五十大板，然后折中讲出自己的论点。嵇康是这样开篇的："世或有谓神仙可以学得，不死可以力致者，或云上寿百二十，古今所同，过此以往，莫非妖妄者。此皆两失其情，请试粗论之。"意思是说，有人认为通过后天努力可以修炼成仙，长生不死，也有人说人最多活不过一百二十岁，凡是超过这个年龄的，都不可信。这两种看法都太极端了，让我来讲讲真相到底是什么。

如果你注意到这段话的原文不太整齐，那么恭喜你，你看到了嵇康文风的特点。嵇康过的是庄子式的生活，不被世俗观念羁绊，所以在那个骈文盛行的时代，他的文章完全不是《六代论》和《五等诸侯论》那样的规规整整，而是半骈半散，洒脱自在。

接下来，嵇康开始论证：神仙虽然看不见，但书上既然留有那么多记载，一定不是假的。神仙似乎天赋异禀，不是普通人能修炼来的。不过，人只要合理养生，活到寿命的自然极限，那么活到几百甚至一千岁总还是可以的。之所以没人做到，不是因为理论不可靠，而是因为做得不够好。为什么这样说呢？可以看几个很实在的例子：靠吃药来发汗，不是每次都管用，但人在羞愧难当的时候自然就会大汗淋漓；人少吃一顿饭就会饿，但曾子在哀痛的时候，一连七天不吃不喝也没感觉；人到晚上总会困，但如果有心事就会失眠。这样看来，精神和肉体的关系就像君主和国家的关系。

嵇康很聪明地认识到，精神状态可以在很大程度上影响身体状态。那么顺理成章的推测是，养生之道应当形神并重，修炼精神可以给身体带来不可思议的改变。具体做法就是："修性以保神，安心以全身，爱憎不栖于情，忧喜不留于意，泊然无感，而体气和平。又呼吸吐纳，服食养身，使形神相亲，表里俱济也。"这段话里，"呼吸吐纳"就是气功，"服食养身"就是炼丹吃药，同时还要修身养性，让情绪始终保持平和的状态。

这真的很不容易，但嵇康做到了。他的朋友，同为"竹林七贤"之一的王戎，说认识嵇康二十多年，从没见他有过情绪波动。我们要注意的是，不动情绪不是压制情绪，压制情绪的能力是名利场上最需要的，是很好的伪装，但很伤身体，不动情绪是像庄子那样，把一切事都看淡，无论成败得失、生离死别、国仇家恨，都无所谓。

我们今天都知道，这样的心态确实有助于延年益寿，但也无非活得更健康一点，多活几年而已，不会质变。但嵇康举例子：我们看看农民种田，一亩地收十斛粮食就称得上良田了，但很少有人知道用区种的方法代替常规的种田方法，产量可以提高十几倍。那些认为商品卖不出十倍的价、粮食产不出十倍的量的人，都是墨守成规的俗人。

这个说法真的很有迷惑性。用区种的方法代替常规的种田方法，粮食产量能不能翻十倍，我们很多人还真不敢说，但商品换一种销售方式就可以卖出十倍甚至百倍的价钱，这在今天的商品社会里一点都不奇怪。看来人只要换一种活法，活到一千岁也是有可能的。好吧，我们知道，这当然不可能。嵇康的问题出在类比不恰当，这是古人的说理文章中最常犯的错误。

(3) 量变与质变

但嵇康有一点说对了：各种不良的生活习惯都会损害健康和缩短寿命，而这种减损是一种日积月累、从量变到质变的过程。在它的量变阶段往往不会引起人们的重视，等到质变发生了，后悔就来不及了。嵇康又说，养生同样是日积月累，见效很不明显的事。很多人坚持了一年半载，看不到明显的效果，就半途而废了。还有些人患得患失，想到成效要等几十年后才看得到，而万一到时候没见效，自己这几十年间放弃了那么多美食、美酒、美女，岂不是太亏了？所以心里总是很纠结，这样肯定不会有效。遗憾的是，绝大多数养生的人都有这些心态，所以成功的人万中无一。

其实说万中无一都说多了，嵇康连一个成功的样本都找不出来，所以养生学变成了一门无法证伪的学术，如果你没成功，那是因为你没做对。那么，既然现实中找不到成功的样本，凭什么说这条路一定走得通呢？嵇康的理由很好："夫至物微妙，可以理知，难以目识。"用西方哲学的话说就是，有些事情可以推知，却不能感知。比如对你的曾祖父，你既没见过他，也没听说过他的事迹，更没有任何影像、文字资料，你无法用任何方式来感知他，但你知道他一定存在。养生这种最精妙的学问也是这样的，所以只要有信心，有毅力，活到一千岁没问题！

这就是《养生论》的主要内容，很有说服力，嵇康也确实在身体力行。收效怎么样呢？还没到四十岁，他就遭到诬告，被皇帝杀了。为什么会受诬告呢？因为他对朋友的冤屈没能看淡，终于挺身而出，帮朋友申冤去了。所以他的死倒还不能证明他的养生方法无效。

《养生论》是一篇非常雄辩的文章，虽然是在论述一个在今天看来很荒谬的观点，但如果我们没有现代知识，真的很难从文章本身找出破绽。这样一想，今天一些很雄辩、很在理、很让我们心悦诚服的文章，未来的人同样会觉得荒谬吧。这会给我们一个警示：读书必须细心检验每步推理。我们虽然摆脱不了自己的时代局限性，但凭着细心和逻辑思维，一样可以养成高明的鉴别力。

※ 第六章

《陶渊明集》

《陶渊明集》：名字与人生

(1) 名字

陶渊明作品的文学魅力在很大程度上来自人格魅力，这是陶渊明的诗文被后人推崇的首要缘故。读这部书的时候，你可以在心里存着这样一个问题：完美人格从何而来？本节先讲陶渊明的名字和简要生平，你只需要记住一件事：陶渊明的一生以隐居为主，他只零星做过几任小官，他最早是以隐士而非诗人的身份被人们重视的。

先来看一个问题：李白有诗"暂就东山赊月色，酣歌一夜送泉明"，有人觉得读不通，怀疑传抄有误，就把"泉明"改成了"泉声"，你觉得这样对吗？

这问题不是我编的，明朝人真的这样改过。当然，改错了。李白是唐朝人，唐高祖叫李渊，"渊"字要避讳，凡要用到"渊"字，都要找一个读音和意思都差不多的字来替代，所以，"渊"就变成了"泉"，"泉明"其实就是"渊明"。李白写这首诗给人送行，"酣歌一夜送泉明"，是把对方比作陶渊明，这是诗歌常见的写作手法。

避讳经常是约定俗成的，到了清朝，纳兰性德的诗里还说"泉明自澹荡"，用"泉明"来指陶渊明，反而显得古雅。再比如还是这

"渊""泉"两字，古代著名的宝剑里有一把龙泉剑，至今还很有名，而它的原名叫龙渊，同样是因为避李渊的讳才改称龙泉。了解避讳对辨伪和断代很有帮助，如果有人向你兜售一把古剑，剑身上镌刻着"龙泉"字样，显然不是正品。

但陶渊明到底叫什么名字，其实后世都搞不太清楚。有人说他姓陶名潜，字渊明，也有人说他名潜，字元亮，小字渊明，还有人说他名渊明，字元亮。总之，你看到古代诗文里提到渊明、泉明、元亮这些名字，要明白它们指的都是同一个人。正因为陶渊明成为最著名的人格符号之一，所以后人写诗常常拿他的名字当成典故或语码，莫衷一是的称谓反而给诗人带来了难得的便利。格律诗特别讲究读音上的平仄关系，渊明和元亮恰恰一平一仄，于是，需要平声字的时候，就是"酣歌一夜送泉明"，不能"送元亮"，而需要仄声字的时候，比如，李商隐有诗"万里忆归元亮井"，就不能写成"渊明井"。诗人们不断推波助澜，我们越发搞不清陶渊明到底叫什么了。

如果我们采信"名潜，字渊明"的说法，那么名与字的关系就变得很有意思。《诗经》中有一句"鱼潜在渊"，是说鱼儿在深渊中潜伏，但如果水太清澈，太透亮，也就是"渊明"的话，那就会"水至清则无鱼"。这种情形，《诗经》另一篇里恰好有讲："鱼在于沼，亦匪克乐。潜虽伏矣，亦孔之炤。"鱼儿虽然在水潭里，但一点也不快乐，因为哪怕潜伏得再深，无奈水太清澈，没有安全感。

北宋文坛大家黄庭坚有一次途经陶渊明做过官的地方，写诗缅怀，劈头两句就是"潜鱼愿深渺，渊明无由逃"，意思就是说鱼儿想要潜入深水，但水太清澈，无处可逃。这话就是从《诗经》来的。

(2) 身世

陶渊明的家乡在浔阳柴桑，今天的江西九江附近。他的生年是东晋哀帝兴宁三年，公元365年；卒年在宋文帝元嘉四年，公元427年，他一共活了六十三年。这是动荡不安的六十三年，江南先后一共换了九任皇帝，其中东晋六个，刘宋三个。在陶渊明五十五岁的时候，刘裕正式建国，东晋宣告结束。所以，陶渊明的大半生是在东晋度过的，眼睁睁看着这个王朝越来越不堪，城头变幻大王旗，最后终于改旗易帜，改朝换代。在这样的时代，总会有各种小人暴露出各种丑态，让正人君子觉得世界太脏。

陶渊明家在东晋属于一个显赫的家族。他的曾祖陶侃做过三军总司令，对朝廷有拨乱反正之功。他的祖父陶茂做过武昌太守，然后君子之泽不到五世就"而斩"了，陶渊明的父亲没有在史料上留下任何痕迹，母亲孟氏是孟嘉的女儿，孟嘉倒是有一点名气，以文采、酒量和雅趣著称，陶渊明似乎在相当程度上遗传了外公的基因。

陶渊明并没有从家世上面沾多少光，因为曾祖陶侃虽然位极人臣，但生的儿子太多了，一共生了十七个，这十七个兄弟关系恶劣，互相争来杀去，下一代的关系就更不好了。据陶渊明自己讲，他和这些亲族已经形同陌路了。

所以，陶渊明空有显赫的出身，从小却过着清贫的日子，很少和人交游，只在弹琴和读书中找快乐，成长为一个胸怀天下的有志青年。后来他在诗里回忆这段岁月说："忆我少壮时，无乐自欣豫。猛志逸四海，骞翮思远翥。"那时候年少轻狂，自信心爆棚，大鹏展翅恨天低。如果你想到著名的淝水之战就发生在陶渊明十八岁那年，就更容易想见他当时的情怀了。

但少壮情怀消退得很快，陶渊明越来越发现自己和这个世界不太合拍。转眼就变成大龄青年了，竟然要为就业问题伤脑筋，让他情何以堪。

今天我们不觉得这是问题。不就是找工作吗，投简历就是了。我们之所以不嫌丢人，是因为我们生活在一个平民时代，怀着小人心态，求职时挑挑拣拣，只是为了多赚钱。君子应该怎么做呢？我多次讲过，他们的原则是忧道不忧贫，谋道不谋食。他们还特别在乎脸面，所以，应聘对他们来说是真正字面意义上的应聘，"应"别人的"聘请"才去做事，不能主动投简历。汉朝的人才选拔制度就很照顾读书人的体面，由地方官主动发现人才，向朝廷推荐。当然，这个制度发展下来，正像陆机在《五等诸侯论》中讲的"愿法期于必凉"，希望你还记得。

东晋的用人制度虽然大大变样了，但根底还是汉朝的，科举制是到隋唐才出现的。

陶渊明虽然很想保持读书人的清高，但无奈家庭负担越来越重。他已经快到而立之年了，不但娶妻生子，连二胎都生了，母亲也年迈了，他再不出去工作家人就要饿死了。幸好儒家有权变之道，《孟子》讲过，如果家贫亲老，人就该放低身段去找官做，但只应该做小官，薪水够养家就可以了，不该贪多。陶渊明真就找了一个小官来做，但没做几天就熬不住，果断辞职了。

辞了职，他又发现还是要找工作。苦撑几年之后，他投奔了当时人望很高的桓玄，在桓玄幕府里做事。然后母亲去世，他回家服丧，就在服丧期间，世事变化，主公桓玄竟然篡位了。

简单来说，后来桓玄被名将刘裕打败，晋朝复辟，陶渊明在不惑之年又做了刘裕的幕僚，但第二年就换了岗，同一年又换岗做了一个很小的地方官——彭泽令。后来人们称他为陶彭泽或陶令，就是从这个官名来的。才做彭泽令三个月，他又找借口辞职了，从此就死心塌地做隐士了，而他的老领导刘裕继桓玄之后成功篡位，从此东晋变成了刘宋。

大概是在隐士生活期间，陶渊明写下了著名的个人精神肖像《五柳先生传》。文章在名义上是一篇传记，主人公"不知何许人也，亦不详其姓字"，既不知道是什么人，也不知道姓甚名谁，因为他家旁边有五棵柳树，所以称他为"五柳先生"。

我们知道，陶渊明的诗在后世很有名，相当程度上是因为诗歌里体现的人格魅力特别迷人。如果可以把他的全部人格魅力用很小的篇幅总括出来的话，直接看这篇《五柳先生传》就好，增一分则太长，减一分则太短。

《五柳先生传》：完美人格的标准模板

(1) 草木语码

《五柳先生传》是陶渊明假托五柳先生来写自己的境况和情怀，塑造了一个被后世无数人追捧的完美人格。

如果陶渊明的房子旁边没有五棵柳树，却有三棵槐树，是不是该称他为"三槐先生"，文章题目也会变成《三槐先生传》呢？

一草一木，在文化传统里往往会形成特定的意义指向，然后固定成文化语码。

槐树，尤其是三棵槐树，是和"做大官"的含义关联在一起的。《周礼》记载："面三槐，三公位焉。"所谓"三公"，是三个级别最高的官阶。周代的天子宫廷，庭院里有三株槐树，三公朝见天子的时候面向三槐而立，后人便以"三槐"代称三公高位。所以，即便陶渊明的房子旁边真的有三棵槐树，他也只能另外想个名目，而不能写成《三槐先生传》，否则就和文章的主题彻底错位了。

《五柳先生传》虚构了一位五柳先生，其实就是陶渊明给自己作传。这还不是一般意义上的人物小传，而是人格写照，要写一个很潇洒、很随性的形象，所以开篇就说："先生不知何许人也，亦不详其姓字，宅边有五柳树,因以为号焉。"人到底是什么人,不知道;姓甚名谁,也不知道。不知道的话,可以打听一下嘛。就是懒得打听,就叫五柳先生好了,方便称呼就行。

这位五柳先生"闲静少言,不慕荣利",话不多,过着恬淡的日子,没有一点上进心,貌似是个读书人,但"好读书不求甚解,每有会意,便欣然忘食",这是特别有名的一句话,历来都被认为是读书的最高境界,不抠字眼,重在领悟,一旦有所领悟,就高兴得连饭都忘了吃。

除了精神追求,这位五柳先生还有很要紧的物质追求,那就是"性嗜酒",天生爱喝酒,但"家贫不能常得"。这也难怪,一个既不能啃老又没有上进心的人,注定要过穷日子。他像颜回那样安贫乐道倒也罢了,偏偏还爱喝酒。酒在当时可是奢侈品,要用好多粮食才能酿一点酒,所以困难年景里政府常常颁布禁酒令,必须保证粮食够吃。

奢侈品其实有很多种,但如果把酒换成宾士、爱马仕、劳力士,那就一点不像名士了。魏晋名士所喜爱的奢侈品一定是酒,这是"竹林七贤"奠定的传统。一个喝不起酒却嗜酒的人,一定是个自然率真,深得庄子风流的人。当然,如果你去读英国古典小说,你就会看到,喝不起酒却嗜酒的人都是反面形象,最后不是暴死街头就是进了救济院。工业发展之后,大都会兴起,流动人口聚集,聚集陌生人的社会需要制度性的救济,而在传统的农业社会里,救济靠的是熟人小社会里的互助。陶渊明要喝酒,喝的就是互助意义上的百家酒。"亲旧知其如此,或置酒而招之。造饮辄尽,期在必醉。既醉而退,曾不吝情去留。"亲朋好友知道他的喜好,时不时就准备了酒叫他来喝,他当然一叫就去,一喝就要喝到尽兴,醉了就走,也不假客气。回到家,"环堵萧然,不蔽风日,短褐穿结,箪瓢屡空,晏如也"。家里空落落的,四处透风,破衣烂衫上都是补丁,锅碗瓢盆里都是空的,他却过得很安逸。"常著文章自娱,颇示己志。忘怀得失,以此自终",他常常写些文章,虽然只为自娱自乐,但这些文章很能表现他的高尚情怀,他的心里已经没有了得与失的念头,所以从不患得患失,就这样过了一生。

"赞曰:黔娄之妻有言:'不戚戚于贫贱,不汲汲于富贵。'其言兹若人之俦乎?衔觞赋诗,以乐其志,无怀氏之民欤?葛天氏之民欤?"最后这一段是模仿史书的传记体例写的评语。无怀氏和葛天氏都是传说中的上古帝王。黔娄是一位有名的隐士,他的妻子也是个高风亮节的人。"不戚戚于贫贱,不汲汲于富贵"是很有名的话,形容君子不为贫贱忧虑,不为富贵奔忙。文章说,五柳先生就是这样的人,饮酒赋诗,其乐无穷,他应该是上古时代才有的自然天真的人吧!

(2) 完美人格

我们看到,在陶渊明身上,儒家的安贫乐道和道家的自然天真无缝对接,所以在极度贫困的日子里,他竟然还能活得逍遥自在,比大富大贵的人还要快活。他给后人指引了一条明路:在世道不好,君子必须委屈自己才能升官发财的时候,完全可以不受这份委屈还能活得开心。

这道理在今天同样成立。一般来说,我们为了获得更好的生活,或多或少总要牺牲一点什么,比如,年轻人为了将来找一份好工作,就牺牲玩乐的时间去学习枯燥的知识和技能;找到好工作以后,为了升迁,除了朝九晚五,还要加班加点,甚至要昧着良心奉承领导,费心费力和同事处好关系。但只要你能转换心态,就可以不受这些罪。虽然不受这些罪意味着你可能会找不到好工作,赚不到钱,没有社会地位,被同事排挤,但那个"不戚戚于贫贱,不汲汲于富贵"的全新的你是不会在乎这些的。你在自己的小天地里有足够多的自娱自乐的本钱,吃饭喝酒可以去亲朋好友那里蹭,不用跟他们假客气。如果你老婆骂你没出息,没有家庭责任感,这也不要紧,因为你首先就不大可能娶到老婆,就算娶到老婆也会离婚——离婚的便利性正是今天比陶渊明的时代进步的地方——其次,作为一个有境界的人,你能吸引到的女人很可能就是黔娄之妻那样的女人,她不但会理解你,还会欣赏你、崇拜你。你可能觉得到亲朋好友家里蹭酒喝并不丢人,反而是一件风雅的事。这倒也说得通,但蹭饭就真的有点尴尬了。陶渊明有一首诗,题目叫《乞食》,直译就是要饭:"饥来驱我去,不知竟何之",太饿了,出去找吃的,但不知道该往哪里走;"行行至斯里,叩门拙言辞",走啊走啊,走到一家人的门口,敲开了门,乞讨的话却说不出口;"主人解余意,遗赠岂虚来",主人心领神会,没让我空手回去;"谈谐终日夕,觞至辄倾杯",还和我聊了一整天,请我喝酒;"情欣新知欢,言咏遂赋诗",真没想到讨饭还能交到朋友,我很高兴,写下这首诗;"感子漂母惠,愧我非韩才",你就像当年漂母接济韩信一样,只可惜我没有韩信的本领,将来怕没法儿报答你;"衔戢知何谢,冥报以相贻",那就来生给你做牛做马吧。

诗写到最后,竟然还写出了诙谐,也摆明了自己要赖账,"叩门拙言辞"的难堪转眼就忘记了,这是陶渊明身上最难能可贵的精神。有人看不惯这一点,比如唐朝诗人王维,说陶渊明不为五斗米折腰,这一时的潇洒换来了讨饭时候的各种羞惭,何必呢?但也有人不以为然,比如宋朝名相司马光,说"渊明耻为令,乞食倚人门。贤人乐遂志,荣辱安足言"。在这个问题上,支持司马光的人远比支持王维的人多。

这就有点耐人寻味了。陶渊明担任彭泽令的时候,手下提醒他说督邮要来视察工作,"应束带见之",也就是穿得规规矩矩地去见督邮,没想到陶渊明叹息一声说:"我岂能为五斗米折腰向乡里小儿?"就这么辞官不干了。

"不为五斗米折腰"背后的制度与伦理问题

(1) 乱伦

手下让陶渊明穿规矩一点去见督邮，怎么就侮辱他了呢？去不相熟的人家里讨饭他反而不觉得丢脸，这到底是为什么呢？

这个问题以前我自己也没法儿理解，后来从官制中找到了答案。

要理解这个问题，我们需要先看看督邮是个什么官。在郡县制里，顾名思义，有郡有县，一个郡下辖若干个县。皇帝会派特派员监察郡一级官员的工作，这些特派员称为刺史，后来刺史就演变为常驻的地方官了；郡一级的官员也会派特派员监察县里官员的工作，这些特派员就是督邮。县令如果为非作歹，督邮就会铁面无私一下。

现在我们知道，督邮属于监察系统的官员，本职工作就是给别人挑刺。那么在中国传统的政治智慧里，对这个岗位会有什么特殊的要求呢？其实不难想到，凡是一线的监察官，品级不能高，年纪不能大，资历不能深。任何树大根深的系统内部，如果要整人，尤其是整那些连大领导本人都不方便动的元老，一定会这样安排。

品级不高，就不会有患得患失的心情，而且立功之后的前景好，犯错之后的代价小，所以人就更愿意进取争功。年纪不大，资历不深，工作才有锐气,也不会有什么盘根错节的关系网。而且对上级领导来说,就算监察官捅了大娄子,也可以轻轻松松地把他们牺牲掉。这种人事安排,是古代政治体制里很经典的关系攻略,你还会在很多地方看到它的各种变体。

督邮就是这样,虽然可以监察县令,但级别反而比县令低,年纪一般也比县令小。陶渊明说督邮是"乡里小儿",就是从年纪上说的。从功利角度来看,督邮可以在很大程度上决定县令的职业前途,至少想刁难县令一下是很容易的,县令对他们就该连巴结带伺候。公事公办地说,督邮的权威来自后台老板的加持,县令就算想打狗也必须看看主人。但从正统的伦理来看,结论就完全相反了:应该是级别低的拜见级别高的,年轻人拜见长辈,这才是君君臣臣、父父子子的秩序,如果让一个级别高、年纪大的人穿得规规矩矩地去参拜一个级别低、年纪小的人,这正是孔子最厌恶的君不君、臣不臣、父不父、子不子,也可以称为"乱伦"。

如果是因为不肯乱伦才辞了职,挨了饿,那么偶尔出门讨两次饭,完全不丢脸。

"乱伦"这个词在古代并不仅限于男女关系,而是像它的字面意思那样,凡是把伦理关系搞乱的行为,都叫乱伦。那么我们可以想到,如果是上级长官来了,或者是某位长辈来了,让陶渊明"束带见之",他肯定不会有意见。后世学陶渊明的人,有些就没搞清"不为五斗米折腰"背后的制度和伦理问题,对谁都不折腰,这就不对了。李白就是反面典型,话一经他说出来,就变成了"安能摧眉折腰事权贵,使我不得开心颜",所以也难怪权贵容不下他。

折腰与否的问题,其实又牵涉郡县制和封建制孰优孰劣的老问题。郡县制下,各级官员都是临时工,怎么才能保证临时工既不偷懒又不偷嘴呢?那就多派人看着他们好了。但是,负责"看着"的这些人也是临时工,难道还要另外找人看着他们?问题不好解决,所以皇帝一般会两手抓,一手是安排亲信,比如宦官和特务;另一手是设计制度,让大家你看着我,我看着你。比如,督邮虽然有权监察县令,但自己又受到功曹的监督。

我在前边多次讲过,儒家意识形态是从封建制里来的,孔子根本就不知道郡县制。所以在郡县制的时代,打从心里接受儒家思想的人,一定很难适应现实社会。要想在现实社会里活得风生水起,就必须保持一种适度的人格分裂,分裂的不同状态之间还要能随时随地无缝对接,"说一套"的时候连自己都能感动,"做一套"的时候完全不受良心折磨,在"说一套"的同时又"做一套"的时候从不纠结。而社会长此以往,"真诚"就变成越来越稀缺的品质。"真诚"之所以宝贵,是因为物以稀为贵,这正是陶渊明的人格光彩之由来。

(2)《归去来兮辞》

陶渊明既然不肯折腰,当即就辞职不干了,正好在这个时间遭遇了妹妹的丧事,亲情当然高于公务,何况自己早就受不了政府工作了。陶渊明秋天上任,冬天辞职,总共只在彭泽令的任上做了八十多天。

陶渊明辞官很像今天的年轻人辞职,兴之所至,说走就走。终于不用再遭这个罪了,穷就穷一点吧,反正全家人还不至于饿死,至于什么前程啊,事业啊,都无所谓,本来他当这个官就是为了混饭吃,混酒喝,从一开始就没打算好好干。这些意思,都是陶渊明自己表达的,写在《归去来兮辞》的序言里。如释重负的感觉让他太愉快了,文人一高兴就要写作,所以,他就写出了那篇很有名的《归去来兮辞》。

宋朝的文坛宗主欧阳修有过一个评论,说整个晋朝只有《归去来兮辞》一篇文章。这就是说，其他所有文章都不值一提，好文章就这一篇。这种话当然是文人的夸大，但夸大得很在理。《归去来兮辞》刚好也是我小时候最爱读的几篇古文之一，写得既规整，又自然，几乎没有生僻的字词和典故，语言完全没有用力的痕迹。骈文能给人这种感觉是非常难得的。

文章的题目，简化一下的话就是"归辞"，因为"去""来""兮"三个字全是语助词。文章不长，开头有一篇序言交代写作原因。为什么不把序言和正文写在一起呢？因为正文是骈文赋体，又要对仗，又要押韵，特别不适合叙事，所以叙事的内容用散文来写，当作序言。这样的组合，既把叙事交代清楚了，也没有破坏形式美。

文章内容是说人生苦短，何必委屈自己呢，为了填饱肚子让精神很难受，这不对。知错就改还来得及，所以他辞职不干了。回家抱抱孩子，喝喝小酒，这才是生活。

你也许会问：凡夫俗子不都是这么过日子的吗？

没错，但在相同的情况下隐藏着不同的内容。陶渊明在老婆孩子热炕头的日子里"倚南窗以寄傲，审容膝之易安"，这是文中特别有名的两句，也是全文的文眼。简陋的生活环境正是傲骨之所寄，因为凡夫俗子是没条件做官，陶渊明是有条件做但偏偏不做；"容膝"字面意思是仅能容纳膝盖的地方，引申义就是地方很小，当时人们不坐椅子，是像日本人坐在榻榻米上一样跪坐着，所以才说"容膝"，"容膝"之地虽小，但因为腰没折，傲骨没失，所以心里很满足。

这两句里的意象后来常被人们拿来取名，比如，书斋叫寄傲轩、审安斋、容膝山房，李清照自号易安居士，等等。

"审容膝之易安"之后，他的日子过得格外逍遥："园日涉以成趣，门虽设而常关。策扶老以流憩，时矫首而遐观。"每天去园子里弄弄菜，心情很愉快，也没有名利场上的人来拜访自己，乐得清静，拄着拐杖到处走走，看看远处的风景。然后又是两句名言："云无心以出岫，鸟倦飞而知还。"云和鸟都在比喻自己，自己像云一样不想出山，是被风吹出去的，像鸟一样飞累了，只想回家休息。

我们当然也想这么任性，毕竟谁都不愿意受委屈，但必须面对一个很现实的问题：陶渊明丢了工作，靠什么养家糊口呢？《归去来兮辞》里说是要"植杖而耘耔"，问题是知识分子真会种地吗，种地真能养活自己吗？

田园牧歌：想象的美和真实的痛

(1)《怨诗楚调示庞主簿邓治中》

本节要讲两首态度截然"相反"的诗，《归园田居》和《怨诗楚调示庞主簿邓治中》，请你认真看一看，在田园牧歌的美景背后，真实的农耕生涯会让所有人望而生畏。

种地不是一件容易事，就连祖祖辈辈种地的农民都不能够驾轻就熟，何况知识分子。但陶渊明的优势是，从小过惯了穷苦日子，和农耕环境的关系一直没有断过，所以，脱掉官服，拿起锄头，他并不觉得很陌生，也不会怕脏，怕虫子。不过，即便是职业农民，日子也不好过。天气是说不准的，有时候旱，有时候涝，税收、劳役和摊派也很折磨人。一个有傲骨的隐士如果因为歉收饿死了，倒也不丢脸，但如果被官府调派服劳役，和普通民工一起挖水渠，搞建筑，随时都有被监工拿皮鞭抽的可能，这就太伤尊严了。所以，隐士一般要往偏远地方隐居，最好是深山老林里，王法管不到的所在。

当然，太偏远的话，就很难活下去。在生产力极度低下的时代，人特别有必要过社群生活。那么，最理想的隐居地就是桃花源了，那里既有完善的社群规模，又和外界彻底隔绝。陶渊明这样的隐士写出《桃花源记》,有可能就像情感很丰富、渴望被总裁爱上的小女生写出言情小说一样。

在桃花源里,男耕女织,其乐融融,而真实的农耕生活远没有那么美好,否则怎么会有那么多农民工进城?在五十四岁那年,"归去来"已久的陶渊明写下一首五言诗,题目是《怨诗楚调示庞主簿邓治中》。诗一落笔,就是标准的儒家立场:"天道幽且远,鬼神茫昧然。结发念善事,僶俛六九年",天道是怎么回事,不知道,鬼神到底有没有,不知道,反正自己从小就努力当好人,做好事,转眼就五十四岁了。人生过得怎么样呢?"弱冠逢世阻,始室丧其偏",年轻时候就赶上了坏世道,结婚不久又丧偶。隐居种地,想安心过过小日子,结果"炎火屡焚如,螟蜮恣中田",天旱过后又是天旱,还闹虫灾,"风雨纵横至,收敛不盈廛",好容易下雨了,却偏偏是狂风暴雨,粮食根本没收几粒。你们知道我家日子过成什么样了吗?"夏日长抱饥,寒夜无被眠",夏天没饭吃,冬天没被子盖。尽管如此,我每天还是满怀希望,"造夕思鸡鸣,及晨愿乌迁",天一黑就希望寒冷的夜晚早点过去,天一亮又希望赶紧天黑睡觉,因为只有睡着了才感觉不到饿。我为什么活得这么惨呢?"在己何怨天,离忧悽目前",这不怪老天爷,路是我自己选的,按说我没资格抱怨,只是难受狠了,发发牢骚。你们以为我选择这样的生活,是为了永垂不朽吗?"吁嗟身后名,于我若浮烟",根本就不是,我一点都不在意后人怎么评价我。"慷慨独悲歌,钟期信为贤",我只是有很多感慨,独自唱一支悲歌,希望有知音能够懂我的心。

这首诗在陶渊明的作品里不太出名,出名的都是那些很潇洒的诗,比如"采菊东篱下,悠然见南山"。你以为归隐田园的生活真的那么悠然吗?那就看看我选的这首《怨诗楚调示庞主簿邓治中》好了。

其实,在陶渊明写这首诗的时候,后悔药还有的吃,因为他隐士的名声越来越大了,就在这一年里,朝廷还征召过他做个小文职,但他还是拒绝了。这种选择，显然不是冲动之下做的，而人的理性选择一定是两害相权取其轻。做官到底有多难受呢？真比全家人天天挨饿受冻还难受吗？对陶渊明来说，答案显然是肯定的。所以很多人相信他的心理动机是对晋朝的忠诚，看不惯乱臣贼子把朝廷搞得乌烟瘴气，宁死不肯同流合污。

(2)《归园田居》

陶渊明最为后人所推崇的诗，是他刚刚从彭泽令任上"归去来"之后写的《归园田居》五首，五首之中，最出名的是第一首："少无适俗韵，性本爱丘山"，我从小就和主流价值观不合拍，天性就是喜爱大自然；"误落尘网中，一去三十年"，但不幸还是随大流了，白活了好多年；"羁鸟恋旧林，池鱼思故渊"，我就像笼子里的鸟儿想要飞回往日的山林，又像池塘里的鱼儿想要回到旧时的大湖。想到就做，所以我真的回去了，"开荒南野际，守拙归园田"，回家种地去了，过朴实一点的日子多好；我的生活条件其实还算不错，"方宅十余亩，草屋八九间"，宅基地就有十几亩，茅草屋不是八居室就是九居室；"榆柳荫后园，桃李罗堂前"，房子的前前后后还有花园，里面有绿植；"暧暧远人村，依依墟里烟"，容积率超低，邻村隔得很远，连炊烟都看不太清；"狗吠深巷中，鸡鸣桑树巅"，生态特别好，又有鸡鸣，又有狗叫；"户庭无尘杂，虚室有余闲"，房间收拾得很干净，心情就特别好；"久在樊笼里，复得返自然"，我在笼子里关得太久了，现在终于回归自然了。

这首诗的主题是，人应该在自然环境里悠然地生活。那么"樊笼"是什么呢？在陶渊明的时代，就是官场，换作今天，学校和单位都是樊笼,都不是自然。人的天性毕竟是亲近自然的,所以总有人忽然辍学或者辞职,来一场说走就走的旅行。就算没敢真这么做,至少也在心里反反复复地幻想过。

但是,这些"樊笼"真的那么不自然吗?从本质上看,其实倒也没有。就在《归田园居》的第三首里,陶渊明自己就观察到"种豆南山下,草盛豆苗稀",杂草在和豆苗你死我活地争夺生存资源,手段无所不用其极,这才是天地自然之理。陶渊明在《怨诗楚调示庞主簿邓治中》那首诗里感叹"天道幽且远",其实天道既不幽,也不远,只要你用心观察体会。"草盛豆苗稀"的现象里就蕴含着弱肉强食的天道。但陶渊明毕竟不是达尔文,看了半天,只觉得杂草太讨厌,必须更努力地除草才好。于是"晨兴理荒秽,带月荷锄归",早晨去除草,夜里才回家;"道狭草木长,夕露沾我衣",道路太窄,草木太茂盛,沾了我一身露水;虽然不舒服,但也不要紧,"衣沾不足惜,但使愿无违",谁让我的心志就是要回归自然呢?

回归自然的最大好处就是,世界清静了,人际关系单纯了。种地再辛苦,也无非是让身体受委屈,但在"樊笼"里生活,身体倒是舒服了,精神却要饱受摧残。普通人和小人当然无所谓,但陶渊明那样的人绝对受不了。所以,陶渊明真有那么"性本爱丘山"吗?倒也未必,因为爱会从"晨兴理荒秽,带月荷锄归"发展到"夏日长抱饥,寒夜无被眠",不会有人愿意过这样的日子。只不过对陶渊明来说,在樊笼里的日子更难忍,仅此而已。他在田园生活里感到的喜悦,与其说是田园本身带来的快感,不如说是如释重负之后的轻松感。

所以我要叮嘱你,当你被名满天下的《归田园居》陶醉之后,别忘了读一读那首很少有人关注的《怨诗楚调示庞主簿邓治中》。

采菊东篱下：不会说人话才是真境界

(1) 主流和非主流

《归园田居》算不算田园诗，陶渊明算不算田园诗人？

答案是，在算与不算之间。无论算或不算，都有道理。

在中国传统上，"山水田园"算是一大类别，如果哪个富贵闲人过腻了都市生活，特别喜欢游山玩水，或者想到乡村体验一下野趣，住在郊区或乡村的别墅里修养一段日子，写几首诗来歌咏山水田园之美，这才是典型意义上的山水田园诗，谢灵运就是这样的诗人。如果真的要在乡村扎根，靠种田讨生活，然后写诗歌咏农家乐，这是比较另类的，陶渊明就是这样的诗人。

后人提到田园诗，往往将陶、谢并称，其实这两个人无论是从社会地位、人生追求还是写作风格来看，都是存在天差地别的。如果说有什么共同之处的话，那就是他们都把野趣写到了不同的极致。我们可以参照一下英国诗人，华兹华斯和彭斯都是写田园主题的名家，但人们说华兹华斯是田园诗人，说彭斯是农民诗人。陶渊明其实和彭斯很像，只是在风格上要雅致得多。

同样是描写自然风景，谢灵运以度假的心态写，陶渊明以生活的心态写。两个人的文学才华不相上下，那么谁的诗更受当时读者的喜爱呢？毫无疑问是谢灵运的，甚至到了唐朝，谢灵运的名气也狠狠压过了陶渊明，直到杜甫出现，才把陶、谢并称。而陶渊明真正赢得崇高的文坛地位，还要等到宋朝。

文艺作品能不能流行，主要不取决于创作者水平的好坏，而是取决于时代风尚。在陶渊明生活的时代，华丽是最主流的文学风尚。我们可以看一下谢灵运最著名的《登池上楼》，开篇是"潜虬媚幽姿，飞鸿响远音。薄霄愧云浮，栖川怍渊沉"。这几句话，看文字其实也看不懂，至少要动半天脑子才能看懂。大意是，水底的龙身姿柔美，天上的大雁叫声嘹亮，我要不要去学大雁高飞，积极进取呢？好像不太合适。要不，就去学潜伏的龙，低调做人？好像也不合适。简言之，这是形容自己进退两难的纠结心态，遣词造句很做作。陶渊明有两句诗恰好表达了相似的意思，可以拿来对比一下："望云惭高鸟，临水愧游鱼"，不但字数少了一半，而且语言很朴素，意象很鲜活，让人一看就懂。但是，时代选择了谢灵运，抛弃了陶渊明。

你还要记得，那个时代并不是像今天这样的平民社会，文学风尚并不是由品位粗俗的广大人民群众决定的，而是由上流社会决定的。精英的眼光，一样会受时代风尚的左右。当时的精英们欣赏陶渊明，是把他当成隐士，而不是当成诗人或文学家来欣赏的。

陶渊明的一生跨越了东晋和刘宋两朝。刘宋以后是南齐和南梁，先后有文学评论领域的两部经典名著问世，一部是钟嵘的《诗品》，另一部是刘勰的《文心雕龙》。《文心雕龙》中对陶渊明竟然只字不提，好像文学界就没有他这么一号人物。《诗品》中倒是提了一笔，但只把陶渊明的诗列入"中品"。钟嵘对陶渊明作品的点评有特别耐人寻味的地方，他说"世叹其质直。至如'欢言醉春酒''日暮天无云'，风华清靡，岂直为田家语耶"，所以我们知道，当时的人都嫌陶渊明的诗歌太直白，太像农民的大白话，钟嵘还算是站出来给陶渊明打抱不平了。

(2)《陶渊明集》的编订

文学界第一个"发现"陶渊明的人，就是我们已经很熟悉的昭明太子萧统。

萧统对陶渊明的人格和文章都很爱慕，他亲自搜集整理，编成《陶渊明集》，一共八卷。这个时候，陶渊明已经过世一百年了。这就看得出来，萧统的文学眼光比钟嵘和刘勰都要独到。

萧统为《陶渊明集》写的序言在文学史上很有地位，值得介绍一下。这篇序言可以分为前后两段，前段高度赞扬陶渊明的人格魅力，列举了历史上很多追名逐利的成功人士来反衬陶渊明的高风亮节，后段主要表彰陶渊明的文章，就像现在的粉丝歌颂偶像一样，比如这样的语言："其文章不群，辞采精拔；跌宕昭彰，独超众类；抑扬爽朗，莫之与京。横素波而傍流，干青云而直上"，意译过来的话，就是"出类拔萃，天下第一"。萧统对陶渊明的文章到底爱到什么程度呢？他自己说的是"余爱嗜其文，不能释手"，成语"爱不释手"就是这么来的。

但萧统毕竟是文学精英，不是普通的追星族，在"爱不释手"的感情里还保持着难得的理智，看得到偶像身上的缺点："白璧微瑕，惟在《闲情》一赋。"这句话又给我们留下了"白璧微瑕"这个成语。萧统觉得《闲情赋》写得不好，属于陶渊明文章里的瑕疵，但萧统的高明之处就在这里，明明觉得是瑕疵，也原样收录进了文集。

萧统还为陶渊明的酒瘾做了辩护："有疑陶渊明诗篇篇有酒。吾观其意不在酒，亦寄酒为迹者也。"这话是说：有人觉得陶渊明写诗，下笔总也离不开酒，不好，但在我看来，他是别有寄托，绝不是个单纯贪杯的人。

这话说得很到位。今天我们都知道"醉翁之意不在酒，在乎山水之间也"，这是欧阳修《醉翁亭记》中的名句。我在前边讲过，欧阳修很推崇陶渊明，认为晋朝的好文章只有一篇《归去来兮辞》。所以我们就看到，欧阳修的"醉翁之意"是从陶渊明的"其意不在酒"一脉相承而来的。

在陶渊明"篇篇有酒"的诗里，最著名的是《饮酒》组诗的第五首：

> 结庐在人境，而无车马喧。
> 问君何能尔，心远地自偏。
> 采菊东篱下，悠然见南山。
> 山气日夕佳，飞鸟相与还。
> 此中有真意，欲辨已忘言。

《饮酒》组诗共二十首，大约作于东晋义熙十二年（公元416年），陶渊明五十二岁时。当时刘裕总揽朝政，受封宋王，距离篡位仅有一步之遥，而陶渊明远离尘嚣，过着淳朴又贫困的农民生活，农忙之余饮酒写诗，自娱自乐。

这首诗写得很有"理趣"，但讲理一点都不生硬。先是自问自答，说自己并没有隐居到深山老林里，但达到的隐居效果是一样的，这是因为，只要心和世界疏远了，具体住在哪儿都一样。南山是好大一座山，按说人人都能看到，但很多人心里塞着功名利禄、互相斗得你死我活，对自然美景视而不见，只有我这样不为俗务操心的人，才会"采菊东篱下，悠然见南山"。看着南山上的景致变幻，鸟儿来去，感觉既平常又不平常。到底哪里不平常呢？"此中有真意，欲辨已忘言"，反正就是有，还特别深刻，但我已经融进去了，我退化了，不会说人话了，所以没法儿讲给你听。

这种境界，有没有让你想起《老子》那句"为学日益，为道日损"呢？

※ 第七章

《李太白集》

《李太白集》：任性、非主流和低情商

（1）世人皆欲杀

李白写过"龌龊东篱下，泉明不足群"，是嫌弃陶渊明的隐居小日子，自己不想和这种人做朋友，但后人评价李白，常说他是陶渊明的继承人，比如"太白渊明总一身，休将出处较比邻"，这种矛盾，你是怎么理解的呢？

这个问题可以从好几个角度来回答。首先我们知道，人的看法不会一成不变，而且人是复杂多面的。事实上，李白一直很欣赏陶渊明的人格。陶渊明不为五斗米折腰，李白则更上一层楼，不肯摧眉折腰事权贵。但在李白的心里，好男儿就该建功立业，要建要立的还不能是普通的功业，必须是丰功伟业。所以，一旦看到可以建立丰功伟业的苗头，李白立刻就会雄心万丈。写"龌龊东篱下"的时候，年近花甲的李白正在永王李璘的幕府里，眺望洞庭湖里的水军演练，想象着马上就要平定安史之乱，为大唐江山拨乱反正，所以心潮过于澎湃。而且他自己是以名士身份被永王礼聘来的，很有诸葛亮出山的感觉，更觉得这时候如果还不出山，非要守着"采菊东篱下"的个人主义小情调，实在委屈了自己天大的才华，对不起慧眼识英雄的永王，更对不起饱受战火蹂躏的天下苍生。当然，以他的天纵英才，加上五六十年丰富多彩的人生阅历，竟然没看出永王集团存在合法性不足的问题，这个主子不能跟。李白后来沦为政治犯，就是因为这件事。

　　李白是真正意义上的大男孩，一直到死，心智都没有发育成熟。他到处说错话，做错事，招人讨厌。如果不是因为他家里太有钱，本人又有太出色的文学才华，他恐怕活不过中年就会被人整死，而且可以说死得大快人心。

　　在永王失势之后，杜甫担心李白的安危，写诗说过"世人皆欲杀，吾意独怜才"，这话并不夸张。我们今天看李白，是把他当成一个一千多年前的文学偶像来看的，所以越看越爱，但如果我们真的和李白生活在同一个圈子里，恐怕比那些所谓嫉贤妒能的卑鄙小人更想把他弄死。而那个"吾意独怜才"的杜甫，其实也是一个很极品的讨厌鬼、麻烦精，很难和同辈和谐相处。重大的人格缺陷，造就极致的诗人。

　　历代的大诗人里，也有性格好的，苏轼就是典型。苏轼绝顶聪明，学问也是一流的。换句话说，无论是才华还是学养，苏轼比李白、杜甫都强，但苏轼的诗就是写不出李白、杜甫的极端感来，不会给人很直接、很强烈的情感震撼。我们读李白、杜甫的诗，总会感觉天塌地陷，但读苏轼的诗，就像在宁静的夜晚仰望星空，虽然无风无浪，但深不可测。这是两种不同形式的美，前一种更容易在第一时间激荡人心。

（2）人格定型期

　　李白诗歌的魅力，首先是从他的任性来的。

　　"痛饮狂歌空度日，飞扬跋扈为谁雄"，这是杜甫对李白的印象。

　　为什么任性呢？天性当然是重要原因，但也有两个后天因素：第一，因为有钱，所以任性；第二，因为成长环境远离儒家文化圈。

在李白出生那天，母亲梦见了长庚星，所以给孩子取名白，后来取字太白。其实照这个规则，取名维纳斯也是可以的，因为长庚和太白都是金星的别名，它还叫明星、启明星、太白金星。

但李白到底是在哪里出生的，说不清楚，各种记载互相矛盾。有人说他生于四川，也有人说他生在今天的吉尔吉斯共和国，还有人说是阿富汗。大体上可以确定的是，李白的父祖辈好几代都定居西域，直到李白的父亲这一辈，大约在李白五岁的时候，才迁居回到汉地。但这个汉地，既不是长安，也不是洛阳，而是经济和文化都很不发达的巴蜀。也许只是巧合，金星在五行方位里对应着西方，所以，"李白"这个名字暗示他是西方人，从西域来的。

李白自号"青莲居士"，为什么这样叫？比较可信的说法是，青莲花就是西域的优钵罗花，芳香洁净，一尘不染，所以这既是李白对自己人格追求上的标榜，也又一次暗示他的西域根底。

偏巧盛唐的时代风气，舶来品特别盛行。因为国力太强大了，所以唐朝人在接受外来事物的时候完全没有玻璃心，上到王子皇孙，下到平民百姓，沉迷在各种"洋玩意儿"里，甚至放着好好的房子不住，在院子里搭帐篷住。

这是一个崇尚进取的时代，有条件的人可以玩出很多花样。李白从小就很有条件，家里有数不清的钱供他挥霍。也正是因为从小过着锦衣玉食的日子，李白当真视金钱如粪土，完全有痛饮狂歌、飞扬跋扈的经济基础。李白有太多的忧心事，为天下兴亡忧心，为自己的政治前途忧心，为修仙大业忧心，为朋友的困境忧心，唯独不曾为钱财忧心。"天生我材必有用，千金散尽还复来"，这样的诗句，贫寒出身的诗人无论再天才也写不出来。

巴蜀的民风助长了李白的豪情，这里更有江湖气，人们喜欢任侠仗义、快意恩仇的生活，学术气氛也和中原不一样，有经济学和纵横术的传统。古代的经济学不是今天的经济学，今天的经济学，词源来自古希腊人色诺芬写的《经济论》，内容其实是大户人家的家政学，而中国古代的经济学，顾名思义，是经世济民之学，教人治国安邦的本领。至于纵横术，来自战国时代，当时诸侯之间关系紧张，要么联合起来对抗最强大的秦国，这叫合纵；要么秦国联合一两个诸侯来对抗别的诸侯，这叫连横，总之是靠外交手段辅佐政治、军事策略。在李白的少年时代，巴蜀有一位奇人赵蕤隐居大匡山，埋头研究经济纵横之学，还留下一部奇书，叫作《长短经》。李白投在赵蕤门下，学了一年多，那些纵横捭阖的韬略一定让他心荡神驰。就这样，在李白整个的人格定型期，几大影响力全都是当时的非主流。这样的孩子，以后混社会一定不容易。

一直到死，李白都觉得自己是一个纵横家，只要明主给他机会，他就能折冲于尊俎之上，却敌于谈笑之间，用白话说，就是几句话就能扭转国际局势。李白这辈子总想给人展现自己作为纵横家的一面，后人也愿意这样来理解他。明朝短篇白话小说集《警世通言》有一篇《李太白醉草吓蛮书》，就着力表现了这一面。

如果你有机会见到李白，夸他诗写得好，他不会多在意，夸他是个纵横家，他一定能拉着你喝一天酒。当然，像他这种情商为零的人，就算给他找十个熊太行老师做参谋，也注定混不好职场，更别提做什么纵横家了。正是这种自我认知的严重偏差，使李白特别敢吹牛，因为他无论吹多大的牛，都很真诚。你只要理解了这一点，就会知道为什么李白的诗能写得特别豪迈，特别有想象力，还特别有掏心掏肺的感觉，能让人神魂颠倒。

那么，李白既然这样自负，又怀着远大的理想，为什么不像别人一样参加科举考试去做官呢？你可以从李白的性格来想想这个问题可能的答案。

作为纵横家和侠客的李白

(1) 不走寻常路

凭着对李白的熟悉，又读了这么久的熊逸书院，我相信很多人都能轻松给出答案：没面子。

科举自隋朝创设以来，到李白的时代已经不算新奇了，接受度很高，但唐朝的科举还不像宋元以后那么严格。今天我们熟悉的科举制是宋朝奠定的，第一原则就是公平，而为了公平，考试形式就必须标准化。考卷需要"糊名"，不让判卷老师看到考生的姓名，后来发展到明清，又有了八股文，总之，一步步向着今天的标准化考试发展。今天的考生之所以不觉得伤脸面，是因为我们早就没有君子传统了。

唐朝的科举离标准化还很远，考试一半要靠临场发挥，一半要靠考前的自我推销。所谓自我推销，古文叫干谒，就是拿着自己的诗歌文章拜见各种权贵政要、社会贤达，如果能求得对方的赏识，考试也就成功了一多半。考试的名次，基本在这个环节就被预定好了。这就是当时的风气，大家也没觉得不公平。

我们很容易想到，自我推销需要一对一登门拜访，应该比考试更丢脸。但当时的人并不这么想，一是因为干谒有很强的传统，只要大家都是文化人，那么地位低的人有这个权利，地位高的人也有相应的义务，这是文化共同体里的一种默契；二是因为干谒往往是要托人来办的，甚至会辗转托人，比如拜托张三通过李四走通王五的路子，如果你还记得礼学的内容，就会想到这个过程里是有介绍人的，而有了介绍人，避免了直接接触，事情就变得大方多了；三是因为那就是盛唐时代，整个社会特别有积极进取的风尚。

不过，对李白来说，通过走门路来考科举，还是丢脸。他心目中的榜样人物，是姜太公、管仲、鲁仲连。前两位大家都很熟悉了，一个是钓鱼的老汉，另一个是阶下囚，都被君王郑重其事地请出来，委以重任，君王们对其言听计从，造就一番王霸事业。至于鲁仲连，又称鲁连，是战国年间的名人，本领很大，但不愿做官，只是周游列国，到处为人排忧解难，以个人身份维护世界和平。

鲁仲连称得上一位纵横术大师，精通国际关系，口才也特别好。秦国围攻赵国的时候，鲁仲连说动魏国派兵救援，赵国当然要重谢他，但他什么都不要，说一旦收了谢礼，自己就和商人没区别了。还有一件事，齐国收复被燕国侵占的地盘，仗打得很顺利，只有一座聊城久久打不下来。鲁仲连来了，给聊城守将写了一封信，充分说明利害关系，把信绑在箭上射进城里。聊城守将看完了信，哭了三天，自杀了，聊城也就被齐国收复了。齐国要给鲁仲连高官厚禄，鲁仲连当然不要，挥一挥衣袖就走了，不带走一片云彩。

鲁仲连既没练过武，也不像墨家那样有自己的帮派势力，但其所作所为完全当得起侠客的称号，而且真的是"侠之大者，为国为民"。上一节讲过，李白成长过程中接触的巴蜀文化就有任侠仗义的传统，所以在所有古人中，李白最佩服的就是这位既是大侠又是纵横术大师的鲁仲连，写诗常常提他。

我们普通人就会想：鲁仲连办事不收费，还能很体面地周游世界，完全没有穷游的尴尬，这要多有钱才行！李白当然不会这么想，因为他家的钱只会比鲁仲连的多。他自己过惯了挥霍的日子，还常常以任侠精神和江湖大哥的姿态仗义疏财，给各种朋友填各种无底洞。虽然这样大的一份家业实在不容易败光，但李白做到了。

(2) 偶像的意义

　　李白给自己的人生定位，就是根据偶像来的，大体来说，半是姜太公和管仲，半是鲁仲连，换句话说，半是帝王师，半是侠客。要做帝王师，却并不想出将入相，李白要的其实只是那份尊崇感，要皇帝来请他，但他一点都不想处理日常性的工作，只想在那种所有人都无能为力的重大事件上从从容容地露一小手，一锤定音，然后说声"不用谢"，飘然远去。

　　我们理解了李白给自己的人生定位，就很容易读懂他的诗歌和人生。比如《侠客行》这首诗里大家最熟悉的两句"事了拂衣去，深藏身与名"，虽然全诗没提鲁仲连，但这十足就是鲁仲连的做派。

　　从根本上说，李白想进入上流社会，不是为了获得推荐好去考试做官，然后按部就班来升迁。不，那太平常了，甚至可以说太庸俗了。他是希望借助这些权贵，让皇帝听到自己的名声，然后礼贤下士。但如果皇帝真的礼贤下士来请他，真把他当成帝王师一样供起来，让他统管全国大政，其实他也不会愿意。一切日常性的工作，哪怕再重要，也是无聊的、琐碎的、一点都不浪漫。浪漫主义诗人，当然要做浪漫的事情。

　　浪漫是要付出代价的。当时正值"开元全盛日"，太平盛世，英雄无用武之地，这感觉很不好。李白初入官场之时，给旧相识写过一首诗，有点耐人寻味的地方。诗的题目是《赠宣城赵太守悦》，当时的称谓习惯,排序是地名+姓+官职+名,"宣城赵太守悦"用今天的话来说就是"宣城太守赵悦"。诗比较长,我只讲其重点部分。

诗一开始,先用很多笔墨赞美对方的家世,然后赞美本人,这是规矩,终于说到自己,调性是"人比人得死,货比货得扔",说自己当初做官,不过是充个样子,现在处境窘迫,看到赵大人混得风生水起,脸皮不禁有点发热。李白在形容自己的时候,用了一连串的丧气话,诸如"憔悴成丑士,风云何足论。猕猴骑土牛,羸马夹双辕",这是在抱怨自己得不到重用。哪怕你不理解诗句的具体含义,但只要看看字面,就知道肯定不是好话。李白接下来说"愿借羲和景,为人照覆盆",希望能从赵大人那里借一点光。然后是重点:"溟海不振荡,何由纵鹏鲲",这里用到了《庄子·逍遥游》意象。鲲和鹏是传说中的大鱼和大鸟,因为体形太大,所以在风平浪静的天气里没法儿动弹,必须等到刮台风、起海啸,鲲才能游泳,鹏才能飞翔。诗的最后一句"所期要津日,倜傥假腾骞","要津"指的是重要岗位,出处就是《昭明文选》中的古诗名句"先据要路津"。诗意可以有两种解读,第一种是祝愿赵大人能做大官,掌大权,然后提携自己,让自己能有机会施展拳脚;第二种是期望自己赶紧做大官,掌大权,有机会施展拳脚。

你理解了李白的这种心态,就能明白为什么在安史之乱爆发以后,永王派人三顾茅庐,他就兴冲冲地出山去了。

安史之乱当真是"溟海振荡"的时候,所以,李白在永王幕府里豪气干云,准备在谈笑之间安定天下,然后再"事了拂衣去,深藏身与名"。这个时期他写了《永王东巡歌》十一首,一般唐诗选本会选第二首:

三川北虏乱如麻,四海南奔似永嘉。
但用东山谢安石,为君谈笑静胡沙。

"北虏"指的是安史叛军,"永嘉"指的是西晋末年的永嘉之乱,当时匈奴攻破洛阳,中原人士纷纷渡过长江逃难,史称"衣冠南渡",这是我在前面讲过的。"谢安石"就是东晋名人谢安,淝水之战的幕后总指挥。这首诗连用晋朝典故,写得豪情万丈,但是,非常地"政治不正确",你能看出问题出在哪里吗?

写诗不是一件容易事,功夫真的在诗外。

为什么人人都要杀李白

(1) 安史之乱

本节讲讲李白的晚年作品《永王东巡歌》和《猛虎行》,你只需要记住一件事:李白的心智不是一般的幼稚,政治觉悟不是一般的差。其他诗人首先是社会人,其次才是诗人,李白正好相反,首先是诗人,其次才是社会人。用社会人的眼光写诗和用诗人的眼光看社会,往往是两回事。

在谈具体问题之前,我先简单介绍一下当时的政治局面。唐朝领导者从太宗皇帝开始就非常擅长开疆拓土,地盘越来越大,这就像今天的公司扩张太快一样,管理跟不上。为了好管理,必须多放权,结果地区官长的实力迅速膨胀,很快超过了中央政府,强干弱枝的传统管理结构就被颠倒过来了。到了唐玄宗开元盛世,"华北地区官长"安禄山打着"清君侧"的旗号造反了,从华北一路向西。沿途的郡县长官要么投降,要么逃跑,很少做真正的抵抗。所以叛军顺利打到陕西潼关,这是首都长安最后的屏障。

潼关陷落的时候,唐玄宗仓皇往四川跑,太子李亨留在后边组织抵抗力量。当时玄宗想要传位给太子,太子没接受,但不久以后,太子驻扎在宁夏灵武,被将领们拥戴着当了皇帝,这就是唐肃宗。这倒不能怪太子趁火打劫，因为在那种生死攸关的时候，如果他不称帝，军队是不肯安心卖命的。

但是，事有凑巧，就在太子称帝的三天后，对此毫不知情的玄宗发布了一道诏令，要太子做大元帅，其他皇子都可以自己设置官署，筹措粮草，组织军队和叛军做斗争。皇子当中，最积极的就是永王李璘，他借着这份诏令坐镇南京，很快就搞得风生水起，兵多、钱多、地盘大。但是，实力膨胀了，人心也就膨胀了。

当时长江以北正打得不可开交，长江以南仍然太平富庶。肃宗的指挥中心设在宁夏，那是一个穷地方，很多粮草物资都要从江南辗转运输过去。所以永王的智囊团觉得，北方乱就乱吧，就由着肃宗被安禄山灭掉好了，我们不如趁着这个机会割据江南，南北分治，就像当年东晋一样。正好安禄山是胡人，手下将领也多是胡人，胡人把汉人赶到江南，形成南北朝，北胡南汉，简直和东晋一模一样。

于是，永王的军队不向北，反而向东，动机很明显：要在江南站稳脚跟。这时候的永王，既占天时，又得地利，缺的就是人和。看上去这不是多严重的问题，只要拿出诚恳的态度和金银珠宝，名士们都会聚拢过来，影响力自然就有了。李白就是这时候出山的，一副意气风发的样子。其他人却没几个响应，只要稍有政治头脑，就看得出永王的做法既缺德又愚蠢，没什么胜算。

肃宗那边，仗虽然打得很艰难，甚至惨败过，但好歹把局面撑住了，玄宗也追认了他的皇帝身份。名正则言顺，"正统"的号召力是很惊人的。那么，站在正统的角度来看，永王不再是亲王，而是闹独立的反贼，是趁火打劫、发国难财的投机分子。如果永王能到北方打几场硬仗，打不过了再学东晋衣冠南渡，这也说得过去，但明明肃宗还在北方抗战，永王就已经在打放弃北方、南北分治的主意了，这太失人心，"失道寡助"是必然的事情。

李白，偏偏在这个敏感时期写诗把时局比喻成东晋。他肯定是无心的，但谁相信他是无心的呢？我们隔着一千多年来看李白的诗，只觉得他豪情壮志，自比谢安，要在谈笑之间平定安史之乱，但当时的人绝不会用这样粗放的眼光。他们看到的是，你李白狂妄自大，自比谢安，这都不算什么，大家都知道你狂，不跟你较真，但谢安在"为君谈笑静胡沙"，打赢了淝水之战以后，收复江北故土了吗？并没有，他只是保全了江南的"东晋"政权。你用这种典故是几个意思？这不是摆明了你为永王搞割据摇旗呐喊吗？

其实看到《永王东巡歌》的最后一首，李白明明说到要收复长安的：

试借君王玉马鞭，指挥戎虏坐琼筵。
南风一扫胡尘静，西入长安到日边。

口气依然很大，有李白特有的狂傲，说自己只要借来君王的马鞭指点两下，就能轻松把敌人灭了，永王的南方军队肃清安史叛军就像南风吹散尘埃一样，一路向西，收复首都长安。这一来倒是没了割据独立的嫌疑，但把胜利的功劳全给了"南风"，还说南军赢得特别容易，这让肃宗阵营怎么想得通呢？就算等南军真的"西入长安到日边"，谁来做皇帝呢？从诗意来看，只能想到永王了。

《永王东巡歌》第九首更可疑：

祖龙浮海不成桥，汉武寻阳空射蛟。
我王楼舰轻秦汉，却似文皇欲渡辽。

这首诗是夸赞永王的水军很强大，超过秦皇汉武，永王平定安史之乱很像唐太宗征高丽。

把永王比作唐太宗，这是很严重的政治错误。所以后人读到这首诗，简直不敢相信这是李白写的。他们为了替李白辩护，就挑剔诗句写得粗俗，一定是别人伪造的。其实真不能这么讲，因为李白写诗就像他做人一样，特别随性，所以，诗虽然写得很好，但平庸的句子也没少写。

(2)《猛虎行》

早在李白入永王幕府之前，他在离南京不远的溧阳和草书大师张旭一道喝酒，写过一首《猛虎行》。诗里说北方仗打得很凶，到底有多凶呢？"颇似楚汉时，翻覆无定止"，很像楚汉相争的时候。一想到楚汉相争，李白又开始兴奋了，把自己和张旭比作张良和韩信，"张良未遇韩信贫，刘项存亡在两臣"，虽然眼下两人都不受人重视，但国家存亡将来就靠他们两个人。整首诗写得非常漂亮，尤其到了最后，李白在酒楼里和张旭还有一群朋友痛饮高歌，"溧阳酒楼三月春，杨花茫茫愁杀人。胡雏绿眼吹玉笛，吴歌白纻飞梁尘"，既有豪情，又透出几分悲凉。

这是一流的好诗，不是《永王东巡歌》能比的，也最有李白的风格，但是，后人还总是怀疑它是伪作。到底为什么，症结又出在"政治不正确"的问题上：官军和叛军打仗，怎么能和楚汉战争相比呢？还自比张良、韩信？张良和韩信当时既可以挑阵营，也可以跳槽，难道你李白也可以吗？

李白如果真有这么高的政治觉悟，就不是李白了。但当时很少有人能这么冷静、宽容地读他的诗，所以，安史之乱结束后，永王被废为平民，大家都义愤填膺地要治李白的罪，"世人皆欲杀"就是这么来的。事情如果发生在今天，李白一样会被全国人民喊打喊杀。

宽容精神与天下观念

(1)"天可汗"

　　李白零情商,却百无禁忌、口不择言,按说早该坐牢了,被整死也不会让人意外,为什么他能撑到六十岁才"世人皆欲杀"呢?

　　在很大程度上,这要得益于盛唐年景里的宽容气氛。我们知道,无论是一个人还是一个社会,宽容精神都是和实力、地位、追求高度相关的。俗话说,"大人有大量""宰相肚里能撑船",小人物说这种话,往往是得罪了大人物之后,希望对方能放过自己。但一般来说,大人物确实气量更大,宽容度更高。宰相大人如果出门买菜,被小商贩耍了秤,肯定不会上心。即便是小人物,只要有更高的追求,也不会对鸡毛蒜皮的事情斤斤计较,不会因为受了一点委屈就找朋友轮流发泄一遍。只有弱者,才会格外脆弱,总能从别人的一句话或一个举动里感觉受到了歧视。我们在人际交往中,对这种规律肯定都不陌生。

　　一个广土众民的帝国,在这一点上其实也和一个人一样。所以,我们看晚清的社会,上上下下充满各种敏感,而在敏感的心态下,只要一反弹,就很容易扩大打击面。盛唐时代完全不是这个样子,宽容度简直到了惊人的程度。长安完全是国际大都会的样子,各个国家、民族的人络绎不绝，有来经商的，有来卖艺的，有来移民的，甚至有来做官的。外国人不但能在朝做官，还能做到实权派的高官。当时的唐王朝东西两大军区，统帅都是外国人：西边是哥舒翰，东边就是安禄山。

这种事情放在今天很难理解，但在当时还算合情合理。古人的国家观念并不很强，在模糊的国家观之上还有一个天下观。一个觉悟高的皇帝应该"以天下为己任"，国境以外的事情照样要管，路见不平就该拔刀相助，才不介意是不是干涉了别国的主权。唐朝的"皇帝"称号只是针对小小的唐王朝来说的，在"皇帝"的称号之上，还有一个"天可汗"的头衔，意味着他是天下共主。所以，在这种国家强盛、自己又很有自信心的时代，李白这种"狂徒"完全可以容身。而当安史之乱的浩劫一过，帝国由盛转衰，世道人心就变得格外敏感，从前种种不成问题的问题忽然都成了问题，狂性不改的李白即便不曾追随永王，也注定不能继续潇洒下去了。

事实上，当初李白到长安做官的时候，那种工作态度是没有领导能容得下的。他的职位是翰林供奉，不是什么正经官职，只是皇帝身边的文学侍从，和棋手、画家、歌唱家没什么两样。换句话说，这种职位不属于正式的政府职官系统，并不参与政治，只能算是皇帝私人聘请的清客。清客当然地位不高，幸好在所有的清客类别里，文学清客是地位相对最高的。这种职位也有一个难得的优势，那就是和皇帝走得很近，提供的服务又很私人化，这当然意味着机会。只不过，机会都是留给有准备的人，不是留给李白这种人的。

你也许会认为，李白坐在这个位子上当然会感到怀才不遇，甚至会有深深的屈辱感，所以怠工也好，酗酒也罢，都很正常。但是，后来李白离开长安，经常在诗里缅怀这段生活，说皇帝如何欣赏他的才华，他又如何感激皇帝的知遇之恩。他确实自由散漫惯了，没事就去喝酒、赌钱，以至皇帝要找他做事的时候，只能用水把他泼醒。杜甫写过一首

《饮中八仙歌》,描写当时长安的八位最能喝酒的名人,讲到李白是这样说的:"李白斗酒诗百篇,长安市上酒家眠,天子呼来不上船,自称臣是酒中仙。"虽然难免有点夸张,但夸张得很有事实基础。李白自负才华横溢,根本不担心醉酒误事,因为无论喝得多醉,只要稍微清醒点,他就可以下笔千言,文不加点,保质保量地完成皇帝交代的写作任务。

这种敏捷的才思当然很让人佩服,不过,才思越敏捷,就越不可能深思熟虑。

(2) 三观与用典

诗歌是很重要的社交语言,尤其发展到唐朝,文化人搞交际,你写诗夸我,我写诗夸你,小聚一下要写诗,大型宴会上更要写诗,有时候还把诗当信来写。写诗夸人,不能太直白,所以大家越来越爱用典。用典在本质上是一种类比,而类比的缺点就是稍不小心就不恰当。如果彼此之间的文化背景高度一致,类比不当的概率当然不大,被误读的可能性也不太大,但文化背景不一致的话,说错话冒犯别人的风险就比较大了。

我在前面讲过,李白是在非主流的环境里成长起来的,他的价值观难免和主流社会有出入。说一个私生活方面的例子,在婚姻大事上,李白毫无心理障碍地做了倒插门女婿,这大概是西域风俗对他的影响。要知道,即便在今天,仍然有很多人觉得入赘是男人的奇耻大辱。男人就算没有真的入赘,只是到妻子所在的城市买房、就业,那都不行,否则男方父母在亲戚邻居面前就再也抬不起头,逢年过节的时候,自己也不好意思回老家。

宋词名家辛弃疾在这一点上和李白很像。他是生在金国、长在金国的人，按国籍说应该是金国人，严格来说是金籍汉人，但成年之后加入了反政府武装，然后渡江投奔南宋，后半生都是在南宋度过的。

在南宋期间的人际交往里，有一次他写了一首《满江红》，给新近成功平定一场叛乱的王佐庆功，词写得特别有豪情壮志，对王佐的恭维也很没底线，又是把他比作诸葛亮，又是祝愿他再立更大的功，做更大的官，还要把他的功勋刻在高耸入云的石碑上。按说王佐应该很受用，但没有，他反而因此恨上了辛弃疾。因为词里有这样两句："三万卷，龙头客。浑未得，文章力。"王佐是状元出身，当得起"龙头客"的美誉，但这个龙头客的官位不是靠文章，而是靠武力得来的，难道这有什么值得炫耀的吗？

在辛弃疾看来，这太值得炫耀了。他自己就是在尚武环境里成长起来的，年轻时代就"壮岁旌旗拥万夫"，靠真刀真枪扬名立万，而他心心念念的北伐事业更需要武力而非文章。但是，宋代国策一向重文轻武，高级武职甚至不如低两个级别的文职更有尊严和地位，所以武官立了功，总希望能转成文职，朝廷也常常用文职来奖励武将。王佐原本就是文官，甚至是状元出身的文官，只因为一次临危受命，立了战功，便被说成"浑未得，文章力"，这让他怎么想得通？

辛弃疾的词里还说"金印明年如斗大，貂蝉却自兜鍪出"，貂蝉是高级文官的头饰，兜鍪是武将的头盔，这话分明是说来年的加官晋爵是靠今天的战功，一位有羞耻心的文官怎能受得了如此羞辱呢？

辛弃疾当然没有羞辱王佐的意思，但三观不合的人难免会搞出这种尴尬。

本来用典这种事，无论历史和现实、古人和今人，都不可能完全扣合，最怕写的人从某个点上去扣，读的人却想到另外的点。李白写诗最以敏捷著称，"斗酒诗百篇"，全是天才的自然流露，几乎不过脑子。当然，李白诗歌的最大魅力，也正是来自这一点。

李白写古诗，杜甫写新诗

（1）格律

李白写诗，为什么可以提笔就来呢？天才当然是重要原因，但杜甫是同等的天才，为什么就慢得多呢？

在谈这个问题之前，先请你读以下两首诗。你不用注意诗的内容，只需要注意两首诗在形式上有什么不同。

第一首：

燕麦青青游子悲，河堤弱柳郁金枝。
长条一拂春风去，尽日飘扬无定时。
我在河南别离久，那堪坐此对窗牖。
情人道来竟不来，何人共醉新丰酒。

第二首：

丞相祠堂何处寻，锦官城外柏森森。
映阶碧草自春色，隔叶黄鹂空好音。

三顾频烦天下计，两朝开济老臣心。

出师未捷身先死，长使英雄泪满襟。

第一首是李白的《春日独坐寄郑明府》，第二首尽人皆知，是杜甫的《蜀相》。两首都是七言诗，也就是以七个字为一句，再来数数句子，都是八句。从形式上看，貌似没有区别。但实际上，它们分别属于完全不同的两种类型。简单讲，第一首是古诗，第二首是新诗。

严格来讲，第一首属于古体诗，也叫古诗、古风或旧体诗，再细分一下的话，属于七言古诗，简称七古。为什么这样称呼呢？因为唐朝以前的人就以这种形式写诗。每句七个字，这是必须的，但到底写八句还是更多，这倒无所谓。第二首诗属于近体诗，也叫今体诗，"近"也好，"今"也好，都是相对"古"来说的，表明它是"当代"新兴的诗歌体裁，是古代没有的。这种体裁到底新在哪里呢？首先，新在格律上；其次，新在谋篇布局的结构上。格律是它最重要、最醒目的特色，所以它还有一个名字，叫作格律诗，简称律诗。如果一首诗有八句，每句七个字，就叫七言律诗，简称七律；如果在八句以上，就叫七言排律。如果你看过《唐诗三百首》，也许还记得这本书就是按照诗歌体裁来分类的，分成五言古诗、七言古诗、五言律诗、七言律诗，等等。

近体诗特别重视格律。所谓格律，顾名思义，就是格式和音律。格式很简单，每句七个字，这就属于格式。音律要复杂一些，古人把汉字的音调分为平、仄两类，凡是平直的发音，比如"啊"，还有向上扬的发音，比如"谁"，都叫平声字，凡是往下压的发音，比如"我""去"，都叫仄声字。唐朝人的口音当然和今天的普通话不一样，他们的四声也不是普通话里的四声，不过这不重要，重要的是，一旦有了清晰的平仄概念，就可以有意识地来调整诗歌的音色美了，简单讲，就是让诗歌读起来更好听。

最核心的平仄规则就是，平声字和仄声字要交替，有错落，这样的话，诗歌读起来就会特别有抑扬顿挫的感觉。所谓抑扬顿挫，"抑"就是仄声，"扬"就是平声。英文诗里有所谓抑扬格、扬抑格，等等，英文虽然没有声调，但有重音和轻音，所以英文诗歌可以用重音和轻音的交替来形成平仄关系。

有了平仄，才有对仗。所以，写对联不但要有字义上的对应，还要有平仄关系上的对应。七言律诗的八句话，本质上就是四副对联，所以近体诗常常用"联"来做句子的单位。四副对联，依次叫作首联、颔联、颈联、尾联。首联和尾联虽然在平仄上必须有对应关系，但语意可以不对仗，而颔联和颈联必须从平仄到语意都构成严格的对仗关系。所以，哪怕你还没有理解平仄，也可以仅仅从上面两首诗的颔联、颈联的语意关系上判断出哪首是古体诗、哪首是近体诗。"我在河南别离久，那堪坐此对窗牖"，显然不是一副对联，而"三顾频烦天下计，两朝开济老臣心"，至少你能看出来"三顾"对"两朝"，"天下计"对"老臣心"，这是再明显不过的对仗关系了。如果你从这里想到了我在前面讲过的《昭明文选》，想到了骈文，那么恭喜你，骈文正是近体诗的一大渊源，对平仄的认识也正是从南朝，尤其是齐、梁两代发展来的。

比起近体诗，古体诗几乎可以说是自由体，格律限制非常少，想多写几句就多写几句，在七言里穿插一点三言、五言、九言、十言，都行，想换韵就换韵，平仄只在韵脚的地方才需要留意一下。

唐代诗坛上，虽然李白、杜甫并列为两大高峰，其实李白的最高成就是古体诗，杜甫的最高成就是近体诗。古体诗自由散漫，特别适合李白的性格。也正是这种自由散漫、无拘无束的体裁，才能让他"斗酒诗百篇""敏捷诗千首"；如果改写近体诗，即便有更高的才华，也不可能写得这么敏捷。曹植"七步成诗"也是同样的道理，如果让他在七步之内写出一首七律，任凭他才高八斗、学富五车，恐怕也很难做到。

李白年轻的时候倒也认真学过近体诗的写法，但这种体裁毕竟太不合乎他的性情，所以在写诗越纯熟之后，写得也就越随性了。

唐代科举要考写诗，虽然不要求写严格意义上的近体诗，但既然是考试，总会有标准化的倾向，对诗的长度、字数等都有严格规定，很不适合李白这种天马行空的诗人。但杜甫不一样，他可是老老实实参加过考试的。

(2)"情人"

你从本节的第一首诗里应该注意到"情人道来竟不来，何人共醉新丰酒"，然后一直在疑惑李白的情人究竟是谁。很遗憾，这首诗的题目是《春日独坐寄郑明府》，诗里所谓"情人"就是这位郑明府，一位姓郑的男性朋友。当时的"情人"就是有这种含义，我们不要误会了。

李白倒也真的有过今天意义上的情人。那是在他丧偶之后，先是和一个女人在一起，被甩了，然后又发生了另一段男女关系。你也许以为李白这样的风流才子应该很有女人缘，其实不是。李白过得很郁闷，被女人嫌弃。后来终于来了好消息，皇帝召他进京，他终于扬眉吐气，写下了那首著名的《南陵别儿童入京》：

　　白酒新熟山中归，黄鸡啄黍秋正肥。
　　呼童烹鸡酌白酒，儿女嬉笑牵人衣。
　　高歌取醉欲自慰，起舞落日争光辉。
　　游说万乘苦不早，著鞭跨马涉远道。
　　会稽愚妇轻买臣，余亦辞家西入秦。
　　仰天大笑出门去，我辈岂是蓬蒿人。

李白又是杀鸡，又是高歌，还取出新酿好的酒来想要"自慰"——自我宽慰，觉得可算时来运转了。家里的蠢女人一直小看自己，嫌自己没出息，他现在就出息一回给她看看。全诗大略就是这些意思，我们都背得出"仰天大笑出门去，我辈岂是蓬蒿人"这样的名句，但很多人不知道，这话原本是跟家里女人赌气时说的。

　　关于李白就讲到这里了，但我还有一个小细节想说，最早编辑李白诗歌的人里，有一位李阳冰，威胁城隍说不下雨就拆掉城隍庙的那位县令就是李阳冰。他是李白的远房叔父，是李白去世之前最后投奔的一位亲人。

※ 第八章

《杜工部集》

《杜工部集》与格律初阶

(1) 张王李赵

本章要讲杜甫和他的诗。要理解和欣赏杜甫的诗，我们需要掌握一定程度的格律知识，因为后人推崇杜甫的诗歌艺术，其中一个很大的原因就是他把近体诗的格律之美探索到了极致，有很多既出奇又精妙的写法。本节就从最基础的格律知识——平仄和四声系统讲起。你最应该记住的是，古代的四声系统分为平、上、去、入，后面三个统称仄声。

杜甫有两句诗："思飘云物动，律中鬼神惊。"第二句里的"中"到底应该怎么读呢，读zhōng还是zhòng？你可以试着用前一章讲过的近体诗的规律来推断一下。

推断方法并不是很难，首先你能看出这两句诗构成了一副对联，明显是近体诗的写法，那么根据对联的规则，名词对名词，动词对动词，"思"对"律"，"云物"对"鬼神"，"动"对"惊"，"飘"作为动词，对的就是动词性质的"中"（zhòng）。在近体诗里，当我们说遣词造句合乎格律的时候，就可以说成"中（zhòng）律"，否则就是"出律"。

"思飘云物动，律中鬼神惊"，讲的是写诗的体验：当构思或灵感隐隐约约出现的时候，风云为之变幻，天地为之动摇，而当遣词造句合乎格律之后，也就是构思或灵感被合乎格律的语言表达出来之后，鬼神都会震惊。

当然，诗写得再好，天地也不会真的有什么反应，鬼神就算真的存在，也注意不到这种小事。杜甫这样讲，不过是诗人惯有的夸张和自恋，但是，客观上的虚构并不能否定主观上的真实。在诗人的主观感受上，一首好诗写出来，就是会天翻地覆，风起云涌。

今天的诗歌爱好者很容易理解"思飘云物动"，但很少人能理解"律中鬼神惊"，毕竟古代的诗词格律已经离我们很遥远了。所以大家看杜甫的诗，就像看李白的诗一样，只看文采够不够漂亮，不会想到格律问题，这是很让人遗憾的事。

我在前面讲过，唐代诗坛上虽然李、杜并称，但两人取得最高成就的领域其实很不一样。李白是古体诗的巅峰，杜甫是近体诗的巅峰。后人推崇杜甫的诗歌艺术，其中一个很大的原因就是他把近体诗的格律之美探索到了极致，有很多既出奇又精妙的写法。

粗略来说，李白的诗就像高山大河之类的自然风光，浑然天成，很少有雕琢的痕迹，而杜甫的诗像亭台楼阁之类的人文景观，精妙的设计巧夺天工。如果用绘画来做类比，李白搞的是写意画，杜甫搞的是工笔画。所以杜甫就算比李白的才思更敏捷，也做不到"斗酒诗百篇"。

要理解杜甫的诗，我们需要掌握一点相应的格律知识。

格律知识并不算很复杂，只是比较枯燥，我会用最通俗的语言慢慢来讲。

格律最核心的内容就是平仄。我们先看现代汉语：小学教的汉语拼音，所有汉字的声调分为四种，叫作一声、二声、三声、四声，比如张、王、李、赵。小学没教的是，一声和二声可以统称平声，三声和四声可以统称仄声。在写对联的时候，处于对仗关系的词，词性要相同，也就是名词对名词，动词对动词，声调要相对，也就是相反，平声对仄声,所以,"张王"可以对"李赵",但"张李"不能对"王赵"。

在上下联里,并不需要每个字的平仄都相对,只要注意重音位置的字就好。我们再看"思飘云物动,律中鬼神惊",每句的偶数位置的字和最后一个字属于重音位置,那么在这一联的上联里,"飘"是第二个字,偶数位置,读音是平声,所以从这个规律来看,你也应该知道下联里对应的"中"应该读仄声。

(2) 韵脚也分平仄

我们不难想到,汉语发音是不断演变的,古人当然不讲今天的普通话。所以,古代的四声系统和今天并不一样。从六朝到隋唐,四声分别是平声、上声、去声、入声。其中平声可以分为阴平和阳平,对应普通话里的一声和二声,上声和去声对应普通话里的三声和四声,入声在普通话里消失了,原来读入声的字今天读什么声调的都有,所以古代诗词里押入声韵的那些,在今天读起来经常让人感觉不到押韵。

严格来说,平声分为阴平和阳平是宋朝才有的事,不过这不重要,反正无论是分还是不分,在写诗填词的时候都无所谓。换句话说,在平仄关系里,平声字只要精确到平声就足够了,没必要再进一步区分阴平和阳平。

上声、去声、入声都算仄声,但是,只有上声字和去声字可以混用,入声字在不做韵脚的时候,一般可以和上声字、去声字混用,但用作韵脚的话,它就成为单独的一个系统,不能和上声字、去声字混用。

今天我们有了汉语拼音,所以理解四声系统毫不费力,但古人没这个条件,要认清声调的规律并不容易。韵脚的平仄大概是最早被认识到的声调规律之一:押韵不能只求韵母一样,平仄也要保持一致,否则诗的读音就不好听。所以,即便是古体诗,也会遵循这个规则。前一章末尾处讲到李白的诗《春日独坐寄郑明府》，我们再看一遍：

> 燕麦青青游子悲，河堤弱柳郁金枝。
> 长条一拂春风去，尽日飘扬无定时。
> 我在河南别离久，那堪坐此对窗牖。
> 情人道来竟不来，何人共醉新丰酒。

前四句里，第一、二、四句押韵，韵脚分别是悲、枝、时，这三个字在唐朝的读音系统里不但属于同一个韵母，还都是平声字，接下来，第五、六、八句押韵，韵脚分别是久、牖、酒，不但换了韵脚，还换成仄声韵。但李白没有犯规，这样的写法叫作换韵，一般以四句为一组，每组一换韵，每组里只有第三句不押韵。这首诗如果还往下写，就会继续遵循这个规则，而在换韵的时候，一般都是平声韵和仄声韵不断交替，这样读起来才好听。一韵到底也可以，但这样的话就要留意两点：一来，单数位置的句子，除了第一句既可以押韵也可以不押韵，都不能押韵；二来，韵脚要么都是平声字，要么都是仄声字，不能混用。

现在，我手边有一包烟，烟盒上有一段话，介绍烟丝的来历，说"史料记载，赫赫有名的'纪大烟袋'在品尝徽州休宁人吏部尚书汪由敦赠予的烟丝后大为赞叹，两人随口和诗一首：'物华徽州草也宝，清香一缕胸中绕。神怡心旷赛似仙，云里雾里乐逍遥。'"

现在你应该能辨别出来，这首诗的介绍中即便有名有姓，有地点有官职，细节也很丰富，但不可能真是纪晓岚或者其他什么古代文人写的，最明显的破绽就在韵脚：宝、绕、遥，韵母虽然一样，但前两个字是仄声字，最后一个字是平声字，无论是按古体诗还是按近体诗的规则，它们都是不押韵的。很多现代人学写古诗词，因为对平仄关系既不了解，也不敏感，所以常犯这种错误。

古人是怎么给生僻字注音的

（1）反切

在没有汉语拼音的时代，古人对音调规律的认识过程很艰难、很曲折、很缓慢，而近体诗的诗律基础就是在这样的过程中被一点点打好的。

古人没有今天的汉语拼音，他们该怎么给生僻字标注读音呢？

最简单的办法，遇到生僻字，就找一个和它读音相同的常用字来给它注音，比如武则天给自己取的名字"曌"是个生僻字，我们来注音的话，可以写成"音照"，或者"读若照"。这种注音方法，叫作"直音"。

这样做虽然简单，但难免会遇到一些字，很难找到同样读音的常用字，甚至根本就找不到。后来人们发现了一个适用面很广的办法，叫作"反"，"正反"的"反"。比如还是那个"曌"字，注音可以写成"直冒反"，意思是说，用"直"的声母去拼"帽"的韵母，再读成"冒"的音调。你如果看过古书的古注本，经常能看到这种类型的注音。当时还没有拼音，这就意味着，汉字的声母和韵母并没有被真正分离，所以人们在读这种注音的时候，很可能是把两个字快速地连在一起读，大概还要反复读几次，才能揣摩出正确读音。

"反"的注音方法，是在东汉末年出现的，后来人们大概觉得"反"字很难听，会让人产生不好的联想，所以给它改了个名字，叫作"切"，"切割"的"切"。那么再给"瞾"字注音的时候，就不写"直冒反"，而写成"直冒切"了。再到后来，人们索性不再分得那么仔细，就把这种注音方法叫作"反切"了。

如果让你给熊逸书院的"熊"字用反切法来注音，你会怎么做呢？

先来借助汉语拼音，声母是x，韵母是i和ong，一共三部分，反切似乎可以写成"下意从切"或者"虾压红切"，但这是不对的。在反切法里，只能用两个字来表示一个字的读音，所以"熊"的读音要写成"夏琼切"或"香穹切"这种样子。

写成"香凶切"对不对呢？在宋朝以前算对，因为我在前面讲过，宋朝以前平声不分阴平和阳平，也就是不分一声和二声。

在反切注音流行起来之后，人们越来越多惊奇的发现。我们先看一下时代背景：东汉以后，是三国、魏晋南北朝，全是动荡不安的时代。社会越动荡，生活的可预期性就越低，迷信也就越泛滥。迷信的形式当然五花八门，这不稀奇，但你也许想不到，就连反切这种注音方法也能衍生出迷信来。这种迷信，叫作"反语"或者"反言"。

(2) 反语

我们今天讲"反语"，是"反讽"的意思，但古代的"反语"是从反切发展来的。比如"熊逸"这个词，如果把"熊"和"逸"两个字相切，拼出来的字可以是"细"，再把"逸"和"熊"相切，拼出的字可以是"颙"，这样就拼出了"熊逸"的反语：细颙。"xì yóng"这个读音无论用什么字来写，都凑不成有意义的词，但如果有些词的反语正好是个有确切含义的词，迷信就产生了。

《尚书》中的《洪范》对中国历史的影响特别大，《洪范》里的"五行"发展出一套专门的学问，后来历朝历代编修正史，都会有一篇《五行志》，堪称迷信大杂烩。你如果想查反语迷信的事例，第一反应就应该是到《五行志》里去找。

《宋书·五行志》中讲过晋武帝的一件事。先说一下为什么《宋书》会讲晋朝的事，因为这个"宋"是南朝刘宋政权的宋，不是宋朝的宋，宋朝的正史叫《宋史》，刘宋政权就是东晋大将刘裕篡夺了皇位建立的朝代。我在前面讲过，陶渊明的一生横跨了东晋和刘宋两朝。话说回来，晋武帝盖了一座宫殿，取名清暑。这个名字单看不错，意思是让暑热清凉下来。但当时的有识之士从这个名字里看到了不祥的未来，道理很简单："清暑"的反语是"楚声"，意思是楚国之声。如果你想检验一下自己的注音水平，你就会发现"清暑"的反语其实拼不出相应的汉字。这很正常，因为古代的字音肯定和今天不同。

"楚声"在今天看来没什么不祥的含义，但在当时，社会上流传一种谶语，也就是神秘的预言，说的是"代晋者楚"。动荡年景里总会流传各种谶语，有时候搞得人心惶惶，比如这个"代晋者楚"，有时候也让人心生希望，比如预言救世主即将来临。

后来权臣桓玄起兵造反，建立了一个很短暂的楚政权，这时候回顾当年的清暑殿，反语的预兆竟然真的应验了。当然，你也可以把这种应验理解为自证预言，但古人很少会这么理性。

《南齐书·五行志》中还讲，齐武帝盖了一座宫殿，取名旧宫，大家都觉得不吉利，因为"旧宫"的反语是"穷厩"，"贫穷"的"穷"，"马厩"的"厩"。所以齐武帝一死，旧宫里的宫女们就马上搬出来住了。

反语既可以是迷信，也可以拿来恶作剧。唐朝有一位官宦子弟叫郝象贤，在二十岁那年举行冠礼，也就是成人礼。如果你还记得我讲过的礼学内容，就会想到这时候该有嘉宾来为他取字了。来的嘉宾都是他的朋友，取的字叫"宠之"。有一天，郝象贤的父亲宴请儿子的这些朋友，说了这样一番话："谚语有所谓'三公后，出死狗'，我儿子确实很笨，拜托各位给他取字。可是，你们拿我开涮也就罢了，怎么能把我父亲也一道侮辱了呢？！"老人家边说边哭，搞得客人们无地自容，赶紧灰溜溜地走了。

这段故事在今天说出来，很多人都会听得一头雾水。梗到底在哪儿呢？先看那句谚语，字面意思是说大官的后代中出了死狗，比喻后代不争气。但为什么要说"死狗"呢？因为"公后"反切是"狗"，"三"往"后"是"四"，谐音"死"。郝象贤的父亲用这句谚语，暗示自己听懂了儿子的那些狐朋狗友搞的反语恶作剧。这些人给郝象贤取字"宠之"，反语是"痴种"，暗骂郝家人有弱智基因。郝象贤的脑子没转过这个弯，但他父亲看懂了。知识分子骂人，拐了多大的弯啊！

(3) 双声叠韵

你可以想一下"得到"的反语是什么。这很容易，是"道德"，就像把"得到"两个字直接反转过来一样。为什么会出现这样的结果呢？很简单，因为"得"和"到"的声母是一样的。两个字如果声母相同，在古代叫作"双声"，相应地，如果韵母相同，叫作"叠韵"。

今天我们有了汉语拼音，理解双声和叠韵实在轻而易举，但古人是从反切和反语慢慢认识到双声和叠韵的，特别费力。为了方便理解，我用现代汉语的发音来举例子，讲讲古人的推演方式。比如"得到"的"到"，用反切给它注音的话，可以写成"大冒切"，然后找"大冒"的反语，得出"到骂"，于是大、冒、到、骂四个字就可以组成一对双声，一对叠韵："冒骂""大到"是双声，"大骂""到冒"是叠韵。

这时候的古人，既总结出了读音有四声，又发现了双声和叠韵的特点，对诗歌的读音就开始讲究起来了。

格律诗和绕口令

(1) 永明体

请你看两句古体诗,第一句是"鸣禽弄好音",第二句是"鱼游见风月",就用普通话来读,你觉得声调流畅吗?

要回答这个问题,对那些口齿不清的同学而言,尤其是大舌头,会更简单。口齿越不清楚,越容易觉得这两句诗读得有点吃力。为什么会这样呢?因为"鸣禽弄好音","禽"和"音"韵母相同,"鱼游见风月","鱼"和"月"声母相同,这就是上一节讲到的双声和叠韵。

今天常用的双声词有很多,比如,"仿佛""慷慨""流利",叠韵词也很多,比如,"连绵""逍遥""徘徊"。无论是双声还是叠韵,只要两个字紧挨着,读起来就没问题,但如果中间插进了别的字,读起来就容易拗口,音调就不好听。这种音调上的规律,是南朝人发现的。

南朝依次有宋、齐、梁、陈四个政权,我在前面讲到的陶渊明活到了南朝宋,一般称为刘宋,陶渊明死后,刘宋灭亡,齐朝建立,史称南齐,南齐有一位竟陵王,名叫萧子良,他很有文艺情调,在今天南京市的鸡笼山上专门搞了一片地方,称为西邸,延揽各种有文学才华的人。当时在西邸形成了一个八人小团体,合称"竟陵八友"。

文学爱好者你来我往搞创作，一边饮酒作乐，一边切磋技艺，而音律知识正是当时的学术前沿，平、上、去、入四声已经被清清楚楚地认识了。有了这种知识，看世界的眼光就不一样了。以前的人会觉得有些诗要么音调不好听，要么读来拗口，只是不知道为什么会这样，现在拿四声系统一分析，很快就发现了原因。

在"竟陵八友"中有一位叫沈约，提出了著名的"八病"理论。所谓八病，就是写诗的时候在声调上要避免的八种错误。"鸣禽弄好音"就犯了其中的"大韵"病，"鱼游见风月"犯的是"旁纽"病。

"八病"是在"四声"的基础上发展出来的，后来合称"四声八病"。

既然有了音律上的新突破，于是，"竟陵八友"引领出一代创作风气：字斟句酌，特别追求动听的音色。这是齐武帝永明年间的事情，所以，这一时期的代表性作品被称为永明体。"永明体"在文学史上不是一个好词，它意味着赤裸裸的形式主义，只对形式美精雕细琢，但内容空洞得不像话。其实呢，这正是纯文学该有的样子。

如果你因此把"竟陵八友"想象成酸文假醋、附庸风雅的文人，那你就大错特错了。他们中的萧衍、沈约、范云三个人，不仅文学才华高，权谋本领也高，后来竟然篡位夺权了，从此齐朝变成梁朝，萧衍就是梁朝的开国皇帝梁武帝，他的太子就是编选《昭明文选》的那位昭明太子萧统。

沈约和范云从文学家变成了开国功臣，但他们不忘初心，继续坚持文学创作，虽然改朝换代了，年号也早就不是永明了，但永明体仍然继续存在着。

永明体可以说是真正意义上的实验文学、先锋文学。如果没有这一场挨世人漫骂的努力，就不会有唐代风风光光的近体诗了，更不会有杜甫去"集大成"了。

(2) 诗和绕口令背道而驰

也许你会觉得永明文人小题大做,尤其是那个沈约,"八病"又有什么关系呢,无论是"鸣禽弄好音"还是"鱼游见风月",都算不上很别扭嘛。确实,这两句诗病得不算很重,所以让人感触不深。下面我举一个很极端的例子,诗人故意把病放大,你就能读得出来有多么别扭了。这首诗是苏轼写的:

江宁高居坚关扃,犍(qián)耕躬稼角挂经。
篙竿系舸菰茭隔,笳鼓过军鸡狗惊。
解襟顾景(yǐng)各箕踞,击剑赓歌几举觥。
荆笄供脍愧搅聒,乾(gān)锅更馈甘瓜羹。

你不必在意这首诗的意思,意思不重要,重要的只有形式。苏轼是个很有才也很诙谐的人,存心把"鱼游见风月"犯的病犯到最大。把问题极端化到最容易让人看到问题所在的地步,这首诗就是这样,八句诗里遍布双声,读起来特别拗口,所以这样的诗叫作"吃语诗",一读就犯口吃,很像绕口令。

事实上,绕口令的编写规则正是和诗歌的音律规则反着来的。诗要越流畅越好,绕口令要越拧巴越好。只要把"鱼游见风月"这种关于双声的诗病做到极致,就会是很好的绕口令。我读过的最难的绕口令是"黑化肥,灰化肥",短短六个字,我练了很久才能说利索。如果从"四声八病"的角度来分析它,就会看到双声叠韵被巧妙地打乱了:"黑"和"化"是双声,"黑"和"肥"是叠韵,"灰"和"化"是双声,"灰"和"肥"又是叠韵。这个绕口令还有下文:"黑化肥发灰,灰化肥发黑;黑化肥发灰会挥发,灰化肥挥发会发黑……"之所以这么拗口,就是因为双声叠韵的错杂关系被安排得特别巧妙。

诗如果写成这样,哪怕内容再好,境界再高,也不会有人觉得它是好诗,除了读不出来,只会觉得音调太粗俗。

我们再看一下"八病"的第一病:平头。所谓平头,是说诗的第一句和第二句开头两个字的平仄相同。我在讲《昭明文选》时讲过《古诗十九首》里的两首,其中一首是这样开头的,你也许还记得:"今日良宴会,欢乐难具陈。"

"今日"的声调是一平一仄,"欢乐"也是一平一仄,这就犯了平头病。当时我讲的另一首诗,开头两句是"青青河畔草,郁郁园中柳","青青"的声调是"平平","郁郁"的声调的"仄仄",平仄相对,这就没犯平头病。不过,它虽然没犯平头病,但犯了"八病"中的第二种——"上尾"病。

所谓上尾,指的是在第一句不押韵的情况下,第一句的最后一个字和第二句最后一个字的平仄相同。拿这条标准一对照,"青青河畔草","草"是仄声字,"郁郁园中柳","柳"是仄声字,很不幸,犯病了。

第三种病叫"蜂腰",是指五言诗里,第二字和第五个字的平仄相同。我们还拿《古诗十九首》举例,"相去日已远,衣带日已缓",这是很有名的句子,但犯了蜂腰病,第一句里,"去"和"远"都是仄声字,重复了,第二句里,"带"和"缓"又都是仄声字,也重复了。每句读起来,都感觉两头重,中间轻,所以叫蜂腰。

第四病叫"鹤膝",是说五言诗里第一句的最后一个字和第三句的最后一个字平仄相同。比如"青青河畔草,郁郁园中柳。盈盈楼上女,皎皎当窗牖",第一句最后的"草"是仄声字,第三句最后的"女"也是仄声字,这是不可以的。

听到这里,你也许已经对"八病"的规则怒不可遏了。当然,尔曹身与名俱灭,并不废《古诗十九首》的江河万古流。但我们也不要小看永明诗人这种矫枉过正的努力，何况他们刚刚发现了声律的奥妙，过分的着迷是可以理解的。

接下来，我选了一首很特别的诗，让你检验一下自己对声律的敏感度：

> 荒池菰蒲深，闲阶莓苔平。
> 江边松篁多，人家帘栊清。
> 为书凌遗编，调弦夸新声。
> 求欢虽殊途，探幽聊怡情。

这首诗在声律上存在很严重的问题。你不必看懂它，只需要多读两遍，想想看，它诡异的音调是怎么产生的。

近体诗的平仄关系

(1) 四声诗

请你多读两遍上一节末那首诗,想想看,它诡异的音调是怎么产生的。我把这首诗再写一遍:

> 荒池菰蒲深,闲阶莓苔平。
> 江边松篁多,人家帘栊清。
> 为书凌遗编,调弦夸新声。
> 求欢虽殊途,探幽聊怡情。

如果你还是没能发觉异常,没关系,再试试读下一首诗:

> 朝烟涵楼台,晚雨染岛屿。
> 渔童惊狂歌,艇子喜野语。
> 山客堪停杯,柳影好隐暑。
> 年华如飞鸿,斗酒幸且举。

这两首诗的作者是晚唐诗人陆龟蒙，题目是《夏日闲居作四声诗寄袭美》，这个系列一共四首，我选的是第一首和第二首。"夏日闲居"，是说夏天闲得无聊，无聊的话，就需要玩游戏来打发时间，写诗歌就是文人的一种很重要的游戏。用游戏的态度来写诗，就不需要考虑"诗言志"之类的大帽子，只要好玩就行。陆龟蒙选择的玩法和苏轼那首"吃语诗"一样，故意把声律规则打破到底。

第一首"荒池菰蒲深"，五言，八句，四十个字，全是平声字，所以读起来就像和尚念经，完全没有抑扬顿挫的感觉。如果你足够细心的话，会发现最后一句"探幽聊怡情"的"探"字是唯一的仄声字，貌似陆龟蒙露了破绽。其实不是，唐代汉字的读音里有不少多音字，平声和仄声的读音都有，"探"就是个多音字，在这里就是平声的读音，读成tán。

现在你可以把这首诗再读一遍，然后拿一首规则的五言律诗来做对比。我选的对照组是杜甫的《春望》，这是所有人都熟悉的诗，你可以用心体会一下它的抑扬顿挫：

国破山河在，城春草木深。
感时花溅泪，恨别鸟惊心。
烽火连三月，家书抵万金。
白头搔更短，浑欲不胜（shēng）簪。

这两首诗放在一起读，音律的重要性一下子就显现出来了。《春望》属于标准的近体诗，每个字的平仄都不是随便来的，都有严整的章法，让音步和音步之间平仄交替，在音律上构成四组对仗，在语意上中间的两组构成对仗。"感时花溅泪"的声调是"仄平平仄仄"，它的下联"恨别鸟惊心"的声调是"仄仄仄平平"。"别"在今天是平声字，但在唐朝是仄声字，严格一点说，是仄声里的入声字。同样还有"白头搔更短"的"白",原本也是入声字,我们今天在京剧和评书里还能听到它的入声读音,很像bò,但要读得很短促。大体上说,凡是古音里的入声字,你可以按照现代汉语的第四声来读,并且读出短促、逼仄的感觉,就能粗略感受到原诗的音色了。

我们再来看陆龟蒙的第二首诗,这首诗更搞怪,第一、三、五、七句都用平声字,比如"朝烟涵楼台",第二、四、六、八句不但都用仄声字,还都用的是仄声里的上声字,也就是现代汉语里的第三声,比如"晚雨染岛屿",所以读起来的感觉比第一首还要别扭。如果你注意到最后一句"斗酒幸且举"的"幸"不是上声字,而是去声字,那么恭喜你,你有很好的敏锐度,不过这个字在唐朝是按上声来读的。你在唐诗里看到它的时候,可以读成"xǐng"。顺便说一句,"一觉睡醒"的"醒"虽然在唐朝也有上声的读法,但它属于平仄两读,经常读平声。这种多音字和今天的多音字不一样,并不是读音变了,意思也随着变。无论是读"xíng"还是读"xǐng",意思都一样,到底读哪个音,取决于这个字在格律上的位置。"莫厌东归酒未醒(xíng)",最后一个字必须押平声韵,所以读"xíng","午醉醒来愁未醒(xǐng)",最后一个字必须押仄声韵,所以读"xǐng"。我们读古代诗词,经常觉得不押韵,或者声调很别扭,这是因为很多字的读音都变了,你必须对古音有一定的了解才行。

(2) 近体诗的基本音律结构

杜甫说自己"晚节渐于诗律细",年纪越大,越喜欢雕琢近体诗的音律之美。

杜甫在年轻的时候,古体诗和近体诗都写,并不特别偏好哪一种,但在晚年特别爱写近体诗。近体诗从初唐发展到盛唐，形式已经很成熟了，声律上的规则反而比"四声八病"的永明时代简练很多。你应该早就觉得沈约的那套理论太烦琐，没错，确实烦琐，后人研究得越深越透，五花八门的规则和禁忌也就不断被"约分"掉了，为道日损，最后形成了近体诗的标准规范。

想要吟诗，首先，你要有节奏感，会打拍子。古人吟诗的时候之所以摇头晃脑，因为诗句读起来有节奏感，头就会不自觉地打起拍子。近体诗基本上以两个字为一个音步，每个音步的第二个字最需要明确限定平仄，音步相连的时候才会产生平仄错落、抑扬顿挫的韵味。在句子的关系上，第二句和第一句的平仄结构相反，这叫"对"，第三句和第二句的平仄结构相同，这叫"粘"。然后第四句和第三句"对"，第五句和第四句"粘"，以此类推，这就是近体诗最基本的音律结构。

我们还是用《春望》来做例子："国破山河在"，这是"仄仄平平仄"，"国"是仄声字，和今天不一样，"城春草木深"，这是"平平仄仄平"，和前一句的关系是"对"，接下来，"感时花溅泪"，前四个字"感时花溅"要和上一句的前四个字"城春草木"的平仄结构相同，通常来说，第二、第四个字平仄相同，第一、第三个字平仄不拘，这是"粘"，但"泪"必须是仄声。"感时花溅泪""仄平平仄仄"，下一句要对"恨别鸟惊心""仄仄仄平平"。第五句"烽火连三月""仄仄平平仄"，和第四句的关系是"粘"，但最后一个字需要仄声。第六句"家书抵万金""平平仄仄平"，和上一句的关系是"对"。第七句"白头搔更短"要和第六句"粘"。最后一句"浑欲不胜簪"和上一句"对"。理解了这个模式，你自己就可以写格律诗了。

所有近体诗人都会这样写，而杜甫之所以水平高，是因为他对声音有很多很微妙的讲究。我们看他写给高适的一首五言律诗：

叹惜高生老，新诗日又多。

美名人不及，佳句法如何。

主将收才子，崆峒足凯歌。

闻君已朱绂，且得慰蹉跎。

我们先把注意力集中在颔联上，也就是第三句和第四句。按照五律的规则，这两句应该构成一组对联。确实是对联，没错，上联是"美名人不及"，下联是"佳句法如何"。"及"的古音是仄声，所以在音律上没毛病。

杜甫诗歌的对仗

(1) 又见双声叠韵

上一节的最后,我拿出杜甫的两句诗:"美名人不及,佳句法如何。"按照五律的规则,这两句应该构成一组对联。确实是对联,没错,上联是"美名人不及",下联是"佳句法如何"。"及"的古音是仄声,所以在音律上没毛病。那么,你能体会出这组对联在音律上特别精致的地方吗?

细心一点的话就可以发现:"美名"是双声词,和它构成对仗的"佳句"也是双声词。用古话来说,"美"和"名"属于"来母","佳"和"句"属于"见母",声母相同,这叫"同纽"。你如果看古代的诗词注本,就会遇到这些古怪的名目,它们都是音韵学的专业名词。

我们还可以再看"美名"后的两句,"主将收才子,崆峒足凯歌",又是一组对联。"主将"不是双声词,但声母很像(周春《杜诗双声叠韵谱扩略》把这个例子归类为"双声同音通用格"),可以算是宽泛意义上的双声,和它构成对仗的"崆峒"是叠韵词,两个字的韵母相同,而且声母还很相近。

两组对联,第一组以双声对双声,第二组以双声对叠韵,所以音色很细腻,很讲究。我们读诗的时候当然想不到这些,不过,这就像唱歌,即便唱的人不懂乐理,但只要旋律动听,背后就一定有中规中矩的乐理存在。

再看杜甫写的另一组对仗:"云移雉尾开宫扇,日绕龙鳞识圣颜。"上联"云移""开宫"双声词,下联"日绕""龙鳞""识圣"也都是双声词。

再看"牢落乾坤大,周流道术空","牢落"是双声词,"周流"是叠韵词,以叠韵对双声。

即便是五言绝句这种很短小的诗,杜甫也不会粗放经营。比如著名的《八阵图》:

功盖三分国,名成八阵图。
江流石不转,遗恨失吞吴。

"功盖"和"名成"就是用双声词对叠韵词。

杜甫在音律上的用心,单是在双声叠韵上的安排就已经蔚为大观了。清朝乾隆年间有一个叫周春的学者,专门做过这方面的研究,写成一部《杜诗双声叠韵谱括略》。周春是王国维的同乡,王国维后来写《人间词话》,还提到过家乡的这位前辈,说他的这部书澄清了音韵学上一千多年来的误解,对文坛很有贡献。

(2) 无情对、流水对、当句对

《唐诗三百首》是大家都很熟悉的唐诗入门书,但你有没有留意过一个细节:这部书的编排,不但古体诗在前,近体诗在后,而且同在古体诗或近体诗里，五言诗在前，七言诗在后。次序的不同其实意味着地位的不同。古体诗比近体诗地位高，这是我已经讲过的。除此之外，五言诗比七言诗地位高。就以近体诗中的律诗来看，五言律诗比七言律诗地位高。

五言律诗的定型比七言律诗要早。七言律诗在刚刚成型的时候，不太受人重视，诗人运用这种体裁，写的基本都是一些很空泛的内容。到了盛唐时代，开始有诗人拿七律来写真情实感了，而直到杜甫来写七律，把大题材和大感受写进去，七律才真正有了地位，可以和五律并驾齐驱了。

写七律，最讲究的就是对仗。这是杜甫最拿手的，他探索了对仗的各种可能性，把对仗的潜力几乎发掘到了极限。我们平常的对仗，比如"向阳门第春常在，积善之家庆有余"，这是很经典的春联，平仄、词性、语意，都是规规矩矩对应着的。"门第"和"之家"其实犯了"合掌"的忌讳，语义重复，但大家说惯了，也不在意。传统对仗都是这么做的，但杜甫玩出了很多花样。比如，安史之乱刚刚结束的时候，杜甫很高兴，写下一首很著名的《闻官军收河南河北》：

剑外忽传收蓟北，初闻涕泪满衣裳（cháng）。
却看（kān）妻子愁何在，漫卷诗书喜欲狂。
白日放歌须纵酒，青春作伴好还乡。
即从巴峡穿巫峡，便下襄阳向洛阳。

颈联用"青春"对"白日"，乍看会觉得对不上，这两个词风马牛不相及，但仔细一看，字面竟然对得很工整，看上去是"青色的春"对"白色的日"。后人给这种对仗起了一个名字，叫"无情对"。

杜诗的无情对还有很著名的一联："酒债寻常行处有，人生七十古来稀","寻常"的意思是"经常",和"七十"显然对不上,但在古代的度量单位里,"寻"和"常"都是长度单位,一寻等于八尺,两寻等于一常,所以从这个意思上,"寻常"和"七十"对得工工整整,没有一点毛病。

再看诗的最后两句,"即从巴峡穿巫峡,便下襄阳向洛阳",这也是一组对仗,巧妙的地方在于,上联和下联必须衔接在一起,才是语意完整的一句话。这种对仗,叫作"流水对",不像传统对仗,上联和下联各是完整的一个语句。再比如《孤雁》里的"谁怜一片影,相失万重云",也是流水对。这样的写法使诗句更有流畅感,在格律的严整束缚之下,竟然有了散文挥洒自如的味道。

如果想要严整的感觉,杜甫可以写得比格律规范还要严整,比如,"南极一星朝北斗,五云多处是三台",不但上联和下联对仗,上联里还有"南极"和"北斗"对仗,下联里还有"五云"和"三台"对仗,这叫"当句对",对仗中还有对仗。一个当句对的句子和另一个当句对的句子对仗,这就是精雕细琢的功夫。杜甫说自己"为人性僻耽佳句,语不惊人死不休",这话一点都不夸张,而要把诗写得这么精细,无论是在词汇量上还是在典故知识上,都必须有海量的储备才行,远不是单靠才华就够用的。唯有"读书破万卷",才能"下笔如有神",这话也是杜甫说的。

这样的绝顶高手,当然不仅会守规矩,还特别会坏规矩。杜甫晚年名作有一首《白帝城最高楼》:

城尖径仄旌旆愁,独立缥缈之飞楼。
峡坼云霾龙虎卧,江清日抱鼋鼍游。
扶桑西枝对断石,弱水东影随长流。
杖藜叹世者谁子?泣血迸空回白头。

这首诗从头到尾都在"违规",而且用到"之""者"这种散文虚词,让语意的断句和格律的断句发生了错位,读起来各种不顺。但正是这些不顺,营造出一种杜诗特有的"沉郁顿挫"的音色,好像他有许多激愤郁结在胸中无从倾吐。

再看一首《昼梦》,是说诗人自己白天打了瞌睡,做了梦:

二月饶睡昏昏然,不独夜短昼分眠。
桃花气暖眼自醉,春渚日落梦相牵。
故乡门巷荆棘底,中原君臣豺虎边。
安得务农息战斗,普天无吏横索钱。

这首诗和上一首一样,大大突破了格律限制,但这不是杜甫故意搞怪。我们看第一句"二月饶睡昏昏然",声调是"仄仄平仄平平平",不但重音的位置没有平仄交替,最后还弄出三个连续的平声字,犯了"三连平"的禁忌,但是,偏偏就是这样的声调,特别贴合诗句的内容,很有"昏昏然"的感觉。第三句"桃花气暖眼自醉",连用五个仄声字,第六句"中原君臣豺虎边",七个字里只有一个仄声字,越读越有一种拖沓的无力感。

所以说,声音是有含义、有感情的,在杜甫的诗里,声音的表现力已经远远超出了永明诗人的想象。

第九章 《沧浪诗话》

《沧浪诗话》：三流诗人的一流理论

(1) 理论家和实干家

本章要对理论、评论和实践的关系做一些分析。

英国诗人本·琼森有一句名言："只有一流的诗人，才有评论诗人的本领。"你觉得这话对吗？

对这类问题，正方和反方都能说出很充足、很有说服力的道理。从历史发展来看，正方的人数大概会占优势。先举一个很著名的例子。《昭明文选》收录了曹植写给杨修的一封信，信里讨论了文学创作，有这样一句话说："盖有南威之容，乃可以论其淑媛；有龙泉之利，乃可以议其断割。"南威是著名的美女，龙泉，前面讲过，原名叫龙渊，是著名的宝剑。如果你有南威的美貌，才有资格品评别人的长相，你有龙泉宝剑，才有资格评论兵器的好坏。

如果这个说法成立，那么绝大多数人都没资格评论任何事。选美大赛会尤其显得荒唐，评委里没有几个长得顺眼的人，候选人反而相貌都在平均水平之上。

所以，我们要看看反方的意见：反方会说，美食家不必会做菜，很多美食家也确实不会做菜。是的，这是事实，但为什么高水平的厨师大赛总会请名厨来做评委呢？

你应该已经发现一点门道了。曹植讲的观点也许站得住脚，但他把类比用错了。判断长相的美丑和判断文章的好坏完全不是一回事，而你拿一把菜刀切菜，它到底好不好使，是不是太钝，你既不需要拿龙泉宝剑来比，更不需要自己能铸造龙泉级别的宝剑才有这种最基本的判断力。古人用类比来说理，经常很不严谨。另外，那些很复杂、很精细的创作，只有内行才能看出门道。两件精密作品之间的极其细微的差异，也确实只有高手才能鉴别出来。

以我自己为例。我能写格律诗，也能写骈文，对音律有足够的敏感度，所以我既能看到很多外行人看不到的美，也能迅速发现外行人看不到的问题，还特别能体会古人在写作时候的良苦用心，比如，为什么要这样写而不是那样写，为什么押这个韵而不是押那个韵。

音乐是人人都爱听的，每个人都能说出自己爱听什么、不爱听什么，也能说出一些很粗略的理由。我小时候学过古典吉他，后来我就发现，只有对我自己会弹的曲子，我才能听出不同演奏家在一些很细微的地方做了哪些不同的处理，才能判断出谁的处理更高明一些。对那些我不会弹的曲子，我只能听个大概。至于其他乐器和其他演奏形式，我就只能和普通音乐爱好者一样，觉得爱听或不爱听，最喜欢这里或最喜欢那里，仅此而已。

真正考验判断力的地方，往往就是这种很细微的差别。如果选同一支曲目，让你对比企鹅三星唱片和我弹的版本，当然高下立现，任何人都听得出，但两位职业演奏家中谁弹得更好，这就不是外行人凭着喜好能判断出来的。能做判断的人不见得要比被判断的人的演奏水平更高，但一定也是同道中人，深知每个音符的抑扬顿挫、轻重缓急和成败利钝。

那么，如果说一个不会做菜的人写了一部美食理论书，一个不会写诗的人写了一部诗歌理论书，一个从没出过校门的人写了一部经济理论书，一个从没搞过政治的人写了一部政治理论书，你觉得这些书可信吗？

其实，这些书未必就不可信。经济学的经典著作，很多都是由毫无经济经验的人写出来的，政治理论著作更是这样。我讲过陆机的《五等诸侯论》——政治理论方面的一篇名文，但陆机写这篇文章的时候，其实毫无政治经验。你也许会觉得这样一个纸上谈兵的人下场一定不好，会被实践狠狠打脸。事实还真是这样，后来他进入政坛，真的应付不来错综复杂的政治关系，最后打了大败仗，被问了罪，送了命。即便陆机是这样死的，《五等诸侯论》依然声名显赫，屹立不倒。

更著名的例子是我们很熟悉的韩非子。他在韩国确实是个贵族子弟，但显然不是当权派，没什么政治经验。按说实干家看不上这种人写出来的书，但秦王嬴政偏偏就很爱看，还真的照着去做，做得还很成功，一部《韩非子》也真的成为屹立两千多年不倒的经典。

的确，有些人是天生的理论家，有些人是天生的实干家。理论家实干起来很可能一败涂地，但实干家往往总结不出像样的理论。所以，聪明的理论家不敢轻易去实干，聪明的实干家也不会轻视理论家搞出来的空中楼阁。提出一个好的观点或好的理论，不一定需要细致入微的鉴赏力。这就是说，理论家不一定是鉴赏家，反之亦然。

(2) 严羽的诗

本节要讲的《沧浪诗话》，是一部由三流实干家、二流鉴赏家写出来的一流理论书。

严羽，南宋人，字仪卿，还有一个字叫丹丘。严羽的祖上出过一位名人叫严武，是杜甫晚年的庇护人。但到了严羽这一代，早已经不复当年的辉煌。严羽自号"沧浪逋客"。文人给自己取号，就像今天我们给自己取网名一样，最能体现自己对自己的定位。沧浪逋客，意思是远遁在江湖之上的隐士。他的一生确实是这样过的，从没参加过科举考试，只是浪迹江湖，随时都可以开始一场说走就走的旅行。

严羽当然会写诗，但他的诗无论是在他生前还是身后，都不太被人重视。这倒不怪别人，因为他确实写得不好。我选一首比较有代表性的《关山月》：

> 今夜关山月，偏能照马鞍。
> 卢龙征戍客，圆缺几回看（kān）。
> 遥想金闺里，应悲玉露寒。
> 黄沙三万里，何处是长安。

《关山月》是汉朝乐府诗歌的题目，主要写征人思妇的主题，也就是边疆士兵和家乡妻子的别离与相思。你也许没感觉严羽这首诗写得多不好，没关系，李白也写过一首《关山月》，很出名，可以对照来看：

> 明月出天山，苍茫云海间。
> 长风几万里，吹度玉门关。
> 汉下白登道，胡窥青海湾。
> 古来征战地，不见有人还。
> 戍客望边邑，思归多苦颜。
> 高楼当此夜，叹息未应闲。

这就叫"人比人得死，货比货得扔"。两首诗讲的意思其实差不多，但让李白一写，前两句刚出来，就已经有了宏大的境界，你会觉得马上就要风起云涌、波澜壮阔了。而严羽写出来，只是平铺直叙，平平淡淡。

  严羽的诗基本都是这样的，显得特别没有才华，偶尔有几句还算出彩的，比如，"江湖双泪眼，天地一孤舟"，还有"坐来怀旧迹，万里一飘蓬"，还有"此生何定著，江汉一浮萍"，单独来看的话，确实很有意境，但问题是，杜甫早就写过"飘飘何所似，天地一沙鸥"。严羽只是在亦步亦趋学杜甫，几乎就和剽窃差不多了，还重复了好多次。再比如，严羽写听到笛声生出乡愁："江上谁家吹笛声，月明霜白不堪听。孤舟万里潇湘客，一夜归心满洞庭。"这是中规中矩的写法，挑不出错，也不出彩，但这个题材让李白写，写出来就是："谁家玉笛暗飞声，散入春风满洛城。此夜曲中闻折柳，何人不起故园情。"即便一个人的文学感受力再差，对这样明显的差距也不会视而不见的。

  严羽确实写不好诗，不过，就让有诗才的人去写诗吧，没有诗才的人可以研究研究诗歌理论，当评论家。这话听起来像讽刺他，但是，搞理论其实也很需要才华，只不过这种才华和写作诗歌需要的才华很不一样，前者是抽象思维上的，后者是形象思维上的。

《沧浪诗话》大战"永嘉四灵"

（1）从对手着眼

如果让你来写诗歌评论，你觉得最容易入手的切入点在什么地方，最容易引发关注、讨论和争议的点又在什么地方？

其实这就和拍电影的道理一样，要想扣人心弦，就必须制造矛盾。要想制造矛盾，就先分门别类贴标签——哪些人是矛、哪些人是盾，至于贴好标签之后，矛和盾怎么转化，那是以后的事。分好矛和盾的阵营，怎么才能让观众有代入感，这就需要编剧和导演先有代入感。要有代入感，最简单的办法就是找一个阵营来支持，爱一派，恨一派，越是爱憎分明，情感的投射就越强烈，就越想要倾诉心声。当倾诉痛快了，一部内容丰富的作品也就完成了。

这不是最高明的手段，却是最有效的手段，因为那些发自内心的、真情自然流露的作品，往往真是这样写成的，《沧浪诗话》就是一部典范。

韩愈有一个著名的观点："大凡物不得其平则鸣"。人也是一样，心里有不平，就特别想发表议论。严羽当时就很不平，因为他太看不惯诗坛的风气了，决定写一点什么，把那些闪耀在前台的诗坛名家狠狠批评一遍，然后告诉大家到底该怎么写诗、哪些才是值得学习和揣摩的好诗。

如果换作今天，严羽一定很被大家痛恨，大家会说他想靠骂名人来出名，更何况他自己都没写出过什么像样的诗，有什么资格来批评诗坛第一梯队的高手呢？这当然是人之常情，很少有人真能做到就事论事，不管严羽自己写没写过好诗，也不管他到底有什么动机，只要心平气和地来看他的批评有没有道理。古代也很少有这样的人，所以当时严羽的日子不好过，得不到别人的理解。

严羽想要打倒的，主要就是从永嘉这个地方发展起来的四灵诗派。

永嘉就是今天的温州。这个在今天最能出老板的地方，在宋朝特别能出诗人和哲人。思想界有永嘉学派，诗歌界有"永嘉四灵"。所谓四灵，分别是徐照（字灵晖）、徐玑（号灵渊）、翁卷（字灵舒）、赵师秀（号灵秀），每个人的字或号里都有一个"灵"字，所以合称"四灵"。

"永嘉四灵"专攻近体诗，尤其喜欢五言律诗，学的是晚唐诗人姚合、贾岛的"野逸清瘦"风格。如果你对唐诗有些熟悉的话，应该记得姚合、贾岛身上有个标签，叫"苦吟派"。所谓苦吟，就是说他们写诗特别费心费力，为了找到一个合适的字不惜拼上老命，而他们写出来的诗，给人感觉特别清苦，不像过上好日子的人会写的。话说，贾岛有一次骑着毛驴，琢磨着新写的诗句，结果太出神了，没留心冲撞了官员出行的车队。贾岛慌忙解释，说自己正在想"鸟宿池边树，僧推月下门"这两句诗，不知道用"推"字更好还是"敲"字更好。幸好那位被冲撞的官员就是我们已经很熟悉的韩愈，韩愈立刻被这个问题迷住了，就在街上和贾岛一起动脑筋，最后帮他选定了"敲"字。"推敲"这个词，就是这么来的。而这个故事，最能说明苦吟派的作诗风格。

你可能会觉得奇怪：宋朝人学唐朝人写诗，这倒容易理解，但为什么放着李白、杜甫不学，要去学什么姚合、贾岛呢？今天很多人根本不知道姚合、贾岛是何方神圣,即便知道这两个名字,也背不出他们的任何一首诗。是不是"永嘉四灵"的口味太奇怪呢?

(2) 永嘉诗风

每个时代都有自己的审美风尚,在今天被奉为圭臬的东西,换一个时代未必就还有这样的地位。我前面讲过的诗人里,陶渊明死后一百多年,诗文才被重视;李白是幸运的,一出手就变成文坛明星;杜甫比较倒霉,到了北宋才被热捧起来。"永嘉四灵"在生前红极一时,把李白、杜甫的光芒都遮掩了不少,但今天不但没几个人听说过"永嘉四灵"这四个字,更叫不出"四灵"中任何一个人的名号,至于他们写过的诗,更是一句都背不出来。

但你也许记得"有约不来过夜半,闲敲棋子落灯花"这两句诗,诗的题目是《约客》,写在一个梅雨季节里,诗人约了朋友来家里玩,朋友一直没到,但诗人一点都不着急,不会去催,只是一个人摆弄着棋子,看着灯花的姿态变幻,不知不觉就到了半夜。这是古人特有的闲适生活,很让今天忙忙碌碌的我们向往。这首诗的作者就是赵师秀,"永嘉四灵"里最出名的一个。

即便是古人,当然也不会都这么闲。但赵师秀和另外三灵都很闲,写的诗也都是这种很有闲适情调的。他们之所以闲成这样,肯定是既没什么事业,也没有事业上的追求。诗里偶尔也涉及一点时政新闻,但一带而过,不表态。比如,赵师秀的一首五律《抚栏》:

抚栏惊岁月,久住欲如何。
水国花开早,春城人上多。

病令（líng）诗懒作，闲喜客频过（guó）。

听说边头事，时贤策在和。

诗人生病了，所以懒得写诗，生活太闲了，幸好经常有客人来玩。客人会带来一些新闻，说当局正在考虑和金国议和。说到这里，诗就结束了。

这样的写法，细读好像能读出一点讽刺意味，但谁想深究的话，也深究不出个所以然来。诗写得很淡，"病"是"四灵"常说的词，还有什么"独""寒""苦""冷"，都是常用词，给人感觉这些人体质比较弱，爱和恨都很乏力，但他们有一点顾影自怜式的自恋，能陶醉在病恹恹的日子里。这种日子到底过成什么样，赵师秀有一首诗讲到了："虚窗风飒然，独卧听残蝉。家务贫多阙，诗篇老渐圆。"窗是"虚窗"，不挡风；卧是"独卧"，没有伴儿；背景音乐是"残蝉"，显然入秋了，连蝉都叫不动了；家务事好多都没做，反正这么穷，也没啥可做的，但随着年纪越来越老，诗写得越来越好。这种好的标准是"圆"，也就是成熟、沉稳、没有棱角。

我们看"四灵"写诗，既要看出他们和谁最像，也要看出他们和谁最不像；既要知道他们在努力学谁，也要知道他们在努力反对谁。他们反对的头一个，你肯定想不到，竟然是杜甫。

这事说来话长，他们之所以反对杜甫，是因为宋朝有个声势浩大的江西诗派，以北宋文坛宗主黄庭坚为首，他把杜甫奉为偶像。我在前面讲过，杜甫写诗，既有"读书破万卷，下笔如有神"，又有"为人性僻耽佳句，语不惊人死不休"，特别重视学养的积淀和字句的锤炼，江西诗派学的就是这个。

真要能学成杜甫的样子，当然不是坏事，但才华不够的人硬要去学，很容易搞成邯郸学步，诗越写越晦涩。"永嘉四灵"要反对这种风气,当然要拿杜甫开刀。"四灵"在当时有一个强大的后援,就是他们的老乡——永嘉学派的大学者叶适。叶适就公开批评杜甫的诗写得不好,近体诗是铆着劲写的,不自然。叶适又夸"四灵",说多亏有了他们,唐诗才从无人问津的境地复兴起来。

学李白为什么不如学杜甫

（1）偶像和范本不同

难道杜甫的诗不是唐诗吗？永嘉诗风的流行又怎么能说是唐诗复兴呢？

要回答这两个问题，我们又该回到江西诗派。

上一节讲过，江西诗派奉杜甫为偶像，努力在学杜甫的写法。那么最自然的问题是：为什么不学李白呢？答案很简单：李白写诗全靠天才，毫无章法，别人学不来，就算想学也无从入手。你可以想象一下莫扎特和巴赫的区别。巴赫的音乐可识别度很高，章法森严，你甚至会觉得他的音乐是拿数学公式算出来的。莫扎特就不一样了，天马行空，总让人猜不透。学巴赫容易上手，取法乎上，好歹能得乎其中，但学莫扎特就很难，你甚至连"该学什么"都不知道。莫扎特就是李白型的艺术家，巴赫是杜甫型的。所以，当你的目的不是欣赏，而是创作的时候，扔掉李白学杜甫绝对是明智的选择。我在前面讲过杜诗的音律和对仗，你会明白，这些东西哪怕再精妙，都是有章可循的，不仅如此，杜甫的那些精妙写法就像高手给你做好的模板，你甚至可以直接拿过来套用。我们今天读诗词，主要是出于欣赏的目的，所以很难体会搞创作的人的特殊心态。

进入北宋,前后两代文坛宗主,我们都不陌生,一个是欧阳修,另一个是苏轼。这两位都是李白型的天才,就算写诗写得再好,小伙伴们赞叹一下、仰慕一下也就是了,很难学得来。苏轼的小伙伴里,最闪光的有四个人,合称"苏门四学士",黄庭坚是其中成就最高的一个。

北宋是一个文化高度发达的时代,宋朝人的文化修养整体比唐朝人高。比较来看的话,唐朝诗人更像艺术家,宋朝诗人更像学者。黄庭坚就是一个学养特别深厚的人,所以他写的诗,有"读书破万卷"做底子,学养差一点的人很难读懂。简单来说,黄庭坚像杜甫一样写诗,但学问比杜甫高,你可以把他想象成学者版的杜甫。

宋朝人本来就崇尚学问,很自然就会喜欢黄庭坚的诗。更重要的是,黄庭坚的诗让诗人们看到了方向,看到这并不需要多高的天才,只要勤学苦练、悬梁刺股,自己也能写出来。

所以,黄庭坚不但生前的影响力大,到他死后,影响力更像滚雪球一样越滚越大。进入南宋,有一个叫吕本中的人编出一份《江西诗社宗派图》,又编了一部《江西宗派诗集》,就正式有了"江西诗派"这个名目,塑造出整个时代的诗歌审美风尚。江西诗派虽然把杜甫奉为祖师,但实际拿来当范本的,主要是黄庭坚的诗作。这就解释了前面那个问题:杜甫的诗当然是唐诗,一来,江西诗派只学杜甫,把杜甫的诗从唐诗整体里抽离出来了;二来,大家在名义上学杜甫,实际上最下力气去学的是学杜甫的黄庭坚。而"永嘉四灵"学的虽然只是晚唐的姚合、贾岛,但真的是越过北宋,直接去学唐朝人,所以相比于江西诗派,他们确实可以说是唐诗的复兴者。

姚合和贾岛的诗,其实也属于比较好学的类型,尤其是"永嘉四灵"最喜欢的体裁五律,更容易上手。今天的诗歌爱好者总会嫌格律和章法太束缚手脚,其实只有初学者才会有这样的苦恼,你跨过初级阶段之后，反而会觉得近体诗比古体诗好写得多。因为格律和章法的限制越严格，反而越是有章可循，夸张一点来讲，这就像做填空题一样。五律一共八句，每两句构成一联，四联依次起、承、转、合，也就是开头、承接、转折、收尾，章法只有这四步，非常简单。中间两联要对仗，这也不难。格律上，只要记住一对一粘的次序，熟能生巧而已。写近体诗，就像朝九晚五的工作，领导给你安排什么，你就做什么，具体该怎么做，只要循着公司的章程和惯例就好。写古体诗，就像给你一笔钱要你去创业，具体创什么业、怎么一个创法、遇到困难怎么应对，全靠你凭空发挥。到底是走一条现成的路，被路的边界紧紧束缚着好，还是在无边的荒野里踏出一条路好，虽然各人有各人的偏爱，但显然前者更容易。人的天性是畏惧自由的，这个特点同样也表现在文学上。

(2) 写作和赏析不同

学问和文学的关系其实也有几分像束缚和自由的关系。《诗经》时代，写诗不需要学问，只需要才华，但随着文化积淀越来越厚，学问就变成了诗的一块基石，杜甫要"读书破万卷"，才能"下笔如有神"。有些人不喜欢这样，比如杜甫以后的一些唐朝诗人，故意把学问放在一边，往清新自然的方向去写。然后到了宋朝，有些人又反过来学杜甫，再然后，又返回到晚唐体。文学风尚就是有这种规律，物极必反，反到极致又反回去，不断重复这种循环。不仅是文学，文明的各种形态都会这样发展。我们看到了这种规律，就可以做一些大方向上的预测了。比如，我们看到"永嘉四灵"回到学习晚唐诗歌的风尚，就能猜到又会有人反其道而行之。但是，反其道之后，一定不会是江西诗派的再现，因为每次复古，每次否定之否定，都会表现出相当程度的新意。严羽的

《沧浪诗话》就是这么来的。

《沧浪诗话》分为五个部分，先后是诗辨、诗体、诗法、诗评、考证。"诗辨"开宗明义第一句，就是"夫学诗者以识为主，入门须正，立志须高，以汉、魏、晋、盛唐为师，不作开元、天宝以下人物"。

这话有两个意思，第一是明确目标读者，书是写给"学诗者"看的。今天我们能看到书店里有很多诗词赏析类的书，那都是帮你理解诗词、领会美感的，并不教你怎么写诗。古代的读书人和我们不一样，必须会写诗，哪怕就是没这份才华，就是写不好，也必须会写，不然就没法儿混朋友圈。

所以，我们首先要知道，赏析和教学不是一回事。从赏析角度来讲，各种风格的诗都有独到之美，我们既要会欣赏李白、杜甫，也要会欣赏姚合、贾岛，既要懂"骏马秋风冀北"的壮美，也要懂"杏花春雨江南"的柔美，甚至是纸醉金迷的浮华之美、视人命如草芥的霸道之美……但要学习写诗，目标就必须很具体，态度就必须很"端正"，所谓"风格即人"，你的风格一旦定型了，往往就会跟你一辈子。如果你学错了方向，特别擅长靡靡之音，那么你水平越高，层次就越低，全社会就越看不起你。

所以，古人学写诗，首先不是要学文学技巧，而是要确立自己的人格定位。当你看古人论诗的时候，脑子里一定要有这根弦，不然就很容易误解他们。也正是从这个意义上来考虑，严羽才会把"见识"提到第一位，学写诗的人如果见识低，就容易选错路，以后就不好过。

严羽那句话的第二个意思就是把最高的见识讲给学诗的人听：要拿汉、魏、晋、盛唐的诗歌当范本，盛唐以后的诗千万别学。

从《红楼梦》香菱学诗看《沧浪诗话》

(1) 慕雅女雅集苦吟诗

《沧浪诗话》说学习写诗"入门须正,立志须高",如果真是这样的话,"思无邪"的《诗经》当然是举世公认的第一名,是儒家诗学正宗,但严羽为什么把它跳了过去,直接从汉魏说起呢?

答案是,如果你还记得《昭明文选》的编选标准,就可以理解《沧浪诗话》的做法了。严羽从艺术趣味来评诗论诗,《诗经》虽然艺术性也很高,但在当时毕竟算是意识形态经典,而当时的人很难脱离政治来谈艺术。退一步说,《诗经》那种四言诗早就没什么人写了。时代变了,严羽不是要做诗歌赏析,而是要给学诗的人指点门径,所以五言诗和七言诗才是他最关注的。

学诗的人要"以识为主",把见识放在第一位,因为赏析和创作虽然不同,但要想把诗写好,首先要有高超的鉴赏力。只有看得出好坏,才知道哪些该学、哪些不该学。具体要学哪些诗,严羽有很细致的交代,原话是说:"先须熟读《楚辞》,朝夕讽咏以为之本,及读《古诗十九首》、乐府四篇,李陵、苏武、汉魏五言皆须熟读,即以李、杜二集枕藉观之,如今人之治经。然后博取盛唐名家,酝酿胸中,久之自然悟入。"

严羽给我们指点的学习次序是从《楚辞》开始，每天都读一读，培养最基本的语感。接下来，读《古诗十九首》和汉朝的乐府诗。李陵和苏武的诗其实都是伪作，只是严羽不知道，但真与伪属于考证问题，好和坏才是文学问题，所以，那些诗确实都是好诗。将汉魏五言诗读熟之后，就要把李白和杜甫的诗集当作枕边书，随时看，有空就看，要用当时的读书人攻读儒家经典的态度来看。再下一步，泛读盛唐名家作品，把这些精华慢慢消化成自己的语言，只要功夫下到了，早晚都会开悟。

这些话你也许觉得似曾相识。《红楼梦》有一回"慕雅女雅集苦吟诗"，写到林黛玉教香菱写诗，说的话就是这个套路，只是具体内容有些不同。我们可以对照一下来看。当时香菱说自己很喜欢陆游的两句诗"重帘不卷留香久，古砚微凹聚墨多"，林黛玉的反应是："断不可学这样的诗。你们因不知诗，所以见了这浅近的就爱，一入了这个格局，再学不出来的。"林黛玉的话，其实和严羽的意思一样，都是把"见识"放在学诗的第一位，一旦见识差了，把那些浅近可爱但层次不高的诗当成范本来学，这辈子就算毁了。

到底该学谁的诗，林黛玉给的方案是这样的："我这里有《王摩诘全集》，你且把他的五言律读一百首，细心揣摩透熟了，然后再读一二百首老杜的七言律，次之再把李青莲的七言绝句读一二百首。肚子里先有了这三个人作了底子，然后再把陶渊明、应、刘、谢、阮、庾、鲍等人的一看。你又是一个极聪敏伶俐的人，不用一年的工夫，不愁不是诗翁了。"

王摩诘就是王维，虽然被排在第一位，但这应该是为了切合林黛玉大小姐的身份，事实上，李白、杜甫才是头牌。王维的诗很平和，很淡雅，是女孩子学诗的首选。如果直接就学李白、杜甫，"仰天大笑出门去"，这不像话，"致君尧舜上"，这叫牝鸡司晨，也就是母鸡打鸣，败坏纲常伦理。

林黛玉这番话很能反映清朝人的主流审美，而这种审美风尚是从明朝人那里继承来的。明朝人论诗，古体诗学汉魏，近体诗学盛唐，特别推崇李白、杜甫，还有"文必秦汉，诗必盛唐"这种口号。而这样的风尚，正是对《沧浪诗话》的一脉相承。

(2) 以禅喻诗

香菱按照林黛玉的教导，苦读苦学，真的学成了。如果你仔细读的话，会注意到这样一个细节：香菱学得"挖心搜胆的，耳不旁听，目不别视。一时探春隔窗笑说道：'菱姑娘，你闲闲罢。'香菱怔怔答道：'"闲"字是十五删的，错了韵了。'众人听了，不觉大笑起来。"

在这段话里，香菱学诗，显然除了熟读林黛玉给她指定的教材，还有一桩苦功夫要下，那就是背韵谱。"十五删"是韵谱里的一个韵部，"闲"字就是这个韵部里的。这么多的汉字，每个字属于哪个韵部，必须背得滚瓜烂熟，押韵才不会错。这是写诗的基本功，很折磨人。

你也许会奇怪，明明同一个韵母的字就可以押韵，哪里用得着死记硬背呢？这是因为字音随着时代的变化慢慢变了，但写诗用字不能按照日常读音来，必须按照古代的读音来。比如"职责"的"职"和"回忆"的"忆"，韵母和声调都不一样，但它们属于同一个韵部，今天写旧体诗也需要死记硬背这些字音。

韵谱早在隋朝就有人编，主要依据洛阳的语音，也参考了一些古音，为的是给全国各地的文人们统一语音，矫正方言，方便大家吟诗作文来交流。唐朝、宋朝都把韵谱重新修订过。宋朝末年，刘渊编成一部《壬子新刊礼部韵略》，因为刘渊是平水人，所以这部韵谱俗称《平水韵》，最流行。香菱背的那个韵谱，"'闲'字是十五删的"，就是《平水韵》。今天我们读唐诗宋词，大体上都能和《平水韵》贴合。但读元曲的话，字音又是另一套系统。因为元曲主要是给人民群众看的，要接地气，要用时代的语言，不能按照知识分子的标准来搞。

就是这样，诗离生活语言越来越远，写诗就越来越变成一件需要刻苦学习的事情。香菱很用心，不多久就学有所成。但如果她就是资质不高，岂不是白下了那么多气力？

按照严羽的说法，其实不必有这种担心，因为照这样训练下来，就算写不出好诗，也没有偏离写诗的正路。这套方法是高屋建瓴式的，用严羽的原话说："谓之向上一路，谓之直截根源，谓之顿门，谓之单刀直入也。"

这句话里用到的每个词，都是从禅宗来的。其实还不只是这些，《沧浪诗话》中随时随地都在用禅宗的语言来讲诗。简单起见，我只解释一个词，所谓"直截根源"，来自真觉大师的《证道歌》："直截根源佛所印，摘叶寻枝我不能。"意思是说，把所有枝节问题抛开不管，直接去领会佛陀的中心思想。《证道歌》就是禅宗修行者的毕业论文，用一首小诗，一般是七言绝句，讲出自己的学佛心得。如果老师看了能认可，就算是毕业了。禅宗有顿宗和渐宗两派，渐宗主张循序渐进，按部就班，积量变为质变，最后得道成佛，顿宗主张直奔核心，顿悟成佛。所以真觉大师这两句话，一看就是顿宗的成果。

以禅喻诗是《沧浪诗话》的另一大特色。唐朝中期以后，渐宗衰落，大家提起禅宗一般都指六祖慧能一系的顿宗，严羽也不例外。但是，顿宗讲的开悟，只有开悟和没开悟两种状态，不存在中间阶段。你和佛教真理之间只隔着一层窗户纸，捅破了就豁然开朗，捅不破就一辈子当瞎子。而《沧浪诗话》就在同一段里，又说"学其上，仅得其中；学其中，斯为下矣"，学上没学好，至少能得中，学中没学好，那就只能得下了。这是为了强调见识的重要性，要挑最好的前辈去学。但在禅宗的世界里，这显然是渐宗的方式，可以循序渐进，能有阶段性成果。

《沧浪诗话》的以禅喻诗

(1) 不称手的时髦工具

《沧浪诗话》以禅喻诗，竟然用顿宗的语言讲出了渐宗的道理，这种矛盾到底是怎么出现的，有没有合理的解释呢？

当然有解释，但不是严羽能解释的。当时的禅宗思想，有点像今天的量子力学，专业学者各执一词，但文艺圈、哲学圈、宗教圈都很喜欢借用它的玄妙理论来解释自己阵营里的事情。我上一节讲过，《沧浪诗话》里的"直截根源"来自真觉大师的《证道歌》："直截根源佛所印，摘叶寻枝我不能。""佛所印"的本义是佛陀钦定的佛教核心思想，原本只有三条，就是诸行无常、诸法无我、涅槃寂静，合称"三法印"，后来加了一条诸漏皆苦，合称"四法印"。你要想知道某种佛教理论是不是货真价实的，就可以拿"三法印"或"四法印"检验一下。现在只是要说，佛教越发展，派系越多，理论就越丰富，东传之后又和中国本土的一些东西掺杂在一起，所以很多内容其实都和早先的"四法印"合不上了。宋朝人搞不清这些，反正知识分子喜欢漂亮的、玄妙的理论，老百姓喜欢简单的、有利的理论，大家都没兴趣钻研这些理论的来龙去脉。当时的禅宗修行越来越像行为艺术，和尚们也不喜欢搞理论,因为一搞理论就会被当成"摘叶寻枝",不是"直指人心,见性成佛"的正路。

所以当你读到那些著名禅师的机锋和公案时,感觉玄之又玄,深不可测,其实他们自己也未必清楚禅到底是怎么回事。但他们只打机锋,你也没法儿确定他们到底是真懂还是假懂。严羽把很多禅宗话头掺进文艺理论,反而把简单的事情搞复杂了。比如,他说禅家分为大乘和小乘,小乘不是正途,如果以禅喻诗,那么汉、魏、晋和盛唐的诗歌就是大乘禅,第一义;盛唐以后、晚唐以前的诗歌就是小乘禅,落入第二义,晚唐诗歌更要等而下之。问题是,如果严羽能把佛学源流梳理清楚的话,就该知道自己把话说反了,小乘佛教才是佛教的正根,是所谓第一义、最高真理,和"四法印"最合拍。而且人家原本不叫小乘佛教,是新兴的流派为了标榜自己,贬低旧势力,才创造出大乘和小乘的概念。

(2) 妙悟

严羽以禅喻诗,最看重的是参禅和写诗的共同点,那就是"妙悟"。

严羽举了一个例子:在唐代诗人中,孟浩然的学问比韩愈差得远,但诗写得比韩愈好得多,原因就在于孟浩然写诗全靠妙悟。

孟浩然是从初唐入盛唐的人,韩愈是盛唐以后的中唐诗人。唐诗分为初、盛、中、晚四个时段,这是今天的常识,而这个常识正是来自《沧浪诗话》。我在前面讲过,"永嘉四灵"学的唐诗,其实只是晚唐时期姚合、贾岛一脉的诗,严羽为了贬低他们,这才把唐朝划为四段,同一个时代,盛期的气象当然好过中晚期。

但孟浩然的诗是不是真的比韩愈的好,这很难讲,最多只能说风格不同，各有各的优势。只不过孟浩然的诗好，是大家公认的好，而对韩愈的诗，说好的人特别崇拜，说坏的人特别嫌弃。公认的好的，肯定是正统的诗；得到两极分化的评价的，肯定是另类的诗。我在前面讲过，韩愈是古文运动的健将，提倡散文，反对骈文。那你应该能想到，近体诗和骈文是一派的，所以韩愈应该更爱写古体诗。这当然没错，但古体诗已经很自由了，韩愈还要把它变得更自由，也就是说，更加散文化。所以我们读韩愈的诗，总觉得不像诗，像押韵的散文。古人也是这么感觉的，所以批评韩愈"以文为诗"。诗就是诗，散文就是散文，你不能为了提倡散文，就把诗也拉下水啊！

如果我们只用欣赏的眼光来看这些事情，会觉得百花齐放无论如何都是好事。就像餐馆里的菜品总要丰富一点才好，就算有些新菜品不合自己的口味，尝一下鲜，以后再也不点就是了。韩愈的"以文为诗"就让诗坛里多了一道风景，添了一个菜系。你可以不爱，但没必要反对。

但如果我们站在写诗、学诗的角度，看问题的眼光就不一样了。学就要学最好的，所以韩愈和孟浩然的区别就不是风格的区别，而是好坏的区别，甚至是正邪的区别了。正邪不两立，所以韩愈一定要被打倒。

你一定想问严羽："怎么能凭自己的审美偏好来区分正邪呢？"

严羽的回答是，任何人只要认真把各个时代各位诗人的诗歌读熟、参透，必然能得出同样的结论，"真是真非"是藏不住的。

你如果死磕到底，继续问严羽："我就是看不出来，那又怎么说？"

严羽的回答是，你这就叫野狐禅，邪门歪道，不可救药。

其实在严羽的时代，他自己才是野狐禅，站在主流风尚的边缘。也许正是这个缘故，他才很有"举世皆醉我独醒"的腔调，要和全世界战斗到底。他在写给他表叔的书信里说，他写的"诗辨"一章是"惊世绝俗之谈，至当（dàng）归一之论"，但就连叔叔都不能认可他的见解，何况其他人呢！

我们倒也容易理解严羽的愤懑。在他看来，什么是好诗，什么是坏诗，什么是学诗的正道，什么是旁门左道，都明明白白地摆在世人眼前，但所有人偏偏有眼无珠，死活看不出来，实在让他着急上火。

我们会想，如果你看到了，别人看不到，那也好办，你指给别人看不就行了？但难就难在这里，一首诗到底怎么样叫好、怎么样叫坏，那时候没有系统化的美学理论，并不容易说清楚。因为说不清楚，所以严羽才要借助禅宗的语言来说，但这真不是一个称手的工具。

（3）说理的难处

我们用今天的知识来看，更容易看到症结所在。严羽其实是想讲一整套美学理论，而讲理论，就需要设计出清晰的概念，还需要严密的逻辑。用古汉语来做这些事，有点勉为其难，而用理论来解释诗歌，意味着用抽象思维来解读形象思维，或者说用理性来解读感性，这对现代人来说也不容易，何况古人。

所以，当严羽想说李白、杜甫的诗好，却找不到理论性的表达的时候，就只能用形象来解释形象："李、杜数公，如金翅擘海、香象渡河，下视郊、岛辈，直虫吟草间耳。"金翅擘海、香象渡河，都是佛教的话，超级大鸟用翅膀扇风，分开海水，大象过河，一下脚就把水流阻断了。李白、杜甫的诗就是给人这种感觉。而姚合、贾岛的诗，就像草丛里的小虫子叫。这种说法很形象，真能像禅宗一样直指人心，但作为理论的话，缺点就是不精准。比如"提兵百万西湖上，立马吴山第一峰"，这种诗貌似也算金翅擘海、香象渡河，但能算好诗吗？"一春梦雨常飘瓦，尽日灵风不满旗"，也只是虫吟草间的小小忧伤，但这何尝不是一流的诗呢?

  所以,我们看古代的各种诗话,尤其是《沧浪诗话》之前的诗话,主要都是记一点小逸闻、小感想、小见解,没人有严羽那么大的胆子敢弄一套理论出来,这也正是《沧浪诗话》最了不起的地方。

※ 第十章

《花间集》

"词坛鼻祖"《花间集》

(1) 能唱的诗和能唱的词

　　本章要讲的是"词坛鼻祖"《花间集》。本节先来讲从诗到词的演变和《花间集》的时代背景。

　　诗和词有什么区别，仅仅是句子的长短不同吗？

　　初学者读诗词，很难发现两者的区别，只觉得诗是句式齐整的词，词是句式散乱的诗。这当然不是诗和词的本质区别。诗也有不齐整的写法，比如"君不见黄河之水天上来，奔流到海不复回"，再比如"噫吁嚱，危乎高哉，蜀道之难，难于上青天"；词也有句式齐整的，比如"去年元夜时，花市灯如昼。月上柳梢头，人约黄昏后。今年元夜时，月与灯依旧。不见去年人，泪湿春衫袖"，五言八句，看不出和五言古体诗差别。当然，绝大多数的词都是长短不齐的句式，所以词也有一个别名，叫"长短句"。

　　本质一点的区别，诗是拿来吟诵的，词是拿来唱的。之所以叫词，是因为它是歌词。

　　其实，诗原本也能唱。诗和歌曾经是一家，所以才叫"诗歌"。汉朝的乐府诗就是专门用来唱的，所以管理机构叫乐府，不叫文学研所。即便到了唐朝，很多诗也是能唱的，比如大家很熟悉的"渭城朝雨浥轻尘，客舍青青柳色新。劝君更尽一杯酒，西出阳关无故人"。这是王维的诗，题目叫《送元二使安西》。诗是叫这个题目，但它被谱成曲，唱出来，题目就变成了《阳关三叠》。阳关，就是"西出阳关"的"阳关"；三叠，就是反复唱三遍的意思。至于到底怎么个反复法，已经无从考证了，有可能每句唱三遍，所以白居易有一首《劝酒》诗，其中两句是"相逢且莫推辞醉，听唱阳关第四声"，似乎《阳关三叠》的第四句才唱到"劝君更尽一杯酒"。今天大家听到的古琴曲《阳关三叠》早已经不是唐朝的原版了。

音乐不是中国文化的强项。虽然我们并不知道唐朝人怎么唱歌，但至少能想到当时的旋律不会很复杂。中国五声音阶的优点是很容易编出朗朗上口的旋律，缺点就是变化少、不丰富。今天的流行歌曲还有这种印记。能流行，能被传唱的，几乎都是以五声音阶为基调的，比如香港电影《笑傲江湖》的主题曲——"沧海一声笑，滔滔两岸潮"，这就是标准的五声音阶，歌词的句式也很像古诗。

旋律越简单，对歌词的平仄就越不挑剔。《送元二使安西》是一首七言绝句，属于近体诗，要讲究基本的平仄。

唐朝人唱的歌里，很多都是七言绝句，貌似对平仄有要求，但是，比起词的平仄规范，近体诗就算很粗糙。所以，从诗到词，我们可以推测，就是旋律变丰富了，变复杂了，歌词的平仄稍有不对就会拗口，于是渐渐有了更严格的平仄规范。这虽然给创作者添了麻烦，但这样唱出来才会好听。

在唐朝的几百年里，诗逐渐和音乐分家，而音乐需要歌词，于是词就这样取而代之。词写出来不是为了给人看的，而是要唱出来给人听的。我们今天读宋词选本，其实就是在读宋朝流行歌曲的歌词抄本。曲谱失传了，只剩下歌词了。所以在今天看来，诗真的就是整齐的词，词真的就是不整齐的诗了。

(2) 严肃感和娱乐性

前面讲《沧浪诗话》，你会发现古人观念上的一个特点：他们认为写诗是一件很正经的事，必须用严肃认真的态度去写。但让一个人无时无刻都要保持严肃认真的态度，这太难了，既然有文学才华，总还想写一点娱乐性的东西。

这是很危险的思想倾向。如果往娱乐的方向写诗，敏感的正人君子就看不惯，认为那是靡靡之音，会败坏社会风气，而且是亡国的征兆。我在前面讲过永明体诗歌，没错，那就是亡国之音，是让唐朝人很警惕的历史教训。又因为"诗言志"的传统，一个人写的诗会被当成他的人格和情怀的体现，甚至预示着命运。

传说唐朝才女薛涛在八九岁的时候就会写诗，有一天，父亲指着梧桐树作了两句诗——"庭除一古桐，耸干入云中"，写得很没水平，但很通俗易懂。薛涛接了两句——"枝迎南北鸟，叶送往来风"，水平高得多，竟然还是很工整的对仗。但父亲非但没为女儿的才华骄傲，反而忧心忡忡，认为这两句诗有"迎来送往"的含义，不该是正经人家的女孩子写的。后来薛涛果然成为一代名伎。

传说黄巢小时候也能写诗，五岁那年陪着父亲和祖父一起写菊花诗，诗句信手拈来："堪与百花为总首，自然天赐赭黄衣。"确实写得好，但父亲很忐忑，说这孩子虽然有才华，但不知轻重，重新写一首好了。所谓不知轻重，是因为这两句诗写得太有帝王气象了。小黄巢挨了批评，但他不介意，重写就重写，反正自己有才。重写的这一首，就是大家都很熟悉的七言绝句《题菊花》："飒飒西风满院栽，蕊寒香冷蝶难来。他年我若为青帝，报与桃花一处开。"这首诗写得比刚才那两句更霸气，大有改天换地的革命情怀。

故事也许都是附会，但附会背后隐含的观念是真实的。诗就是这么重要，简直就是一个人灵魂的外化，绝不能轻易去写。后来黄巢果然率众起义了，大军席卷长安。等这场动荡平息之后，唐朝政府已经千疮百孔，很快就丧失了统治力，然后唐朝终结，天下进入了五代十国的混乱局面，《花间集》就是在这个时期结集成书的。

五代十国介于唐朝和宋朝之间，虽然只有短短五十几年，但中原腹地依次有梁、唐、晋、汉、周五个王朝更迭，是为五代。这五个朝代的名号以前都有过，所以，为了区别，就称它们为后梁、后唐、后晋、后汉和后周。在中原政权之外，还有十几个割据政权，统称十国。五代之间是迭代关系，十国之间既有迭代关系，也有并存关系。十国里，在今天最有名的是南唐，因为南唐出了一位后主李煜，很会写词，"问君能有几多愁，恰似一江春水向东流"就是他写的。但是，词最盛行的地方，除了南唐，还有前蜀和后蜀，《花间集》就是在后蜀编订的。

国号既然叫蜀，地盘显然在今天的四川。自古以来，四川特别适合皇帝避难，也同样适合军阀割据。道理很简单，"蜀道之难，难于上青天"，只要一夫当关，就可以万夫莫开。不但外面的人进四川很难，四川人想走出去也不容易，所以四川很容易形成一个封闭系统。

唐朝灭亡之后，军阀王建割据四川，建立前蜀，定都成都。王建虽然是个文盲，但很尊重读书人。当时有很多书香门第到四川避难，战火一时烧不进来，文化也就繁荣开了。蜀人很会自娱自乐，不大关心中国的事情。是的，因为封闭，蜀人的地缘认同感很强，他们管中原政权叫作中国。

王建死后，作为接班人的小儿子是个纨绔子弟，因为纨绔得太过分，所以，尽管有蜀道天险，蜀国还是被"中国"的后唐政权灭了。后唐派孟知祥管理四川，孟知祥干得很不错，索性称帝了，首都还是成都，国号也还叫蜀。为了和王建的蜀国有所区别，历史上分称两者为前蜀和后蜀。

孟知祥只做了半年皇帝就病死了，儿子孟昶接班。

《洞仙歌》的迷雾与《花间集》的成型

（1）《洞仙歌》

后蜀第二任皇帝孟昶有一篇文字传世，请你判断一下它到底是诗还是词。请你看一下原文：

> 冰肌玉骨清无汗，水殿风来暗香满。
> 帘开明月独窥人，欹（qī）枕钗横云鬓乱。
> 起来琼户寂无声，时见疏星渡河汉。
> 屈指西风几时来，只恐流年暗中换。

七言八句，押仄声韵，完全是古体诗的样子。《全唐诗》收录了它，题目叫《避暑摩诃池上作》。"摩诃"是梵文的音译，意思是"大"，所以"摩诃池"就是"大水池"。佛陀的十大弟子里有一位很著名的叫摩诃迦叶，还有一位大迦叶，他们其实是同一个人，只是一个音译，一个意译。古人就已经很会用外语音译取名了，很高大上。

孟昶这篇文字，既有诗的题目，又有诗的形式，看来应该是一首诗了，但是，也有词的选本收录了它，说它是词，词牌是《木兰花》。

这个词牌你应该不会陌生，因为纳兰性德那首最流行的词就是用的这个词牌：

> 人生若只如初见，何事秋风悲画扇。
> 等闲变却故人心，却道故人心易变。
> 骊山语罢清宵半，泪雨零铃终不怨。
> 何如薄幸锦衣郎，比翼连枝当日愿。

只有仔细看，才会发现两者的区别。《木兰花》虽然有一些变体，但第五句必须押韵。这样一看，孟昶写的那首应该还是诗，不是词。

但是，现在盖棺论定还太早。我们先要知道，后蜀和前蜀一样，皇帝也只传了两代，孟昶既是后蜀的第二任皇帝，也是末代皇帝。但孟昶治下的后蜀并不太有末代景象，反而欣欣向荣，和平喜乐，最后因为太平久了，军队战斗力弱了，这才败给宋朝。所以孟昶的时代和北宋是衔接在一起的。北宋大文豪苏轼回忆自己七岁那年，在眉山见到一位老尼姑，已经九十岁了。这位尼姑说当年自己和师父一起在孟昶的皇宫里住过，有一天很热，孟昶和花蕊夫人趁夜在摩诃池上乘凉，写了一首词，她至今还能记得全文。苏轼说，现在已经过去四十年了，尼姑早就死了，世上再没人知道这首词，他也只记得开头两句，没事的时候琢磨一下，词牌应该是《洞仙歌》，就自己动笔把它补全好了。

苏轼补写出来的词是这样的：

> 冰肌玉骨，自清凉无汗。
> 水殿风来暗香满。
> 绣帘开，一点明月窥人，人未寝，欹枕钗横鬓乱。

起来携素手，庭户无声，时见疏星渡河汉。

试问夜如何，夜已三更，金波淡。玉绳低转。

但屈指、西风几时来，又不道流年、暗中偷换。

我们马上会发现疑点：这首词的字句基本和孟昶的原作一样啊，只是加了一些虚字，又把句式改得参差不齐罢了。苏轼明明说自己只记得孟昶原作的前两句，怎么可能发生这种灵异事件呢？

宋朝人的笔记里又有记载，说某位长官开凿了摩诃池，挖出一块石碑，碑上刻着孟昶《洞仙歌》的全文，词是这么写的：

冰肌玉骨，自清凉无汗。贝阙琳宫恨初远。

玉阑干倚遍，怯近朝寒。

回首处，何必流连穆满。

芙蓉开过也。楼阁香融千片。红英泛波面。

洞房深深锁，莫放轻舟瑶台去，甘与尘寰路断。

莫更遣流红到人间，怕一似当时，误他刘阮。

考古证据出土，和苏轼的记忆合拍，貌似真相大白，但本节开头那个七言八句的《木兰花》又该怎么解释呢？难道孟昶当年写过两个版本？

其实最有可能的答案是，关于石碑的记载是伪造的，道理有两个，一来，在五代十国时期，词是很不入流的通俗文学，没人会把一首词刻在石碑上；二来，《洞仙歌》这种句式很复杂的词牌，不是那时候会有的。苏轼的《洞仙歌》应当是原创，而那首七言八句的《木兰花》，或者说它是《避暑摩诃池上作》，怕是后人用苏轼的词删改成的，并不真是孟昶写的。

宋朝人对后蜀有一种很特殊的迷恋，附会出了不少故事。这不奇怪，孟昶统治后蜀三十年，这三十年里基本称得上国泰民安，文化繁荣，简直就是一个世外桃源。孟昶本人很有文艺趣味，很风雅，他的贵妃花蕊夫人也是出名的才女，而四川从前蜀时代就是中原书香门第的避难所，文艺风情浓厚。今天提起古典文学，我们会说唐诗宋词，词是在宋朝发扬光大起来的，而在热衷写词的宋朝人的眼里，后蜀才是很让人着迷的词的世界。后蜀的文人雅士喜欢搞派对，谈恋爱，写出很漂亮的歌词让很漂亮的歌女演唱，真是让人向往的生活啊。

(2) 从《云谣集》到《花间集》

词原本是一种民间艺术，和民歌差不太多。一个世纪前，人们从敦煌石窟的文卷里发现了《云谣集》，这是唐代的词集，比《花间集》时代更早，里边收录的词和我们通常印象里的词很不一样，语言很直白，甚至有点粗俗，比如"珠泪纷纷湿绮罗，少年公子负恩多。当初姊妹分明道，莫把真心过与他"，明显是勾栏妓女的口吻。再比如"莫攀我，攀我太心偏。我是曲江临池柳，者（zhè）人折来那人攀。恩爱一时间"。拔高一点来说，这是受侮辱与受损害的妇女对负心男子的血泪控诉；压低一点来说，你可以想象一下妓女给客人唱这首歌，既是含嗔带怨，又有点打情骂俏的味道。

这样的词，虽然很有民俗价值，但审美价值确实不高。只有当文化精英加入写词的阵营，用写诗的余力来写一些打情骂俏的话，纵然格调不高，但基本的文学性总是有的。写词的人越来越多，才会争奇斗艳，越写越好，题材也会开阔起来，感情也会深挚起来。

写词的高手多了，好作品多了，就有了正式结集的必要。这在今天看来再正常不过，而在传统眼光里，昭明太子结集《文选》，那是实至名归的高尚事业，文人编辑自己或朋友的诗文集，也是正经事，但把词像编《文选》那样编成一部书，作者都是有头有脸的文人士大夫，这其实有点丢脸。作为娱乐可以，但不上台面的东西就不要堂而皇之地摆出来了。

虽然是这个道理，但天下已经四分五裂了，谁还在意那么多呢？后蜀已经形成了自己独特的文化氛围，文人士大夫们才能有不以为耻、反以为荣的勇气。后蜀有一位赵崇祚，大概是国家中高级官员，精选了从晚唐到当代的十八位名人的五百首词，请欧阳炯作序。这十八人，主要都是蜀地的文人士大夫，作序的欧阳炯也是其中之一。欧阳炯在后蜀做到翰林学士，后来还做到宰相，写序时候的职位虽然还只是武德军节度判官，不太高，但他毕竟已经四十多岁了，正是成熟稳重的年纪。词集的题目也是欧阳炯取的，叫作《花间集》。

这个题目很容易让我们顾名思义，想到花前月下的诗酒风流。事实上，《花间集》的内容确实可以这样总括，大量词作都和男欢女爱有关，既有刻骨铭心的相思，也有你侬我侬的柔情，当然也少不了一点点床笫之间的香艳。但无论是编选词集的赵崇祚也好，写序题名的欧阳炯也好，还是同时代的那些词作入选《花间集》的名士也好，只要想到他们的身份，你难免会有一点疑惑：就算蜀国环境宽松，但堂堂国家官员搞这种"低级趣味"，不应该这么高调吧？所以，《花间集》这个题目，也许不像字面上这么直白，而是藏着某种深刻且高尚的含义吧？到底是什么含义，请你尽情发挥想象。

打着阳春白雪旗号的男欢女爱

(1)《花间集》标题的含义

《花间集》这个题目,也许不像字面上这么直白,而是藏着某种深刻且高尚的含义,因为就算蜀国环境宽松,但堂堂国家大员搞这种"低级趣味",貌似不应该这么高调。

是的,它还真有高大上的含义。欧阳炯在序言的最后解释说:"……因集近来诗客曲子词五百首,分为十卷。以炯粗预知音,辱请命题,仍为叙引。昔郢人有歌《阳春》者,号为绝唱,乃命之为《花间集》。庶以阳春之甲,将使西园英哲,用资羽盖之欢,南国婵娟,休唱莲舟之引。"

从五代十国一直到清朝,词的发展总在围着这几句话打转,所以值得我仔细解释一下。

首先,赵崇祚编辑整理的这五百首词是"诗客曲子词",意思是诗人写的歌词。词因为是用来唱的,所以也叫曲子词,或者直接叫曲子。单听这个名字就让人感觉不够雅致,显然是民间的东西。词的出身确实不高贵,但现在不一样了,"诗客"参与进来了,《花间集》完全不收录民间创作,高调表明自己和别的词集不是一回事。

然后，欧阳炯谦称"以炯粗预知音"，所以被请来给词集取名、作序。"知音"这个词一语双关，浅层的意思是，写歌词当然要懂音律，我懂一点；深层的意思就是"俞伯牙摔琴谢知音"的那个"知音"，属于高级鉴赏家。深层的意思从何而来，下文就有交代："昔郢人有歌《阳春》者，号为绝唱。"

这句话用到了一则著名的典故。《楚辞》名家宋玉写过一篇很有名的文章为《对楚王问》，写楚襄王问自己："您是不是品行不太检点呢，为什么大家都不喜欢您呢？"宋玉说："我确实有点毛病，请您听我慢慢讲。"宋玉的辩解用到古人惯用的类比手法，说在楚国的首都郢都曾经来过一位歌手，他先唱了《下里》和《巴人》两支歌，城里有几千人和他一起唱，他又唱《阳阿（ē）》和《薤（xiè）露》，能跟着唱的人就只剩几百了，当他唱起《阳春》和《白雪》，只有几十人能跟着唱，他又唱起更高级的歌，身边就只剩几个人了。所以，用宋玉的原话说，"其曲弥高，其和弥寡"。这篇文章给我们贡献了三个成语：下里巴人、阳春白雪和曲高和寡。

欧阳炯说，《阳春》既然是歌曲中的绝唱，所以我们这部词集就叫《花间集》好了。这个因果关系不是很直接，我们要先把作为歌曲的《阳春》理解为"阳春季节"，然后联想到阳春季节百花盛开。所以，"花间集"的含义有两重，既指"人们在花丛里唱的歌"，还暗示人们唱的不是普通的歌，而是《阳春》那样曲高和寡的绝唱。

编辑这些阳春白雪来做什么呢？欧阳炯说的是"将使西园英哲，用资羽盖之欢，南国婵娟，休唱莲舟之引"。"西园"是汉朝修建的一座园林，曹植和文学小伙伴们常常来这里游乐，或驾车驰骋，或饮酒赋诗。曹植在诗里写过"清夜游西园，飞盖相追随"，"飞盖"就是"羽盖"，也就是车子的顶篷。"西园"因此成为一个文学语码，表示上流社会的风雅娱乐。参加这种娱乐活动的人就是"西园英哲"，也可以说是"西园公子"。如果写近体诗或者骈文，和"西园公子"对仗的一般就是"南国佳人""南国婵娟"，也就是江南美女，这种对仗是很经典的写作套路。"莲舟之引"是指乐府歌曲里的《采莲曲》，"引"是"乐曲"的意思。为了和上文里的"羽盖之欢"对仗，这里就要把《采莲曲》写成"莲舟之引"，这是写骈文的常用技巧。现在整段话的语意就很清楚了：编辑《花间集》，为的是给上流社会的文人雅士搞派对用，让派对上的美丽歌女们扔掉旧歌唱新歌。

(2)《花间集》作品三例

欧阳炯写这篇序言，最关键的内容就在这几句话里。他自己也有几首词入选了《花间集》，所以他和《花间集》的其他作者一荣俱荣、一损俱损。他在努力替自己，也是替大家辩白，说，他们玩这些绝不是自甘堕落，绝不是低级趣味，而是货真价实的阳春白雪，这和当年曹植那些人的西园宴饮没有任何区别，将来也会成为文坛佳话的。

其实，欧阳炯辩白得越用力，就越说明在当时编辑《花间集》很有低级趣味的嫌疑。我们可以看看《花间集》里欧阳炯自己的词：

落絮残莺半日天。玉柔花醉只思眠。惹窗映竹满炉烟。
独掩画屏愁不语，斜欹瑶枕髻鬟偏。此时心在阿谁边？

词牌用的是《浣溪沙》，词的意思很简单，只是在写一名美女中午犯困的模样，或者说这就是一幅用文字描绘出来的美人图，再没有别的意思。当然，欧阳炯描绘得很生动，也很会渲染气氛，这是文学上的优点，但内容实在没可说。再看一首：

> 天碧罗衣拂地垂。美人初著（zhuó）更相宜。宛风如舞透香肌。
> 独坐含颦吹凤竹，园中缓步折花枝。有情无力泥（nì）人时。

这首词还是一幅美女图，上阕写穿着，下阕写动作和神态。

文人写这种词，基本都是用赏玩的态度来描写女性，能把格调写高的很少。等下一章讲秦观的词，也有一首同类的《浣溪沙》，有着少见的高格调，我们会看到宋朝人是如何在《花间集》的基础上更进一步的。

我选的这两首词，大体能代表《花间集》的风格。所以，我们今天读《花间集》很容易越读越腻。单看一两首，也还不错，但接二连三全是这种调性，当然会有审美疲劳。不过，我们还会遇到格调更低的词，欧阳炯接下来的一首《浣溪沙》就是：

> 相见休言有泪珠。酒阑重得叙欢娱。凤屏鸳枕宿金铺。
> 兰麝细香闻喘息，绮罗纤缕见肌肤。此时还恨薄情无。

这首词是以男性对情人说话的口吻来写的，说，既然我来了，你就别哭了，咱们喝完酒好好快活一下，上床吧，我听着你的喘息声，看着你裸露的肌肤，这时候你不会再恨我薄情了吧？

这是很香艳的内容，少儿不宜，哪有半点阳春白雪的感觉呢？当初唐诗反对香艳的永明体，开创了一代诗歌盛世，而在《花间集》里，永明体不但回来了，而且变本加厉。诗确实保持了纯洁性和高格调，但文人的低级趣味总要有地方发泄，于是他们看中了词这种来自民间的文学形式。

词还有一个别名，叫作诗余。顾名思义，词是诗人用写诗的余力写的，不算正经的文学创作，甚至可以说是诗歌的下脚料。无论欧阳炯在

《花间集》的序言里如何用阳春白雪来自我标榜，这些词作只能说比起民歌来勉强算是阳春白雪罢了。

就这样，《花间集》为词的创作确立了一个传统，就是所谓"词为艳科"，也就是说，词就是应该去写男欢女爱的小情小调，有一点娘娘腔也未尝不可。

谈风月还是谈国事，应用场景决定内容调性

（1）词为艳科

以前我们提到宋词，总会说宋词有婉约派和豪放派，人家豪放派总不会写小情小调吧？既然豪放派能和婉约派双雄并立，就说明词也是可以写出"人生自古谁无死，留取丹心照汗青"这种调性的，为什么非要给它一个"艳科"的限制呢？

答案说来话长。首先，婉约派和豪放派这种称谓很容易误导人，其实并不存在这样两种文学流派，婉约和豪放只是词的两种风格，而且婉约词是主流，豪放词是另类。我们看一些诗词选本，可能会感觉婉约词和豪放词占的篇幅差不太多，但这只反映了选编者的审美口味，绝不是古代社会风貌的缩影。我们读选本，要特别留心这个问题。

然后我们要看诗和词各自是在什么场合用的。春秋时代，把诗背熟、用熟是特别关键的外交技能，"不学诗，无以言"，学不好诗就没法儿去混上流社会。秦汉以后，诗虽然越来越私人化了，但仍然是一件重要的社交工具。

我们看唐诗的题目，大量的赠别、投献、唱和、应制，你写诗给我，我写诗给你，没完没了。词后来也走上了这条路，但一来并没有走

得很远，二来词一开始就是为娱乐而生的：大家在酒会上玩得很开心，嫌美女们唱的歌太老套，不爱听，索性文人自己动手，写几篇新的歌词给她们唱，写的当然都是很应景的内容，写美女如何温柔多情，写花前月下如何发生了一些让人脸红心跳的事情。

我们不难想见，这些平日里必须道貌岸然的文人士大夫这时候甚至会用歌词来挑逗歌女，给她们写一些唱不出口的句子，发出猥琐而会心的笑。即便国难当头，只要还有酒会可以办，就不会有人拿"人生自古谁无死""国破山河在"这种调性的歌词来败坏大家的兴致。所谓"商女不知亡国恨，隔江犹唱后庭花"，只要我们平心静气地来读这两句诗，就会知道商女，也就是歌女，必然会唱《玉树后庭花》这种靡靡之音，即便她们真有别的想法，也没有《黄河大合唱》之类的歌曲可以选。

富贵人家使奴唤婢，风雅一点的话，还会蓄养歌女，在家里招待朋友的时候，让歌女出来唱唱小曲，朋友如果也有点风雅之气，现场提笔写一篇新词，交给主人家的歌女来唱，宾主尽欢，不亦乐乎。

(2)《花间集》里的一个撩拨场景

牛峤有一首词，词牌是《女冠子》，描写歌女唱歌的样子：

绿云高髻。点翠匀红时世。月如眉。
浅笑含双靥，低声唱小词。

眼看惟恐化，魂荡欲相随。
玉趾回娇步，约佳期。

这首词分成前后两段，每段叫一阕，前半段叫上阕，后半段叫下阕。不同的词牌规定了不同的格律。词的格律比诗特殊，也比诗复杂，所以现在很多词的选本都会把标点点错。就说这首《女冠子》吧，按照韵脚来分的话可以分成四句，每句最后押平声韵，这里押的是眉、词、随、期四个字。但是，在第一个押平声韵的句子里，"绿云高髻"和"点翠匀红时世"这两个短句要单独来押仄声韵。我见到的现代选本，总会把"月如眉"放在第二句的开头，不把"眉"当成韵脚。

词的作者牛峤，原本在唐朝考中进士做了官，后来到前蜀给王建做官。在唐朝后期发生过一段著名的党派斗争，一派以牛僧孺为首，另一派以李德裕为首，所以被称为"牛李党争"，这位牛僧孺就是牛峤的祖父。我在前面讲过唐朝的书香世家纷纷到四川避难，牛峤就是其中一号人物。

牛峤这首词一落笔就写一名歌女的相貌和装扮。"绿云高髻"是说发髻梳得很高，乌黑的头发就像一朵绿色的云彩。黑色的头发为什么像绿色呢？因为"绿"就是有"乌黑"的意思，经常被用来形容头发。如果你突然想到"春来江水绿如蓝"，小心神志错乱。

"点翠匀红时世"，是说歌女化着很时髦的妆。"月如眉"，把眉毛画成弯弯的月亮的样子。"浅笑含双靥，低声唱小词"，她淡淡地笑，露出两个酒窝，低声唱着"小词"。你要留意了，词就是在这种场合，被这种女人，用这种撩人的方式唱出来的。

人这样美，打扮得这样精致，笑容和歌声又这样动人，牛峤开始把持不住了。"眼看惟恐化，魂荡欲相随"，通俗来讲，就是荷尔蒙上脑，失魂落魄地就想尾随人家。幸好这位歌女也不是什么良家女子，于是有了"玉趾回娇步，约佳期"，娇滴滴地转身等着牛峤，定下了约会的时间。

这就是词的创作场合，就算有一些眉目传情，有一点风流韵事，都是再自然不过的事情，谁也不觉得奇怪。而在这样的场合里，如果正儿八经地写一首诗，反而不伦不类，甚至会得罪人。

（3）在只谈风月的场景里莫谈国事

我举一个北宋年间的例子。你应该还记得《岳阳楼记》的第一句"庆历四年春"，让我们把时间再往前推三年，也就是庆历元年，宰相晏殊在花园里边宴请宾客，一起赏雪。欧阳修当场作了一首诗，七言古体诗，劈头就是"阴阳乖错乱五行，穷冬山谷暖不冰"，听上去很不吉利，后面还说"太阴当用不用事，盖由奸将不斩亏国刑"，开始借天气来抨击时政了，最后写到晏殊赏雪，这确实属于文人雅好，但"主人与国共休戚"，意思是，您是宰相，不能只顾自己玩乐。雪景真有这么赏心悦目吗？"须怜铁甲冷彻骨，四十余万屯边兵"，您也不想想边境线上的四十多万军人，他们冷得受不了，谁有心情像您一样办酒会赏雪呢？

欧阳修的愤慨当然是有道理的，因为当时北宋正和西夏开战，刚刚打了场败仗。晏殊并不是奸臣，也并不昏庸，照常理说，就算做不到闻过则喜，至少"宰相肚里能撑船"，不会怪罪欧阳修。但晏殊真的生气了，对旁人发牢骚说：裴度也曾宴客，韩愈也作文章，就连这两位忧国忧民的楷模也只说"园林穷胜事，钟鼓乐清时"而已，有谁会像欧阳修这样搅局？

晏殊的看法很能代表当时的主流意见，搞政治就是搞政治，搞娱乐就是搞娱乐，做官当然应该尽职尽责，但也不能不让人娱乐吧？在娱乐场合就该写一点娱乐性的词，让歌女唱唱，让大家高兴一下，不应该用高大上的诗来破坏气氛。忧国忧民当然没错，但也不能不分场合。

这种场合该写什么呢？写点应景的词最合适。晏殊自己就很会写词，家里也养了很多歌女。富贵人家养歌女，相当于养了一个私人文工团。在社交场合，今天去你家听歌，明天来我家听歌，三五好友也可以一起约着去风月场所听歌，这就是当时最主要的娱乐方式之一。

这种娱乐方式越流行，文人写词就越踊跃。你有没有想过，这么多人都来写词，谁来谱曲呢？刚刚写完的词难道歌女拿过来立刻就能唱吗？为什么我们知道很多著名的词人，却不知道任何一名作曲家呢？再有，诗都有题目，而我们到现在为止讲过的词为什么都没有题目呢？

谈谈技术要领：为什么写词比写诗更难

（1）倚声与填词

　　词原本是附属于音乐的，所以别名叫倚声，写法叫填词，因为是给现成的旋律配新的歌词，所以填词对音律的要求比近体诗还要苛刻。

　　今天的流行歌曲有两种写法，要么是先有词再谱曲，要么是先有曲再写词。前一种写法会容易很多，比如给你一篇歌词，你只要多读几遍，体会文字本身自然的声调、语气和句式，如果手边有称手的乐器，就可以试着弹几个和弦出来，很快就能哼出旋律。如果你不喜欢这个旋律，还可以换几个和弦，换一种感觉来哼唱。如果用第二种写法，你就需要先有一点灵感，只要能想到一句好听的旋律，就可以根据音乐的天然结构，把这一点点动机不断拓展，最后形成一首完整的曲子。这也不算很难，但有了旋律之后，要配歌词就很难了。

　　我拿一个最简单的旋律举例子：1—2—3—1，貌似只要给每个音符配一个字就可以了，那就配"两只老虎"吧。你用这个调子唱一下"两只老虎"，再试试唱一下"两组熊猫"，你就能发现问题了。"两只老虎"唱起来朗朗上口，听的人也会一听就懂，但"两组熊猫"唱起来就有点拗口了，而且听的人还很容易把"熊猫"听成"胸毛"。如果再换

248

一下,唱"两只鹦鹉",你会觉得比"两只老虎"还要上口。为什么会这样呢?因为在旋律的四个音符里,音高的走向是升—升—降,如果歌词四个字的音调也是这个走向的话,唱起来就顺,听起来也清楚明白,但如果歌词四个字的音调不是这个走向,甚至是相反的走向,唱起来就拗口,听起来也难懂。"两只老虎"是升—降—降,"两组熊猫"是"降—升—降","两只鹦鹉"是"升—升—降",这样一比较,和音符的音高走向完全一致的是"两只鹦鹉",基本一致的是"两只老虎",完全拧着的是"两组熊猫"。如果我们只看文字,会觉得这三份歌词水平相当,但唱出来的时候,水平的高低立刻就能显现出来了。

你还可以唱一下我们的国歌,里边连着三个"起来",你试着把"起来"换成"下去"再唱一次,就会觉得特别拗口。拗口的原因,除了音调的升降关系不匹配之外,"来"是开口音,口型是张开的,能配合向上走的旋律,而"去"是闭口音,口型是闭合的,如果旋律向上走,发这个音就很别扭。

唐宋年间的古人写词,就是给现成的旋律来配歌词。所以他们评价谁的词好、谁的词坏,并不像我们今天的诗词赏析讲的那样全是从文字本身来评价的,他们会说"两只鹦鹉"比"两组熊猫"水平高,"起来"比"下去"水平高。你如果不知道这背后的道理,看古人论词就很容易困惑。

古代那些曲子主要是乐府、梨园里的职业音乐家写的,但音乐家的地位太低,留不下名字。所以提到中国的古典作曲家,我们叫不出海顿、贝多芬、莫扎特这样的名号。曲子都会有题目,比如《浣溪沙》《菩萨蛮》《女冠子》,后来就变成了词牌。文人如果给《女冠子》的旋律写词,并不会另外取题目,只要标注词牌就足够了,歌女看到词牌就知道该用什么旋律来唱。我在前面讲过,早期的词,题材特别窄,像《花间集》这样的词集,如果真要给每首词取个题目,至少一半都可以叫《闺情》。等到后来词的题材拓展了，才有了在词牌之下另取题目，甚至写一段序言的需要。

写词是给固定的旋律配歌词，所以，"写词"的标准说法是"填词"，顾名思义，就是把词填进旋律对应的位置。因此，词还有一个别名，叫作倚声。"倚"，"倚靠"的"倚"，在古文里有特殊的用法，比如讲一个人"倚瑟而歌"，并不是说他唱歌的时候身体靠在瑟上，而是说他根据瑟的伴奏来唱歌。

所以，从技法上说，填词比写诗要难很多。写近体诗，只要掌握平仄关系就差不多了，但填词又要考虑音调的升降，又要考虑开口音、闭口音之类的细节，很折磨人。李清照是填词的名家，她写过一篇《词论》，里边就提到这个问题，说写诗只分平仄，但填词要分五音、五声、六律，还要分清浊轻重。简单点讲，填词是一项需要精雕细琢的工作，要把唱的人和听的人都考虑到。

(2) 内容是如何屈就形式的

到底要精细到怎样的程度呢？有一个很极端的例子。南宋有一位填词名家叫张炎，他回忆父亲的一段填词经历，说父亲写下"琐窗深"三个字，发现不合音律，改成"琐窗幽"，音律还是不好，最后改定为"琐窗明"。他本来要写的是幽暗的窗户，结果为了照顾音律，改成明亮的窗户，意思完全反过来了。你现在已经了解近体诗基本的音律规则了，应该看得出"深""幽""明"这三个字都是平声字，在近体诗的音律里完全可以通用，但填词竟然不可以。

今天我们脱离音乐来看词，当然觉得文采最重要，雕琢音律毫无意义，为了音律而委屈内容就显得更荒唐，但在唐宋时代，越仔细雕琢音调，唱的人和听的人就越喜欢，这样的词就更容易流行。我们看北宋的词坛，柳永和秦观的词最流行，这两位都是很懂音乐的人。反过来看，哪怕文采再好，但只要不讲究音律，歌女就不可能爱唱，而歌女爱不爱唱在很大程度上会决定一首词能不能流行。

这当然不是说内容不重要。但在内容层面，歌女的口味其实也很有影响力。道理不难理解，歌女爱唱的内容当然是最贴近她们生活的内容，而文人写这些内容，当然最容易讨好歌女，更容易和美丽的歌女们发生或者肉体上，或者精神上，或者仅仅存在于想象中的恋爱。至于歌女喜欢的内容，当然是些谈情说爱的、打情骂俏的、夸她们漂亮的话。所以，词，尤其是《花间集》里的词，可以说是文人和歌女共同完成的作品。

我在前面讲《楚辞》的时候，提到《湘君》里的一句"美要眇兮宜修"，当时说王国维的《人间词话》谈到词和诗的区别，讲过一个很著名的观点——"词之为体，要眇宜修"，这话就是从《湘君》里借用的。要眇宜修，就是娴静的、精致的美。王国维的意思是说，词应该写得比诗精致。

王国维当时已经脱离音乐来讲词了，即便仅仅把词当作文字作品来看，他也认为这种体裁最适合"要眇宜修"的写法，所以，"大江东去"那种词不能是主流。而当我们把词放回到音乐背景里看，放回到《花间集》乃至宋词的社会背景里看，"要眇宜修"就更应该是词的基本调性了。那些正经的、庄严的、宏大的内容，那些豪迈的表现手法，完全可以在诗的阵营里自由发挥。上帝的归上帝，恺撒的归恺撒。

※ 第十一章

《淮海词》

文体之别：词的美感和诗的美感并不一样

(1) 公文应该怎么写

　　本章要讲秦观的《淮海词》，本节先宕开一笔，讲讲词的文体特色。参差错落的句式，对称结构和不对称结构的结合，使词更适合去表现非常细腻的感情，尤其是那种含而不露、欲语还休的微妙感情。

　　为什么词在脱离了音乐，变成和诗一样的私人文学创作之后，仍然最适合"要眇宜修"的写法呢？

　　词脱离了音乐，就变成了一种纸面上的文学体裁。我们知道，文学有很多种体裁，每种体裁都有各自的特点，因为各有特点，自然也就各有合适或不合适的表现方式。我在前面讲过曹丕的《典论·论文》，那篇文章里就讲了："奏议宜雅，书论宜理，铭诔尚实，诗赋欲丽"，大臣向皇帝陈述政治见解，需要用正经、典雅的文风；写公文和议论文，需要条理清晰；在石碑上刻铭文，写座右铭，或者写追悼会上悼念死者的发言稿，真实性是第一位的；写诗和赋，要讲文采，要写得漂亮。

　　如果不做这些区别会怎么样呢？你可以想象一下，在追悼会上用一篇生动活泼、满是歇后语的发言稿来悼念死者，这确实不太合适。不过事情也有例外，甚至是很大的例外，那就是唐朝人在写政府公文的时候,各种体裁的公文,都流行用骈文来写,像诗和赋一样讲究漂亮的文采。即便是执法判案的判决书,也要用骈文写。读书人如果想考书判拔萃科,除了必须熟读儒家经典,还要会写骈文判决书。

你可能想不到,白居易写这种东西在当时最有名,他自己练手用的模拟考试的稿子被人们当成范文到处传抄。哪怕只是判个偷鸡摸狗的案子,判决书也要有丰富的用典、精巧的对仗,宣读起来还要有抑扬顿挫的音律美。务实的人当然看不惯这种现象,所以才有了韩愈、柳宗元发起古文运动,号召大家抛弃骈文,改写散文。

但韩愈、柳宗元的努力并不太成功,大家还是感觉用骈文写公文没什么不合适的。唐朝一流的诗人里,李商隐就是用骈文写公文的高手,他的本职工作就是这个,因此,我们读《李商隐文集》,连篇累牍的内容全是政府公文,帮历任上级领导应付各种官样文章,但不得不说,写得真漂亮。

如果你看明清小说,比如"三言二拍"、《聊斋志异》,稍稍留心一点的话,就会发现故事里经常点缀着骈文判决书,这就是唐朝人留下来的传统。

我们很难想象政府公文都用骈文来写,但这竟然是真事。这样看来,文学体裁和写作风格的对应关系,在相当程度上,也许只是不同时代和不同人的审美偏好问题,倒也不必拘泥。具体到词,当然"要眇宜修"是好的,但写成"老夫聊发少年狂",或者写成"怒发冲冠凭栏处",也是好的。既然这也可以的话,那么适合用诗来写的,为什么就不适合用词来写呢?

(2) 凡尔赛宫和苏州园林

到了清朝,词和音乐早就彻底决裂了,一些填词名家努力为词争地位，我们很熟悉的纳兰性德就是这场文学运动中的一员主将。现在你是不是被说服了呢，是不是觉得词完全可以像诗一样来写呢？如果是的话，那么很不幸，你就犯了古人常常犯的类比错误。

政府公文当然既可以用骈文写，也可以用散文写，各有各的优缺点，到底怎么选择，确实取决于时代偏好，并不取决于文体特色本身，但是，骈文和散文的区别才是一种文体和另一种文体的区别。骈文能不能用散文的感觉来写，或者说散文能不能用骈文的感觉来写，这才可以类比诗和词的关系。

诗更像骈文，句子很齐整，基本上以两句为一组，不管诗写得多长，所有的句子都是偶数关系。词更像散文，句子一般有长有短，参差不齐，句子和句子之间有时候是偶数关系，有时候是奇数关系，有时候偶数关系里藏着奇数关系，有时候奇数关系里藏着偶数关系。

你也许会一下子想到反例，比如我们前面讲过的一个词牌《浣溪沙》，七言六句，看上去齐齐整整的。但是，作为词牌，《浣溪沙》是所谓"双调词牌"，也就是分成上阕和下阕两部分。它的上阕是三句，下阕也是三句，两个奇数组合构成一个偶数组合。上阕的三句里，每句都是一个语意完整的句子，最后一个字必须是韵脚。而下阕的三句里，前两句是对仗关系，第一句一定不能押韵，也就是说，这两句是一个组合，第三句又是单独的一句。这样一个词牌，虽然看上去和诗一样齐整，其实是由若干个不齐整拼成的齐整。

确实有真的很齐整的词牌，但那毕竟是极少数。所以，词的形式美来自不齐整的句式关系，诗的形式美来自齐整的句式关系。你可以把一首诗想象成一座凡尔赛宫，其中某个单独的宫殿也好，单独的一处园林也好，都是对称结构，整个宫殿群落到处体现着以对称关系为主的几何之美。你还可以把一首词想象成一座苏州园林，移步换景，对称结构隐在不对称的结构里，不对称结构又隐在对称结构里。

我在前面讲过托名孟昶的《避暑摩诃池上作》，它很可能是以苏轼的《洞仙歌》改成的。我们把它和《洞仙歌》放在一起来看，内容一样，只是句式不同。诗体是"冰肌玉骨清无汗，水殿风来暗香满"，等等，词体是"冰肌玉骨，自清凉无汗。水殿风来暗香满"，等等。词比起诗，句式变得参差错落，读起来就更有悠扬的感觉，好像有千回百转，说不尽的柔情。再看一个更短小的例子：

黄河远上白云间，一片孤城万仞山。
羌笛何须怨杨柳，春风不度玉门关。

这是王之涣的《凉州词》，是大家都很熟悉的七言绝句。有人把第一句最后一个"间"字删掉，重新标点，读起来就像一首词了：

黄河远上，白云一片。孤城万仞山。
羌笛何须怨。杨柳春风，不度玉门关。

内容上只差一个字，但句式一变，感觉就完全变了：诗体壮阔，词体婉转。正是这种差异，使词更适合去表现非常细腻的感情，尤其是那种含而不露、欲语还休的微妙感情。举个极端的例子，违反伦理道德的暗恋就属于这种情况。清朝人朱彝尊暗恋过自己的小姨子，有一次他和妻子全家出远门，晚上一起睡在一只小船上，当时秋雨淅淅沥沥，他和小姨子的距离非常近，又非常远。后来他回忆那天晚上的景象，写下了一首很出色的词：

思往事，渡江干（gān）。
青蛾低映越山看（kān）。

共眠一舸听秋雨，

小簟轻衾各自寒。

词牌是《桂殿秋》，内容是说两个人睡在同一只小船上，空间很小，距离很近，听得到彼此的呼吸，但既不敢交谈，更不敢有什么动作，因为中间还躺着男主角的老婆，也就是女主角的姐姐。当时的心情即便在成为回忆之后也没法儿明明白白地讲出来，所以他只能很隐晦地说：一起睡在小船上听着秋雨的声音，躺在窄窄的席子上，盖着薄薄的被子，各自忍受着秋天的寒意。

写这种题材，用这种笔触，写成词比写成诗更有美感，这就是"要眇宜修"的美感。如果把开头的两个三字句变成一个七字句，比如变成"沉思往事渡江干"，用普通话读，读成一首七言绝句，感觉就没有那么缠绵悱恻了。

宋词名家里，能把词写得最有词样儿的、最有"要眇宜修"之美的，就是北宋的秦观。

作为听觉艺术的宋词

(1) 诗要读，词要听

词在宋朝属于听觉艺术，所以词的写法和美感注定和诗不同。

请你推测一下，秦观的词比起朱彝尊的那首词，在细腻、微妙和隐晦程度上，会更高还是更低呢，为什么？推理的线索其实已经全都给你了。

答案：更低。理由很简单：秦观是北宋人，那时候的词还是完完全全的歌词，是唱出来给人听的，而不是写在纸上给人看的。"听懂"比"看懂"更难，所以听的内容必须比看的内容浅白一些。

用来阅读的内容可以是书面语，可以有很长的复句，但同样的内容如果读出来给人听，听的人理解起来就会比较费力。所以，给听的内容写文稿，就会有口语化的趋势，至少要简洁明快，多用短句。我在写书的时候，经常有些话不想讲得很透，所以会点到为止，暗示一下，至于读者能不能体会得到，就各凭造化了。如果读者读到这里，能生出一点疑惑，停下来想一想，那当然是最好的。这就是阅读的特点，可以一会儿一目十行，一会儿细致起来，一会儿又停下来想想，还可以随时翻看前边的内容来参考，或者去查一点别的资料。听就不能这样，理解的进程一定紧随声音的进程,不可能随时按暂停键再倒回去听。

听歌更是如此,我们还不能拿今天的听歌经验来理解古人。今天听歌是很私人化的,一个人戴着耳机,或者在家里开着音响,一首歌可以反复听,可以慢慢琢磨歌词,但宋朝人听歌都是听现场,一般是在小型聚会上,半是娱乐,半是社交。歌女唱歌的时候,旁边也不会有大屏幕来播放字幕。所以听得懂还是听不懂,就在这一遍。唱完一首歌就会换下一首。

我们再来回顾一下上一节讲到的朱彝尊的那首《桂殿秋》,那是词和音乐分家之后的作品,所以作者在写的时候就是当成一篇文字作品来写的,并没有考虑过唱的问题,更没考虑过会让歌女在酒席上唱给大家来听。这样的词,本质上是私人化的文学,而不是社交化、公开化的文学。我们可以想象一下,假如不知道朱彝尊和他小姨子之间的暧昧,我们在古代的风化场所里听歌女唱这首词,根本不可能体会得到词里的深意,甚至都不明白这首词到底在说什么。"共眠一舸听秋雨",谁和谁共眠?"小簟轻衾各自寒",谁和谁各自?一头雾水。

所以,宋朝人不会像清朝人那样写词,清朝人也确实写出了比宋词更有深意、更耐人寻味的词,当然,这种词接受起来难度更高。即便是宋词,北宋和南宋也有明显不同。北宋人更喜欢篇幅短小的词,一般叫小令;南宋人更爱写长篇幅的词,一般叫长调。从小令到长调,是一个从简单到复杂的过程。简单更好还是复杂更好,不同的人有不同的偏爱。我们熟悉的王国维最喜欢北宋的词,他之所以在清朝词人里最推崇纳兰性德,也是因为清朝人填词学南宋的多,而纳兰性德的词属于北宋一脉。

王国维论词很重视文学性,不太关注音乐和社会背景,当我们用社会学的眼光来看宋词,把它还原到音乐和社会环境里去,就会发现王国维的结论依然站得住脚。因为作为歌词的词,不应该像诗一样写得多深刻，内容也不宜太丰富。篇幅一旦太长，语言就很容易有堆砌的感觉，要么就显得空洞。这就好像写意画就适合画小品，比如两棵白菜、一丛竹子、几只小虾，如果把写意画弄成一幅壁画，看上去就不太像样了。

（2）秦太虚和秦少游

在北宋的填词名家中，最能写出宋词样子的就是秦观，本章要讲的《淮海词》就是秦观的词集。

秦观，他的字原本是"太虚"，三十七岁那年自己改成了"少游"。提起秦少游，知道的人很多，但提起秦太虚，大家就不熟悉了。不过，《红楼梦》第五回《贾宝玉神游太虚境，警幻仙曲演红楼梦》，那个著名的太虚幻境真的和秦太虚有关，倒不是红学家的附会。这一回里写秦可卿的房间里挂着一幅《海棠春睡图》，两边是"宋学士秦太虚写的一副对联：嫩寒锁梦因春冷，芳气袭人是酒香"。对联应该是曹雪芹自己编的，但故事情节里，为什么秦可卿和秦观一样姓秦，为什么曹雪芹要避开大家都熟悉的"秦少游"三个字，偏偏称呼"宋学士秦太虚"，这位秦太虚到底和太虚幻境有什么关系，这些问题是让红学家们高度亢奋的。

这些关系也许并没有什么深意，或者即便是有，我们也很难证实，但无论如何，秦观的生活和他的词，多情中带着一点点艳情，确实很贴合《红楼梦》这一回里的气氛。

秦观为自己改字，这是人生中的一件大事，有着"改头换面，重新做人"的意思。他的好朋友陈师道还专门为这事写了一篇文章，叫作《秦少游字序》，说秦观之所以这样做，是因为科举考试总考不好，索性不干了，从此以后，他要像汉朝名人马少游一样悠闲自在地活着，再也不做正能量爆棚的理想主义者了。

马少游是谁，今天很少有人知道。这也难怪，因为他一生碌碌无为，所以名不见经传。偏偏马家尽出名人，始祖就是战国时代的名将赵奢，被封为马服君，然后封号变成了氏，氏又和姓混淆，这个演变过程是我前面讲过的。赵奢的儿子更出名，但不是什么好名声，他就是"纸上谈兵"的赵括。马家在汉朝也出了很多名人和高官，最著名的就是伏波将军马援。马援一生南征北战，战功显赫，但他的堂弟马少游很鄙视他。马少游有自己的一套人生哲学，在他看来，人生在世只要衣食无忧，和街坊邻居处得高兴，就是最好的状态了，任何更高一点的追求不但都没必要，还很容易自寻烦恼。

你也许会奇怪，马少游这种人怎么配当人生楷模呢？其实并不奇怪，马少游就是不写书的庄子，他的人生本身就是一部写给世人看的哲学书。《庄子》连篇累牍写了那么多，教人降低物质欲望啊，学会调控内心啊，弯弯绕绕实在太多，还是马少游的人生直指本质问题：成就感就是烈性春药，会让人上瘾，不断劳心劳力冲击极限，其实只要降低对成就感的追求，幸福生活马上就来了。

所以我们会看到一个现象，越是对成就感有追求的人，受了挫折之后越容易搬出马少游这个精神偶像。秦观同时代的名人里，王安石也好，苏轼也好，都念叨过要学马少游，不在险恶的权力场里玩了，而一旦运势变好，马上就把马少游忘了。只有秦观，一辈子各种倒霉，从来没有真正翻过身。我们今天看"秦少游"三个字，会觉得名字的主人是个翩翩浊世佳公子，这是很大的误解，"少游"和"年少""旅游"都没关系，只是来自那个一辈子都没出息的马少游。

所以，我们看王安石和苏轼，虽然两人也都填词，水平也不比秦观差，但在他们的头衔里，"词人"是很次要的一个，而在秦观身上，除了"词人"的标签，实在不好再贴什么了。

剽窃和点石成金的区别

（1）画面感和即视感

秦观填词，即视感特别强，王国维说"以境胜者，莫若秦少游"，说的就是这个意思。

秦观的词，有一句非常出名——"斜阳外，寒鸦万点，流水绕孤村"，但这不是原创，而是把隋炀帝的两句诗"寒鸦千万点，流水绕孤村"稍作改动剽窃来的。隋炀帝的原作还有后两句——"斜阳欲落处，一望黯消魂"，所以连"斜阳"这个意象也是剽窃的。剽窃的句子为什么会被那么多人推崇，秦观的剽窃版到底比隋炀帝的原版好在哪里？

古代有很多人热心议论这个问题，清朝人贺贻孙的看法最能抓住本质。他的看法可以分成两点，第一，秦观添上"斜阳外"三个字，给"寒鸦""流水""孤村"设置了一个苍凉空幻的背景；第二，原诗是五言为一句，对称地来写两种景色，描摹出两番景色，秦观却用有长有短的错落句式将三幅风景合为一幅，完整感特别强，所以，虽然字句上有小小的改动，但这不叫剽窃，这叫点石成金。另外，宋朝人不把填词看成正经创作，经常把别人现成的诗句拿过来用，时代风气就是这样。如果诗要这么写，那就真是剽窃了。

话说回来，从贺贻孙的看法里，你应该能想到前边讲过的诗和词的审美差异：诗的美感是由对称的稳定结构带来的，词的美感来自不对称的稳定感，二者营造的气氛很不一样。

隋炀帝的诗写成"寒鸦千万点，流水绕孤村"，没有问题，诗就该这样写，但秦观的点化使对称带来的分立感变成了不对称带来的完整感，换句话说，一个完满的画面立刻呈现在你的眼前，而这种即视感就是王国维在《人间词话》里特别推崇的"不隔"。也就是说，即视感越强，越容易跨过理性，直接去感动别人。今天的诗人未必懂得这些奥妙，但广告专家都很清楚，如果一个画面没能在一瞬间击中客户的感性，而是让客户有了一点时间空当来调用理性的思考力，那就失败了。

《人间词话》里常常提到秦观，对他最重要的评价就是"以境胜者，莫若秦少游"，翻译过来就是说，秦观的词最有画面感和即视感。

我们再看一遍隋炀帝的原作："寒鸦千万点，流水绕孤村。斜阳欲落处，一望黯消魂。"隋炀帝先写自己看到的风景，然后触景生情，秦观把这个次序颠倒了过来，整首词前面写情，最后用"斜阳外，寒鸦万点，流水绕孤村"这种纯画面、纯景物来收尾。所以，隋炀帝写得直白，秦观写得含蓄；隋炀帝没给人留下回味的空间，一句"一望黯消魂"就把话说死了，秦观其实一样要表达"一望黯消魂"的意思，但他把情绪藏在风景里，不是直接告诉别人自己正在"黯消魂"，而是创造了一个最能传达"黯消魂"的意境让人直接去感受。

当然，这种高明的手法早就成了套路，今天小学生写作文也会知道"以景结情"，比如，写自己扶老奶奶过马路，告别老奶奶之后，抬头看到天高云淡，有温暖的春风吹过脸颊。就到这里收尾了，一句话都不能再多写了。

这种套路之所以能够成立，还能成为经典，就是因为人看东西永远带有主观性，也就是说，我们永远戴着有色眼镜看世界，而这副有色眼镜的镜片是由我们的情绪打造出来的。情绪糟糕的时候，看到的是"花溅泪""鸟惊心"，情绪好的时候，看到的是"花常好""月长圆"。另外，开朗的人对好事更敏感，阴沉的人对坏事更敏感。

(2) 跳出选本看宋词

晁补之和秦观是同时代的人，他评论"当代文学"，说填词的高手没有超过秦观的。秦观的词，比如"斜阳外"三句，就算是文盲也听得出是天生的好言语。

事实上，当时最红的词人不是秦观，而是柳永。在考试、做官这些"正经事业"上，柳永混得比秦观还惨，所以他大部分时间都去风月场所里厮混，和歌女们发生各种恋爱关系和暧昧关系，写出各种柔情蜜意的歌词，被人传唱到大宋版图的各个角落。

秦观的很多词，无论是从题材上还是从风格上来看，似乎和柳永差不太多，但文化人欣赏秦观，市井百姓欣赏柳永。我们仔细来看秦观和柳永的词，就能发现宋朝同一种娱乐项目上的雅俗之别，这是很有意思的事情。

今天我们读宋词，很容易被选本误导。所谓选本，都是精挑细选的东西，虽然漂亮，但没有代表性。如果我们扔掉文学眼光，换上社会学的眼光，就很有必要去读全集，然后我们就会发现，宋词里实在有太多的三俗作品，尤其是柳永的词，漂亮的只有那几首，所有选本都会选，但另外的几百首基本都不入流。我们必须知道，任何社会、任何时代的底层趣味都不会太高雅。在填词盛行的北宋，正是这些不入流的词，才是当时市井百姓们的主流趣味。也正是因为这个缘故，文化人总是看不上柳永，喜好填词的文化人总想和柳永拉开一点距离，生怕被别人当成柳永式的词人。趣味和柳永越像的人，就越有动机和柳永拉开距离。秦观，就是这样的人。

秦观很好地继承了《花间集》的路线，他能写得更雅致，回味更深长，但这种雅致和回味是画面感带来的，并不需要有多高的文化才能领会。这一点很重要，我们必须知道，当时的歌女虽然不乏才貌双全的，但她们的文化水平毕竟不能和士大夫比。还有很多歌女虽然吹拉弹唱都很在行，但识字并不太多。比如苏轼身边那个很著名的歌女王朝云，后来做了苏轼的小妾，她原本就不大识字，跟了苏轼以后才学的识字和书法。所以文人填词，如果书面语太多，典故太深奥，歌女接受起来就不容易。秦观经常和歌女调情，写成学究腔是一定不会成功的，但写得太浅白、太市井，也不行，因为秦观出入的场合比柳永出入的场合更高级，不但朋友圈的层次不一样，就连歌女的层次也不一样。

我们来看秦观的一首《浣溪沙》：

漠漠轻寒上小楼。
晓阴无赖似穷秋。
淡烟流水画屏幽。

自在飞花轻似梦，
无边丝雨细如愁。
宝帘闲挂小银钩。

上阕三句，只写了一个上楼的动作；下阕三句，只写了从楼上窗口望出去的一点点寻常风景。如果我们把这首词拍成一部视频短片，画面上无非是一个人上了小楼，望向窗外，剧情就此结束。我们连这个人的相貌、衣着甚至性别，都无法看清。但是，只要将整首词读下来，我们自然会相信词中的人物是一位妙龄女子，有娇媚的容颜与优雅的仪态，正在为爱情或没有爱情而苦恼。

　　词中的女子显然不是市井中的勾栏艺人，一切柔美的意象与细腻的情绪都暗示出她是一名精致的女子。她的眉头或许正微微蹙着，但只是微微；她的嘴唇也许正略略抿着，但只是略略的。那座小楼里一定没有旁人，但她的衣饰一定没有一丝一毫的松懈，她的坐姿一定就像在大庭广众之下一样没有半点的放松。一切意象都在烘托她那高贵的克制之美，会使我们想起《源氏物语》里的女子，幽幽淡淡，一整天可以不作一声。

　　她的心情全写在窗外的风景里，我们的视线是透过"自在飞花"与"无边丝雨"才到达她的窗口，然后才窥视到她半隐在窗口的容貌。"自在飞花轻似梦，无边丝雨细如愁"，这是很无理的修辞，是对常规比喻的一场毫无来由的逆转。

距离为什么产生美

（1）感悟式的赏析和美学路线的理解

上一节讲到秦观的一首小词《浣溪沙》，重点在下阕的一组对仗"自在飞花轻似梦，无边丝雨细如愁"，最后请你思考这样一个美学问题：秦观这样写，到底比常规语序中的"梦似飞花""愁如丝雨"高明在哪里？要求是：不能用感悟体来解释，一定要给出理论化的解释才行。

我为什么要提这个要求，为什么要强调它是"美学问题"，是因为今天看到的诗词赏析一般都是感悟体的，带你去感受诗词的意境。既然是感受，那就会因人而异，没法儿把美的规律抽象出来。把美的规律抽象出来，这是美学作为一门学科要做的事情。

所以美学是一门很枯燥的学问，离普通人的生活也很远。人们在日常语言中经常误用"美学"这个词，把各种审美偏好说成是"某某美学"。我们平时说起美和丑的问题，都是凭着个人偏好，在个人偏好背后起作用的是时代偏好，但是，美到底是什么、是怎么发生的，这种问题看上去很简单，甚至很愚蠢，但越细想就越困惑，这种刨根问底的工作正是美学家一直在做的。

中国研究美学的前辈，朱光潜是最著名的一位，他说过这样一番话："如果你没有决定怎样才是美，你就没有理由说这幅画比那幅画美；如果你没有明白艺术的本质，你就没有理由说这件作品是艺术，那件作品不是艺术。世间固然也有许多不研究美学而批评文艺的人们，但是他们好像水手说天文，看护妇说医药，全凭粗疏的经验，没有严密的有系统的学理做根据。我并不敢忽视粗疏的经验，但是我敢说它不够用，而且有时还会误事。"

那我们就循着美学的思路，给秦观的特殊修辞找一找规律。"自在飞花轻似梦，无边丝雨细如愁"，谁都知道这是比喻。人们为什么会用比喻呢？一般都是为了借助熟悉的东西来解释陌生的东西，或者借助形象来解释抽象。秦观的词里在描写一个精致女人的闲愁，闲愁总是没有来由的，既不像无产阶级的苦大仇深，也不是具体受了某个人的委屈。一切都很好，但就是有点不高兴。这种愁到底是怎样的、她的梦又是怎样的，当然说不清、道不明，只知道她的情绪非常细腻、微妙。至于究竟有多细腻、多微妙，换言之就是梦有多轻、愁有多细，当然更说不清。为了把说不清的东西说清楚，就需要借助熟悉的、形象化的东西。我们都能感受到飘在空中的花瓣多么轻盈、毛毛雨的雨丝多么纤细，那就可以理解她的梦到底多轻盈、她的愁到底多纤细了。

其实梦并不能用轻盈与否来衡量，愁也不能用纤细与否来衡量，只有实实在在的物体才能说"轻"说"细"。所以，说梦轻，说愁细，就已经是在把虚幻的东西形象化、实体化了，再把它们比喻成飞花和丝雨，就使形象变得更形象了。形象思维是最直接、最省力的思维方式，当然也是我们的大脑最喜欢的思维方式。文学要想有"直指人心"的效果，就必须把各种不形象的东西形象化，画面感和即视感越强，表达的力度就越强。秦观正是这方面的高手。

但是，把梦比作飞花，把愁比作丝雨，这也不算很高明，很多人都讲得出这种修辞。秦观反过来讲，不说梦似飞花，而说飞花似梦，不说愁如丝雨，而说丝雨如愁，这是故意制造出语言上的陌生感，而制造出陌生感就制造出了审美距离。我们都知道一句话："距离产生美。"

用比喻来形象化是为了拉近距离，把比喻反过来讲是为了拉开距离，这一远一近之间的张力，体现出来的就是文学才华。

(2) 拉开距离的三种意义

美感的产生为什么需要距离，一般有三个原因。第一个原因是，距离能使你只看得到轮廓，但看不到细节。比如，一个城市到处脏乱差，怎么才能看起来漂亮呢？最省事的办法就是打造夜景，人们远远一看，星星点点，万家灯火，灯光还有大的轮廓，很美，谁都看不到细节了。为什么"人生若只如初见"？因为初见只看得到轮廓，相处就能看到细节上的各种龃龉。第二个原因是，距离感可以让我们摆脱工具意识。比如，我们去旅游，到陌生的地方走陌生的路，你的第一反应不会是"这条路是到单位的路""这条路是到学校的路"，只有摆脱了工具意识，才能产生审美意识。为什么"人生若只如初见"？因为一般在初见的时候，你和对方还不会发生利益上的关系或者情感上的羁绊，对方对你来说只是摆在你面前的一个形象，而不是合作伙伴、亲朋好友、上下级或者亲密爱人。第三个原因是，距离感可以激发敬畏心，敬畏心很容易转化为美感。我们生活中的各种仪式就是这个道理，仪式中的语言和行为一定和生活中的语言、行为不一样，会把你拉到现实生活之外，现实生活中的各种关系和情境在这时候对你失去束缚力了，这就是为什么在做坏事的时候人们更需要仪式感。当然，大多数的仪式都是为了做好事，比如婚礼。

只从这三点来看，我们就会发现，审美其实和我们的生活息息相关，一个人并不是非要懂艺术才谈得上懂审美。你完全可以从美感的角度来经营自己的日常生活，尤其是人际关系，这是特别能够提升幸福指数的。你可能会觉得这个说法似曾相识，没错，我在讲儒家礼学的时候重点讲过礼学对维系距离感的意义，现在你就会发现，"封建礼教"竟然能和美学一脉相通，是不是很神奇呢？

我在前面讲《楚辞》的时候，提到过一部17世纪的法国架空小说《塞瓦兰人的历史》，你也许还记得，塞瓦利斯在自己的登基大典上朗诵了一篇长长的祈祷词，祈祷词是用诗歌语言来写的，深深打动了那些土著的心，激发了他们心底的敬意。而在这套诗歌语言里，最常用的一套修辞就是倒装。

倒装句就很有仪式感，特别能和日常语言拉开距离，而且并不像用典之类的修辞，它一点都不难懂，只是让你在理解的时候稍稍顿一下，感觉出它的不同寻常。比如杜甫的名句"香稻啄馀鹦鹉粒，碧梧栖老凤皇枝"，按正常语序来说的话，应该是"鹦鹉啄馀香稻粒，凤皇栖老梧桐枝"，但杜甫为什么要倒着说呢？有些注释家给出过很迂回的解释，其实没那么复杂，清朝人洪亮吉只用一句话就说到位了："诗家例用倒句法，方觉奇峭生动。"所谓"奇峭"，就是制造距离感，带你摆脱日常体验。

我们绕了这样一个大圈子，现在终于可以回到秦观的修辞上了。飞花似梦，丝雨如愁，这种反过来写的比喻，本质上就是倒装句，就是要制造一点距离感。而更高明的是，在反过来理解之后，你依然可以正过来理解，于是飞花似梦，梦似飞花，丝雨如愁，愁如丝雨，比喻的本体和喻体交织在一起，互为本体又互为喻体。这种虚虚实实的感觉，不能被处理得更好了。

超越《花间集》：
宋词里的美女和车展上的美女有什么不同

(1) 温庭筠是怎样写美女的

对比一下我在前面讲过的《花间集》里几首同样描写美女的词，你能看出秦观的写法在本质上有什么提升吗？

《花间集》的词，我可以再选一首，这是整部《花间集》的第一首，也是今天的唐宋词选本里经常会收录的一首——温庭筠的《菩萨蛮》：

> 小山重叠金明灭，鬓云欲度香腮雪。
> 懒起画蛾眉，弄妆梳洗迟。
>
> 照花前后镜，花面交相映。
> 新帖绣罗襦，双双金鹧鸪。

前面讲过，《花间集》里的大部分内容，如果取标题的话，都可以叫"闺情"，词句总是从相貌、衣着、打扮、神态等各种角度描写美女，这首词也不例外。第一句里的"小山"是一种放在枕头旁边的小屏风,词从美女的睡姿写起。你也许会好奇:词人到底是怎么看到美女的睡姿的?还能描写她闺房里的私密细节?原因有两个:一来,词人会从已知猜想未知,所以唐朝有些并没见过皇宫内院的诗人也能写宫词,写宫女们的各种幽怨;二来,《花间集》里的词人们大多和歌女们有着很密切的交往,发生过很多既可以说是恋情也可以说是奸情的关系。

"小山重叠金明灭",是说阳光洒上画屏,使金丝银线编织的图案光影闪烁。"鬓云欲度香腮雪",视角从屏风转到了屏风后面的女主人,只见她鬓发散乱,半遮着白皙的脸颊。"懒起画蛾眉,弄妆梳洗迟",女主人还没睡够,懒洋洋地起床梳妆。天生爱美的女人为什么这样懒得打扮自己呢?是她不美吗,看来不是,"照花前后镜,花面交相映",她打扮着,两面镜子一前一后,映着她如花的容颜。"新帖绣罗襦,双双金鹧鸪",她的身上是一袭簇新的绫罗短衣,衣襟上的金线绣着鹧鸪双双飞起的样子。

最后两句其实暗示了"懒起画蛾眉,弄妆梳洗迟"的原因:鹧鸪成双,她的情人却不在身边,她就没有梳妆打扮的积极性了。

这就是温庭筠高明的地方:一首词看似白描,其实藏着剧情;看似堆砌辞藻,其实都有指向。但是,无论手法再高明,格调总有一点猥琐,因为这是在用一个好色男的眼光仔细玩味美女的各种美的细节和美的情态,是《十八摸》的高级形式。

王国维在《人间词话》里借用温庭筠自己的一句词"画屏金鹧鸪"给温庭筠的风格定性,意思是说,温庭筠的词很精美,很贵气,很雕琢,但不够有生气。这个评价虽然有点苛刻,但也算八九不离十。其实,《花间集》里的词普遍都给人这种感觉,还时不时带着消费女色的意思。

但我们合上《花间集》,来看秦观那首《浣溪沙》,就会发现两者明显不同。《浣溪沙》里的女主角到底五官美不美、身材好不好,一个字都没提，但我们就是感到她很美，很精致，很优雅。这位女主角甚至都没有很明确地出场过，只在第一句"漠漠轻寒上小楼"里有个上楼的动作，接下来"晓阴无赖似穷秋"，一下子就写到天气了，在轻寒的天气里"淡烟流水画屏幽"，无非是形容她住处的幽静。至于"画屏"，也就是有图案的屏风，是不是绣着金丝银线，我们全然不知道。到了下阕，"自在飞花轻似梦，无边丝雨细如愁"，既可以说是写飞花和丝雨的天气，也可以说是写女主角带梦含愁的情绪，至于这些情绪是因何而生的，是不是因"新帖绣罗襦，双双金鹧鸪"而生发出来的幽怨和相思，我们还是一无所知。最后一句"宝帘闲挂小银钩"，总算有了一点《花间集》式的珠光宝气，但这都不是重点，重点是那个"闲"字。事实上，在观察者的眼里，只能看到宝帘上"挂着"小银钩，帘子被挂起来了而已，就像我们从外面看到邻居家的一扇窗户开着，我们只会看到"窗户开着"，不会看到窗户"闲"开着。这个"闲"字显然是词人硬加上去的，但我们之所以不会感到生硬和造作，是因为前边已经用了足足五句话把"闲"的氛围扎扎实实地烘托出来了，只差最后点睛的这个字。

一个"闲"字，使前面的淡淡愁绪显得若有若无，使一切动作和心思显得无可无不可。女主角不再是《花间集》里那种渴望爱情、思念情人甚至和词人打情骂俏的女人，不再作为这种或那种"女色"被男性词人消费，而是有了一种"美人如花隔云端"的高级感。

（2）高级感和低级趣味

高级感到底是怎么来的，这在本质上又是一个美学问题。

我们先看一下今天的女色是怎么被男性消费的：最典型的场所就是

车展。香车配美女，车模们打扮得花枝招展，一般还穿得比较暴露，身边总会围拢着各个年龄段的猥琐男，拿着长枪短炮一通猛拍。男人欣赏美女，这很正常，但这种行为之所以不属于审美，不在美学的研究范围之内，因为这在本质上只是性饥渴的表现，美女在他们眼里完全是发泄原始欲望的工具。他们之所以没扑上去行其好事，只是因为害怕后果。动物也会有一样的表现和一样的畏惧。这些拍照的人，特别爱拍细节，非但拉不开距离，甚至恨不得一头扎进细节里去。

审美是要超脱实用性的，这就意味着，所谓高级感的建立，一般来说，和实用性、工具性的距离拉得越远，就越有高级感。这背后其实还是生物学在起作用，我们知道，人的地位越高，操劳的具体事务就越少，对无所事事的炫耀就越多，所以，美的本质就是强者的样子。为什么越没用的东西越贵，道理也是一样的。

宋朝的填词名家里，晏殊把这个道理看得最透彻。有一次，他读到李庆孙写的《富贵曲》，其中有"轴装曲谱金书字，树记花名玉篆牌"，又是金又是玉，很用力地渲染奢华，他很不屑地评论说："真是一副乞丐相，写这种句子的人一定没有真富贵过。"晏殊本人官至宰相，还是个很幸运的太平宰相，是那个时代第一等的富贵闲人。他自己怎样描写富贵呢？很简单，他用自己的诗句举例：比如"楼台侧畔杨花过，帘幕中间燕子飞"，还有"梨花院落溶溶月，柳絮池塘淡淡风"，然后这样说："穷人家能有这般景象吗？"

事实上，穷人家即便真有这般景象，也不会有这样的闲情逸致来欣赏，这就是我在前面讲过的写景不存在客观描写，一定都是主观裁剪出来的。晏殊认为，自己的这种写法不是一块块地清点金条，而是写出了富贵的"气象"。我们正好可以借晏殊的眼光来看秦观那首《浣溪沙》，他描写那个女人的美，也没有具体去写脸多白、头发多黑、打扮多入时、气质多优雅，但他写出了美女的"气象"，而且即视感特别强。再对比一下温庭筠的写法和《花间集》的主流写法，那些都像"轴装曲谱金书字，树记花名玉篆牌"，而秦观的《浣溪沙》把美女写出了"梨花院落溶溶月，柳絮池塘淡淡风"的高级感。

秦观的词并不都这么好，事实上，低级趣味的才是主流。我们一般读的都是唐诗宋词的选本，但如果你读《全唐诗》，就会发现大量作品都是场面话，读《全宋词》，会发现低级趣味之作到处都是，但这不重要，只要精华足够出彩就足够了。

中国古典文艺的五个关键词

(1) 意会

意会的本意是用形象感受替代理性阐释，而最能够唤起形象感受的语言就是诗歌。王国维说一切成大事业、大学问的人都会经历三种境界，先是"昨夜西风凋碧树。独上高楼，望尽天涯路"，次是"衣带渐宽终不悔。为伊消得人憔悴"，终为"众里寻他千百度。蓦然回首，那人却在，灯火阑珊处"。这样的语言，就是意会。它的优点不言而喻，但也有一个缺点，那就是唤起共鸣容易，传达新知很难。如果不是先对这三种境界已经有了隐约的体会，你只会觉得这样的话实在不知所云。

(2) 超越

受《老子》"大音希声，大象无形"这种逻辑的影响，中国文人相信事物发展的最高境界就是比它本身更高一级的反面，所以语言的极致就是无言。唐朝诗僧贯休有诗说"禅客相逢唯弹指，此心能有几人知"，由弹指而意会，由意会而默契。但这种理想化的境界并不能够应对日常生活，如果禅客甲想请禅客乙帮自己倒杯水，这就不是弹指而能意会的了。参照西方传统，中世纪的修道院里很流行弹指无言的交流，如果某位修士想请另一位修士帮自己倒一杯水，他会先把左手的食指按在下嘴唇上，然后左手收回来，握拳，放在平摊的右手掌心上。是的，他们即便"大音希声"，也会强调出无言之言真正意义上的可沟通性。当然，他们一般不会提出"倒杯水"的要求，因为当时的水质很差，大家都用啤酒解渴。修道院啤酒直到今天仍然是啤酒界的一块金字招牌。

（3）意象

意会的语言需要借助恰当的意象，而诗歌艺术的高下往往取决于意象的高下。"众里寻他千百度。蓦然回首，那人却在，灯火阑珊处"，这是上乘的意象；"踏破铁鞋无觅处，得来全不费工夫"，这是平庸的意象。两者传达的意思其实差不太多，只因为意象的高下之别，前者成为诗词中的名句，后者成为民间流行的谚语。

（4）含蓄

诗歌式的语言同时还是一种温和的社交语言，话不说破，点到即止，你的理解既可以向左，也可以向右，左的极限与右的极限之间可以包含各式各样的理解，如何取舍，存乎一心。这种歧义空间的营造，有些出于无心，有些出于故意。所以中国传统不重理解，而重体悟。

(5) 神似

重神似轻形似，这依然与第一条"意会"高度相关。神似可以意会，形似只能言传。有人说中国绘画不是没有透视，而是有着不同于西方透视的所谓散点透视。这不正确，因为散点透视其实等于没有透视。透视法是为了最大限度地形似，但形似在中国传统里被贬低为匠人的手艺，为文人所不齿。《大唐新语》里有一段意味深长的记载，说唐太宗和侍臣们泛舟春苑，很为景色所陶醉，于是让文学侍臣写诗吟咏，又宣召阎立本赶来作画。侍卫传呼"画师阎立本"，阎立本汗流浃背地赶来作画，深以为耻。阎立本虽然以绘画技能名满天下，但当时担任主爵郎中，跻身士大夫行列，绘画只是业余事业。所以他后来才会一本正经地告诫子孙不要学画，不然哪怕画得再好，哪怕官做得再大，也只会被当作下人。"神似"是一个绝对的褒义词，但你该知道，为了避免形似，我们到底失去了什么。

全文完